金庸選集

金庸譯作

金　庸　譯
李以建　編

中英通達　東西圓融

李以建

從一九四六年秋金庸初次踏入報界，謀求第一份職業，擔任杭州《東南日報》的國際電訊翻譯編譯；緊接着第二年以中英文筆試和口試的優異成績被《大公報》錄用為電訊翻譯；直到二〇一〇年以英文撰寫的論文《唐代盛世繼承皇位制度》獲得英國劍橋大學哲學博士學位，金庸的一生都與英文結下不解之緣。毫無疑問，中文是金庸的母語；英文則可謂他的第二母語。金庸的英文水準，絲毫不亞於他的中文，不僅能讀、能說，還能寫，且略通古英文。無論中文，還是英文，抑或是中翻英，還是英翻中，金庸都是口才筆力便給，他的譯作堪稱通達無礙。他畢生閱讀大量的英文書籍，翻譯作品之多，涉及領域之廣，很多專家學者都難以企及。至為重要的是，他並不為翻譯而翻譯，他通過諸多的翻譯，不斷汲取西方文化豐富的營養，將其與深邃博大的東方文化共冶一爐，為自己的小說創作提供了圓融鮮活的泉源。

金庸早期因職業的需要，翻譯供報紙發表的及時性的新聞報道，之後開始翻譯新聞紀實性的長篇報道，然後擴展到電影理論和技巧、舞蹈藝術，以及小說、政論。他翻譯的許多文章和著作，大都在報紙上發表，長的則連載，有的過後結集出書。

自《新晚報》創刊後，金庸以筆名「樂宜」翻譯了三部英文著作，均為新聞紀實性的長篇報道。

其一，美國名記者貝爾登（Jack Belden）寫的長篇紀實報道《中國震撼世界》（*China Shakes the World*），從一九五〇年到一九五一年在《新晚報》上分為三百四十一則連續刊登。其二，英國記者湯姆遜（Reginald Thompson）撰寫的長篇報道《朝鮮血戰內幕》（*Cry Korea*），共一百三十八則，連載於一九五二年的《新晚報》。其三，原載於美國《星期六晚郵報》（*The Saturday Evening Post*），由記者哈羅德·馬丁（Harold Martin）撰寫的《朝鮮美軍被俘記》，譯作分為八則，從一九五一年十月二十二日至二十九日刊載於《新晚報》的「下午茶座」版。之後，前二者結集成書，最早的版本為香港文宗出版社一九五二年版。

金庸為《大公報》撰寫「影話」和「影談」時，以筆名「子暢」翻譯了美國左派劇作家J·H·勞遜（John Howard Lawson）的《美國電影分析》（*Theory and Technique of Playwriting and Screenwriting*）和法國文學家莫洛亞（André Maurois）的《幸福婚姻講座》（*The Art of Being Happily Married*），分別於《大公報》連載。前者自一九五四年七月十八日至十月二十日，共八十六則；後者則從一九五四年十月二十五日到一九五五年一月十日，共七十四則。此外，金庸還以筆名「林歡」翻譯國外文章，刊載於《大公報》。如：〈荷里活的男主角（上、中、下）〉，分三則，由一九五四年六月十七至十九日；美國劇作家J·H·勞遜的〈論《碼頭風雲》（上、中、下）〉，分三則，由一九五五年四月十一至十三日；蘇聯舞蹈家烏蘭諾娃（Galina Ulanova）的〈我怎樣學舞〉，分十二則，由一九五六年五月三十日至六月十日。

文學方面，金庸翻譯了美國小說家達蒙·魯尼恩（Damon Runyon，原書譯作丹蒙·倫揚）的小說，先為連載，之後結集成書，名為《最厲害的傢伙》。由（香港）三育圖書文具公司於一九五六年四月出版。

本書收錄的兩部作品，均曾在報紙上連載。其一是英國哲學家羅素（Bertrand Russell）的《人類的前途》（*Has Man a Future?*），另一是法國作家莫洛亞的《幸福婚姻講座》。

《人類的前途》是諾貝爾文學獎獲得主、世界著名的英國哲學家羅素的著作。金庸的譯文，分七十則，連載於一九六三年九月至十一月的《明報》。

在金庸心目中，羅素是「當代最偉大的哲人」，而且是「獨一無二的」。他十分推崇羅素，自上世紀五十年代末期始，自稱已經轉變為「羅素主義者」。金庸一生秉持追求世界和平、反對一切暴力的信念，尤其是他反核的主張和立場，都深受羅素思想的影響。一九六三年，他在為《東南亞週刊》撰寫「每週漫談」專欄中，曾以〈羅素的信仰〉為題，談到羅素「向來主張容忍異見，主張開明，主張頭腦清醒而反對盲目崇拜」。金庸認為「對任何事情表示存疑，不加武斷，以一種冷靜而明淨的心智來作考慮，而作出合於最大多數人利益的合理決定，勇於承認並糾正自己的錯誤，這種推崇理性、反對狂熱衝動的主張，正是羅素人生哲學、政治哲學之精義所在」。（〈羅素的信仰〉，《東南亞週刊》一九六三年）尤其是在「人類的物質生活愈來愈豐富，精神生活卻竟有日漸貧乏空虛的趨勢」下，羅素「在哲學思想上提高人們的心靈，為全人類幸福而提出許許多多高超而深刻的見解」。（〈一代巨人　羅素逝世〉，《明報》一九七〇年二月四日）

金庸在撰寫《明報》社評時，提及羅素的地方甚多，如當年那場著名的反核辯論中，金庸強力譴責「核子武器是一種罪惡」，即源於他「向來服膺英國哲學家羅素的主張」。（〈核彈是一種罪惡！〉，《明報》一九六四年十月二十三日）又如，一九六七年越戰期間，羅素從人道主義的精神出發，組織十七位世界知名的學者和作家，發起在瑞典舉行調查美國在南越作戰中的戰爭罪行法庭，金庸即以專篇社評給予評介。（〈羅素發起的戰罪法庭〉，《明報》一九六七年五月九日）再如，一九七〇年羅素逝世時，金庸用連續兩天的社評專門論及羅素。（〈一代巨人　羅素逝世〉，《明報》一九七〇年二月四日；〈羅素反對崇拜領袖〉，《明報》一九七〇年二月五日）

正是由於深受羅素思想的影響，金庸以反對和鼓吹核試驗作為評判是否擁護世界和平的試金石。反對核試驗的，他倍加褒揚；而鼓吹核試驗的，即使是著名的科學家，他也照批無誤，其彰善癉惡，在在可見。二十世紀五十年代，美蘇處於冷戰狀態，雙方加緊核競賽，一九五五年全世界的科學家曾聯名簽署一份反對核武器試驗的聲明。這份反核的嚴正聲明，發起人共十一位，都是世界第一流科學家，其中九位是諾貝爾獎得主，如愛因斯坦、羅素、約里奧·居禮、鮑林、湯川秀樹、布里其曼等等。聲明由羅素起草，之後有許多國家的科學家參加簽名，其中蘇聯有十位，美國有二十位。金庸在社評中不僅詳加介紹，而且深表擁戴。（〈氫彈之父的虐待狂〉，《明報》一九六三年八月十六日）當美國化學家鮑林榮獲一九六二年度諾貝爾和平獎時，金庸以獨立的篇幅，高度讚揚他「不遺餘力地反對核子戰爭」，稱他為「一個着眼於全人類的偉大心靈」。（〈賀鮑林獲諾貝爾和平獎〉，《明報》一九六三年十月十二日）金庸對美國的「原子彈之父」奧本海默拒絕參加核試驗，慘受排擠，深表同情，盛讚他人格「高尚」；而對同樣是號稱「氫彈之父」的美國科學家泰勒（Edward Teller），則毫不留情地道破他一再鼓吹核試驗是滿足「他的虐待狂和虛榮心」。

金庸曾談到：「明報機構的各種出版物向來十分推崇羅素。《明報》、《明報月刊》、《明報周刊》均譯載過不少羅素的著作，介紹他的生平。相信中國出版物從未以如此大量篇幅來介紹他的思想」，並表示「為了推廣他的真知灼見，俾普遍為世人所知，我們今後將繼續不斷譯介這位哲人的各種著作」。(〈一代巨人　羅素逝世〉,《明報》一九七〇年二月四日)作為明報機構各種出版物的創辦者和出版人,金庸遍讀羅素的著作,親自翻譯了羅素專門討論反對核武器的著作《人類的前途》,於一九六三年在《明報》上連載刊發。此次作為《金庸譯作》的部份,首次結集成書出版,相信對系統和深入研究金庸創作思想將大有助益。

《幸福婚姻講座》是法國著名作家莫洛亞的作品。莫洛亞曾當選為法蘭西學院院士,以撰寫長篇小說和傳記聞名於世,為後人稱譽。金庸翻譯的《幸福婚姻講座》,曾於《大公報》上分為七十四則連載刊發。乍看題目,會誤以為這無非是心靈雞湯式的講座,純粹是吸引年輕人眼球的讀物。其實不然,金庸慧眼擇其作為報紙連載,花時間和精力翻譯,自有其深意。仔細閱讀後,你會發現,日後金庸創作的小說從這部譯作中獲益良多。

此書的最大特點有二:一是富有人生哲理的思辨,一是傳達文學創作技法的精髓。講座分為十二課,從最初的求婚、結合、蜜月旅行,到出現衝突,乃至釀就不幸,直至最後的銀婚紀念,呈現了婚姻從雛形青澀到圓滿成熟的整個過程。作者化身教授,在講座上逐一拈出婚姻的過程,假設問題,構造情節,用虛構的場景來驗證,提出解決的方法和途徑。莫洛亞採用的敍述模式是講故事演人生,每一次講座恍如將人生現實的境遇變換為一齣齣幾近於真實的戲劇,還伴有幕起幕落的背景音樂,讓所有讀者親臨觀劇,看到婚姻演播的一幕幕情景。其實這都是在講座教授的編排和導演下婚姻的諸多寫照。由男主角菲立普和女主角瑪麗絲的互動,演繹出現實中婚姻經歷的種種場景和境遇。饒有意思的是,除了這些戲劇外,即使是講座本身和課後教授和學生的討論和互動,都展示出那也是表演的一部份,從而將整個講座變為一場人生如戲、戲如人生的闡釋,而每個人都要在這台人生戲中扮演自己性格所決定的角色。

莫洛亞不愧是文學大師。他妙筆生花，筆下的人物栩栩如生。極具性格特點的對話、含情脈脈的試探、性感的挑逗、惱羞成怒的斥責、知錯悔恨的懊惱、自我譴責的愧疚、莫名的妒嫉、隱藏心底的計謀，等等，一切都靈動活現、躍然紙上。構思的場景既真實又典型，富有戲劇和小說的藝術張力，比如求婚時兩種不同的試探和進擊；度蜜月時，因懷疑丟失婚戒引起的第一次糾紛，相比兩人無視周圍的噪音在牀上的愛意纏綿，凸顯蜜月和苦月之別。

男女主角身份不變，但性格不斷變換，面對同一場合，不同的性格導致不同心態、語言、性情，乃至不同的處理方式，最終造成迥然不同的後果。是悲劇還是喜劇，這一切都由人物的性格所定，也就是說，你的性格決定了你的選擇和行動，決定了你的言談舉止，也注定了你的結局。婚姻如此，人生如此，戲劇如此，文學創作更是如此。莫洛亞從人生哲理思辨的高度道出箇中三昧。

《幸福婚姻講座》表面上只是一堂堂的講座，實際上則是一篇篇精彩紛呈的文學創作，它更是一部文學創作技巧的講座。其自身展示的敍述模式和表達技巧，人物刻劃的變化靈活，都足以成為文學創作實踐的楷模。它告訴你，面對千變萬化的人生，你要從表現人性出發，牢牢地把握每一個人物特定的性格，去描摹出他和她的人生際遇，才能演繹出許許多多的精彩故事。這個文學創作的終極真理，不難從金庸小說看到。

本書的編選和出版，承蒙查林樂怡女士的同意和明河社的授權，謹致以最誠摯的感謝。校譯過程中，承責任編輯蔡雪蓮女士和出版經理張宇程先生對照原文加以補正，謹此申謝。

目錄

《人類的前途》

〔英〕羅素（Bertrand Russell）著

#《人類的前途》目錄

第一章　開場白還是下場詞？[1]

從單純生物學的觀點來說，凡是能使生活在某一地區中的人數增加的，便是進步。

從這個相當狹隘的觀點來說，那麼許多戰爭應該被認為是有益的。

「人類，或『萬物之靈』（人類對自己相當大言不慚的稱呼），是地球上各種動物中最值得注意、也是最令人討厭的一個品種。」

一個在火星上具有哲學家氣質的生物學家，如果寫一本書來記載我們的植物和動物，這本書最後一章的第一個句子，可能便如上述。對於一位來自另一個星球的客人，他自然能如此的公正無私，能有如此廣博的觀點，但我們因為本身情緒和直覺，總是當局者迷，極難達到這種境界。但如偶爾能使自己處在這樣一個假想的火星人的位置上，思考我們人類的過去、現在，以及將來（如果有將來的話）；思量一下人類的善善惡惡；思量一下人類過去做了甚麼，現在正在做甚麼，以後可能會做甚麼；思量人類以後不但可能在地球上繼續活下去，還可能在別的星球上生活……這種思考是會有用處的。在這樣高瞻遠矚的思量時，一時的激情就會平靜下去，就像從飛機上望下來，小小的丘陵變成了平地，而具有永久性重要事物卻更加突出的顯現出來，如果從一種比較小的視界去看，那是看不到這樣清楚的。

在一般性的生存競爭中，起初人類似乎並沒有甚麼光明的前途：數目很少；在爬樹躲避猛獸時，不及猴子敏捷；身上的毛很短，不易抗禦寒冷；嬰兒期很長，也是一種障礙；在與其他物種爭奪食物時，往往遇到困難。人類起初唯一的優勢，只是他們的腦子。逐步逐步地，這個優勢證明是有累積性的，使人類從一個東逃西竄的可憐蟲變為地球的主人。這個變化早期的各個階段，都是發生於史前，到底哪一個階段在先，哪一個階段在後，我們只能加以猜測。人類學會了用火，火這種東西是有危險的，其性質就像我們目前學會了使用原子能一樣，雖然火的危險程度是大大不及。火不但使人類的食物更加美味，當人類睡覺時，在洞穴外生火就能保障安全。人類也發明了長矛和弓箭。他們又學懂挖掘陷阱，巨大的長毛象跌進陷阱之後，不論如何發狂般掙扎，都逃不出來。人類還馴伏了動物，在歷史剛開始時更已發現了農業的運用。

但在人類所有的成就之中，有一個成就是最重要的：語言文字。我們必須假定說，語言是從純粹野

[1] 英國哲學家羅素這本討論核子戰爭的小冊子《人類有前途麼？》（*Has Man a Future?*）寫於一九六一年七月，他以前還寫過一本小書《常識與核子戰爭》（*Common Sense and Nuclear Warfare*, 1959）。對於核子戰爭，羅素有整套的看法和主張，但報章電訊之中，往往只撮拾他的一二語句，以致有人發生誤解，說他是「糊塗的老好人」、「天真幼稚、不懂實際政治的哲學家」等等。其實羅素的智慧燭照當代，胸襟廣博，舉世少有人及。這部小書篇幅甚短，包含的意義卻極重大。原文流暢明淨，譯文僅求信達，無力雅麗，請讀者原諒。譯者所加的若干註解，只為一般讀者所設，博雅君子，盡可跳過不理。

古老方式的西洋戲劇在正劇上演之前，往往有伶人上場來說幾句話，稱為「開場白」。戲演完了，又有人上台說幾句話或是朗誦一首詩，稱為「下場詞」。羅素深深感到核子戰爭後果的嚴重，不知人類是否能避過這場大劫。小書用這個題目，意思是說：不知人類以後還有連台好戲上演呢，還是已到了完場的地步。他在《倫理學與政治學中的人類社會》（*Human Society in Ethics and Politics*, 1954）一書中，關於這問題有極詳盡的討論。——譯者按

獸式的呼叫中極緩慢地發展出來的。至於文字，起初並不是語言的代表，它只是一些傳達意思的圖畫，逐漸變得愈來愈有規則。語言文字的巨大價值，在於它能夠傳達經驗。上一代所學到的東西，可以整個傳給下一代。在很大的程度上，知識傳授可以代替個人的經驗。文字又創造了貯藏知識的方法，人類可以用文字記載來補記憶之不足，在這一點上，文字的功用又勝過了語言。語言文字這種工具，能保存每個個人所獲得的經驗。人類所以能夠進步，語言文字的功勞勝過了任何其他發明。在很久以前，人類的體質曾有進化，從生物學的觀點來說，人的腦力也有相應的改進。然而，這種進化在五十萬年以前就已經停止了。從那時候起，人類天生的智力如果有甚麼增加的話，那也是增加得極少。人類所以進步，完全依靠上一代所獲得的技術，通過傳統與教育而傳授給下一代。人類各種基礎都是在史前時代奠下的，或許人類並非有意識的這樣做，但基礎一經奠下之後，那就可能使知識與技能不斷進步，而且愈來愈快。過去五個世紀的進步，遠遠超過有史以來所有進步的總和。我們這時代的困難之一，是思想的習慣不能像技術那樣快的改變，結果，技能不斷增加，智慧卻逐漸衰退。

在人類初期極長的時間中，人類是否不致滅種，實在是極可懷疑的。終於人類生存了下來，並帶來了有用的技能，以及各種本能與習性。這些本能與習性，都是從他們過去的奮鬥過程中塑造出來的。人類現在還得應付許多非人為的危險，例如饑荒、水災、火山爆發。早期的人類如何應付饑荒，舊約《聖經．創世紀》中曾有記載。至於應付水災，曾試行兩種方法：一種是中國人的方法，當中國歷史初起時，他們曾在黃河兩岸築堤；另一種是西亞的方法，就如《聖經》中所述挪亞方舟的故事，他們認為躲避水災的最好辦法是過一種聖潔的生活。對於火山爆發，西亞人的看法也是如此，在敍述所多瑪和蛾摩拉兩個城市的毀滅時，描寫得十分生動。[2] 直到今日，中國和西亞的這兩種理論，還是在不斷的互爭雄長，不過中國人的觀點是在逐步的佔到上風。但最近事態的發展卻又顯示，為了要維持人類的繼續生存，築堤固然必要，一種聖潔的生活（其含義和傳統的意義頗為不同）卻也不可或缺。[3]

人類經歷了無數天災，來到這個新世界之中，他們在早期物競天擇的時代中賴以生存的本能與情緒，也都伴之而來。在人類早期，他們必須勇悍果決，有極強的生存意志；他們也必須經常警惕，心懷戒懼，逢到危難的時候必須奮勇向前。當舊日的危難已經克服之後，人類如何運用這些長期以來所培養的習慣和激情呢？他們找到了一種解決辦法，但不幸的是，這並不是一種很愉快的辦法。他們的敵意與猜疑，本來都是用以對付獅子和老虎的，現在卻用以對付其同類——並不是對付所有的人類，因為他們在生存競爭中所使用的許多技能，必須與人互相合作方能發揮，他們所要對付的，是那些合作範圍之外的人。就是這樣，部落中的人群團結起來，對外進行戰爭。於是，一方面是人們的互相合作，一方面是生存競爭中遺留下來的本能的殘暴與猜疑，經過許多世紀之後便結合起來了。從歷史初起之時直到今日，由智力所創造的技能，不斷的在改變環境，然而人類的本能與情緒，大體上與從前並無分別。這些本能與情緒的形成，本來是用以應付一個更加野蠻、更加原始的世界的，但到今天還是遺留了下來。

[2] 舊約《創世紀》中這樣描寫，「當時耶和華將硫磺與火，從天上耶和華那裏，降到所多瑪和蛾摩拉，把那些城和全平原，並城裏所有的居民、連地方上生長的，都毀滅了……那地方煙氣上騰，如同燒窰一般。」——譯者註

[3] 中國人在黃河旁築堤，是科學方法；西亞以色列人認為信奉上帝可免災難，是精神上的安慰。羅素認為，今日科學固然重要，但一種從全人類出發的精神觀念也決計不能少，否則難以避免核子戰爭。——譯者註

這些恐懼和猜疑，從前用以對付野獸，現在用以對付敵對的人群，這種轉變產生了一種新的合群性。人類並不像螞蟻或蜜蜂那樣具有絕對的社會性，螞蟻和蜜蜂決無任何反對集體的行動。人類常常會殺死他們的國王，蜜蜂卻決不會謀殺蜂王。[4] 一隻外來的螞蟻，如果意外的闖進了一個別家的蟻穴之中，立刻就被處死，從來沒有甚麼「和平主義者」提出抗議，我們也從來沒聽說過蜂群、蟻群中有不服從多數的少數分子，每一個個體的行動都與全體團結在一起，決無例外。人類卻並非如此。原始人所知道的社會團體，大概最大的也只是家族而已。我們推測，因為遇到了敵對的人類的威脅，家族就擴大而成為部落，據說每個部落是從一個祖先傳下來的。由於戰爭，產生了各部落的合併，再擴大而為民族、帝國，以及許多國家的聯盟。這種必要的社會性結合常常會發生分裂，但如果分裂了，跟着而來的便是失敗。因此，一部份是由於物競天擇，一部份是由於切身利益，人們愈來愈能在大團體中互相合作，他們所表現的合群性，是他們的祖先所缺乏的。

我們生存的世界，曾受到大約六千年的有組織戰爭的影響。一般來說，打敗了的人群不是被全體殺死，就是人口激減。要在戰爭中獲勝，那是有許多因素的；最重要的因素是人數較多、技能較高、比較完美的社會組織，以及戰鬥意志。從單純生物學的觀點來說，凡是能使生活在某一地區中的人數增加的，便是進步。從這個相當狹隘的觀點來說，那麼許多戰爭應該被認為是有益的。羅馬人無疑使西羅馬帝國大部份地區中的人口增加了。哥倫布和他的後繼者，給西半球所帶來的人口，比在哥倫布到達以前印第安人的人口，超過了無數倍。在中國和印度，經過長期的戰爭之後，建立了中央政府，那才可能使這兩個國家擁有如此龐大的人口。然而，戰爭的結果決不常常如此。蒙古人在波斯造成了不能修復的損害，土耳其人對哈里發帝國的破壞也是這樣。在北非現在已成為沙漠的某些地區中，我們可以看到許多遺跡非常清楚而生動地說明了，羅馬帝國的崩潰造成了多大的損害。太平天國事件中的人命損失，估計比第一次世界大戰的還要多。在所有這些例子中，勝利都屬於文化較低的一方。這雖然有許多相反的例子，然而總的來說，過去的戰爭增加了地球上的人口。

不過，除了生物學的觀點之外，還有另外一種觀點。如果單從數量而說，那麼螞蟻要勝過人類千百倍。我曾在澳洲看到極廣大的地區中杳無人跡，但滿佈着無數的白蟻，我們不會因此而認為白蟻比我們更為優秀。人類除了是大型哺乳類動物中數量最多的品種之外，尚有其他優點。這些優點顯然只有人類方才具有，我們可以概括的稱之為「文化」。當中有許多特點是個人而不是社會所具有的，其中所牽涉到的事物，與社會的組織性以及打仗的本領全然無關。

人類劃分為許多互相競爭而且常常是互相敵對的民族，這種劃分有一種不良效果，使得每個民族不能合理地評價，到底誰應該得到光榮。我們英國人替納爾遜和威靈頓建造最雄偉的紀念碑，因為他們善於殺戮外國人，我們就對他們十分尊崇。這些英國人殺起外國人來本領高強，但說來奇怪，對於他們，外國人卻並不像我們那樣欽佩仰慕。如果你去問任何一個受過教育的非英國人，他認為英國主要的偉人是誰，他最可能提到的是莎士比亞、牛頓和達爾文，而不是納爾遜和威靈頓。從整個人類的利益來說，有時或許不得不殺死一些外國人，但這種行動如果是合理的話，那便是一種警察職務的性質，然而這通常只不過是民族的自高自大與掠奪性的表現而已。[5] 人類之所以值得受到尊

[4] 除非根據蜂巢中正常的規律，否則從來沒有殺死蜂王的偶發性情形。——作者註

[5] 作者的意思是說，大部份戰爭是不正義的，只有抵抗侵略的戰爭，好像警察向殺人兇手開槍，那才是必要的。——譯者註

敬，並非由於他們殺人的技術高明。埃及古代的《亡靈書》記載，每個人死了之後，都要到地府中的冥王面前受審。很可能，人類會全體滅絕，當最後死的那個人來到冥王面前時，他懇求冥王容許人類再活下去，但他能提出甚麼來辯解呢？我希望他能說，整體說來，做人是愉快的。不過迄今為止，自從發明了農業、有了人與人之間的不平等、發明了有組織的戰爭之後，極大多數人類所過的總是一種艱苦的生活，承受過量的體力勞動，有時又會遭到悲慘的災禍。或者將來不會再是這樣，因為只要有一點點智慧，便能使全人類喜樂幸福，但這一點點智慧是否會出現，又有誰能知道呢？再者，我們這最後死的人向冥王請求時，他所能提出的關於人類的歷史，其中所記的，決不是大多數人能享受到幸福，這實在難蒙冥王嘉納批准。

如果我是懇求冥王容許人類繼續生存的那個人，那麼我會這樣說：「公正的、鐵面無私的判官啊！我們人類的的確確罪有應得，而時至今日，我們更加罪孽深重了。但我們並非個個都是有罪的，我們的環境使得有些人誤入歧途，但大多數人是可以成為好人的。請別忘記，我們長期以來愚昧無知，苦苦掙扎求存，直到最近才從這泥沼中掙脫出來。我們所有的知識，極大部份是在過去十二個世代中獲得的。我們之中有許多人，因為擁有了征服自然的新力量，便沖昏了頭腦，走了歪路，去追求征服其他人類的力量。這是一種魔鬼的誘惑，把我們又騙回到那個泥沼中去——這個泥沼是我們剛剛掙扎逃出卻還沒能完全擺脫的。但我們所有的精力，並非完全去從事這種誤入歧途的蠢事。關於我們生存在其中的這個世界，關於核子和原子，關於各種大大小小的事物，我們所得到的知識，那是前人根本想像不到的。你或許會反駁說，掌握知識的人如果不是有足夠的智慧，來善於利用這種知識，那麼知識便是無益的。然而，掌握在智者手中的知識確實是存在的，雖然迄今為止這種情形只是偶爾發生，而他們也沒有左右大事的權力。聖賢和哲人曾教導人們，相互爭鬥是多麼愚蠢，如果我們能聽從他們的訓誨，我們便可進入一個幸福的新時代。

「偉大的人們不單曾向我們表示應當避免甚麼事情，他們還曾顯示給我們看，人類的力量實在可以創造一個光明燦爛、榮耀輝煌的世界。請想一想那些詩人、作曲家、畫家，那些人內心的想像，將多麼莊嚴光輝的成就顯示給了世界。所有這一切想像的國度，都可以屬於我們。人與人之間的關係，也可以像抒情詩那樣美麗。當男人和女人相愛時，許多人都曾經歷過美好的時光。為甚麼這些美好的時光只能局限於狹窄的範圍之內？那是沒有理由的；它也可以像《合唱交響曲》中所描寫的那樣，擁抱整個世界。[6]這些事情是人類力所能及的，只要有時間，在將來是可以達成的。為了這些原因，冥王啊，我們祈求你給我們一個緩刑的時間，讓我們有機會從古代的昏昧之中解脫出來，進入一個光明可愛、歡樂無疆的世界。」

或者，我們的祈求會蒙接納。據我們所知，只有人類才是有文化的物種。無論如何，由於這些文化上的成就，所以我們這物種值得保存。

[6]《合唱交響曲》即貝多芬的《第九交響曲》，因其第四樂章主要是人聲合唱，故名。這段合唱的歌詞為德國大詩人席勒的《歡樂曲》（編者按：又譯《快樂頌》），主題是四海一家，人類之愛擁抱全世界。各國文士藝人相聚之時，言語不通，往往齊哼貝多芬此曲，表示各族人民團結友愛之意。——譯者註

第二章　原子彈

最傑出的科學家都有目光遠大的智慧，然而不論在美國、蘇聯，還是在英國、法國，政治家或公眾輿論，卻完全缺乏這種遠見。人們認為憎恨對方就是愛國，和平的唯一保障便是備戰。世界是走上了一條錯誤的道路，在此後數年之中，它沿着這條通向滔天大禍的道路，愈走愈遠。

人類現在生活於核子時代，可能不久便死在這核子朝代。對於一般大眾而言，這個核子時代開始於一九四五年八月六日——一枚原子彈在廣島投下。但對於核子科學家和美國某些當政人物，早在若干時期之前，他們就已經知道能夠有這樣一種武器。在第二次世界大戰爆發之後不久，美國、加拿大和英國就開始製造原子彈。自從盧瑟福（Ernest Rutherford）發現了原子的結構之後，人們就已經知道，在原子的核子之中，存在着可能爆炸的力量。[1] 一個原子之中有一個極微小的核心，稱之為「核子」，外面有若干電子環繞而轉。氫原子是最簡單、最輕的原子，只有一個電子。原子愈重，所擁有的電子也愈多。最先與核子作用有關的發現，是放射性——核子中射出許多微粒來，因而產生放射性。人們早就知道，核子中蘊藏着巨大的能量，但直到第二次世界大戰發生，也一直沒有辦法能把這種能量大量釋放出來。愛因斯坦有一個公式說，所產生的能量，等於所消失的質量，乘以光速的平方[2]，後來有了一種革命性的發現，在某種情況之下，能夠將質量根據這個公式轉變為能量。氫與氦的關係最容易說明這種情形。一個氦原子含有四個氫原子，我們或許就認為，氦原子的質量比氫原子大四倍。但事實並非如此。如把氦原子的質量定為四，那麼氫原子的質量並不是一，而是一點〇〇八。當四個氫原子結合起來成為一個氦原子時，它多餘的質量會放出來成為能量，不再成為質量。太陽為甚麼會熱？原因就在於太陽是一個製造氦的工廠。每當較輕的元素合併而組成較重的元素時，便會發生這樣的情形，這個過程稱為「合成」，氫彈所運用的便是這種方法。

原子彈所運用的卻是另外一種方法，那是用放射性而來的。這個過程稱為「分裂」，一個較重的原子分裂為兩個較輕的原子。一般來說，放射性物質在進行這種分裂時，會保持着一種經常的速度，當這種物質以自然狀態存在時，分裂的速度是緩慢的。但有一種形式的鈾，稱為「鈾二三五」（U235），如果它是純粹的話，就會發生一種連鎖反應，會像火燒一樣蔓延開來，不過它的蔓延速度比之火燒，那是快得不可以道里計。製造原子彈就是用上這種東西。這中間有個困難需要加以克服。這個困難就是要從普通的鈾中將鈾二三五提煉出來，普通鈾中所含的鈾二三五數量極微。在這項工作中，賣國賊福克斯（Klaus Fuchs）的貢獻甚大[3]，如果他賣國的行為早一些被發現，那麼原

[1] 盧瑟福是英國人，他於一九一一年用鐳線射擊金片，有些鐳原子可以穿過，有些鐳原子遇到金原子的核而反彈出來，因而發現核子。——譯者註

[2] 這個著名的公式即 $E=MC^2$，C為光速，光速為每秒十八萬六千哩，其平方為三百四十五億九千六百萬，因此一點極小的物質，能發出巨大無比的能量。——譯者註

[3] 福克斯，德國物理學家、蘇聯核武器間諜，二戰時參與了美、蘇、英三國的核武器研發計劃。——編者註

子彈就來不及被製造出來用以對付日本，這個事實倒頗具諷刺性。

在第二次世界大戰爆發之前不久，原子的連鎖反應就被發現了，從那時候起，核子物理學家們就非常清楚，要製造這樣一種炸彈是可能的。雖然力圖保守秘密，但還是有許多人知道，製造原子彈的工作正在進行中。

原子科學家們所以努力工作，其政治背景在於決心打敗納粹。大家認為，如果納粹贏得了戰爭，那就禍患無窮，我也同意這種看法。西方國家中有許多人認為，在製造原子彈這方面，德國的科學家們一定有很大進展，如果他們比西方國家先成功，就可能贏得戰爭。到戰爭結束之後大家才發現，原來德國人離開成功還是遙遠得很，這使美國與英國的科學家們全然的大出意料之外。當任何核子武器都還沒有製造出來的時候，德國就已經打敗了。然而，西方的核子科學家們認為製造原子彈緊急而必要，我認為並沒有錯，甚至愛因斯坦也贊成。但當時對德戰爭結束之後，參加製造原子彈的大部份科學家們都認為，不應當用原子彈來轟炸日本，因為日本早已處在潰敗邊緣，而日本對於世界的威脅，也決不如希特勒那麼厲害。參與製造原子彈的科學家中，有許多人向美國政府提出了緊急交涉，主張不要將原子彈作為一種戰爭武器，美國在發表一個公開聲明之後，在沙漠中引爆原子彈，並主張將來由一個國際機構來管制核子能。七位最傑出的原子科學家起草了一個文件，於一九四五年六月提交美國國防部部長，這個文件後來一般稱為《佛蘭克報告書》（*The Frank Report*）。這個文件內容卓越，富於遠見，如果它能得到當政者的認可，我們此後所遭遇的許多恐怖事件都不會出現。報告書中指出，「我們在發展核子能中所獲得的成功，其附帶的危險性之大，比之過去所有一切的發明，不知要超過多少。」它又指出，任何秘密都不能長期保持，幾年之內俄國人一定也能製造原子彈。事實上，在廣島被炸後差不多四年，俄國就製造了原子彈。報告書中所指出的軍備競賽的危險性，此後幾年間許多可怕的事件都一一予以證實了。報告書說，「如果不能達成有效的國際協議，那麼在我們首次顯示有核子武器的存在之後的第二天早上，核子軍備的競賽立刻就會開始。在此之後，別的國家大概要花三年到四年的時間來追上我們目前的成就。」它跟着建議國際管制的方法，結論說：「如果美國是第一個使用這種大規模毀滅人類的新工具的國家，它就會失去全世界公眾的支持，並迅速促進軍備競賽，將來想要達成國際協議以管制這種武器的可能性也就會大為減低。」這種意見並不是獨有的。所有參與製造原子彈的人，大都持這種意見。尼爾斯．玻爾（Niels Bohr）——他是當時僅次於愛因斯坦的最傑出物理學家——曾懇切地向邱吉爾和羅斯福提出了類似的意見，但兩人都置之不理。當羅斯福逝世之後，人們發現，玻爾那封呼籲書原封不動地放在羅斯福的書桌上，根本沒有拆開過。人們認為科學家是不通世故的人物，是與現實脫節的，不能實際地判斷政策問題，因而對他們的意見不加重視。然而，事後證明他們所說的話全部正確，證明真正具有遠見的乃是科學家，而不是將軍和政客。

在原子彈轟炸了廣島之後，原子科學家們大為憤慨，辦了一個月刊，叫做《原子科學家公報》（*The Bulletin of the Atomic Scientists*）。這個刊物對於原子武器和原子戰爭，一直提出頭腦清醒的意見。

一九四五年十一月二十八日，我在英國上議院發表一篇演說，所表示的意見，極大部份和《佛蘭克報告書》相同，不過那時候我還沒有看到這份報告。因為這篇演說的內容只能在上議院的紀錄中讀到，所以我在這裏全文引述，我說：

各位爵爺：我向各位致詞，心中至感膽怯和猶豫，一則以前我在上議院中只發表過一次演說，二則我在聽了昨天與今天的辯論之後，覺得那幾位發言者的政治知識勝我十倍，經驗更勝我二十倍，我再來嘵嘵不休，未免莽撞。然而，我所要說的是關於原子彈及其對於政策的影響，這問題是如此的重要，在我心頭是壓得如此沉重，關於它對人類前途的意義，我覺得我非表示一下意見不可。

我首先要提到幾個技術問題，相信這是大家早已熟知的。第一，原子彈在目前當然還是處於起步階段，不久它的破壞力就會大為增強，製造費用就會大為降低，這兩點我認為我們不必予以懷疑。我們再談到另一個問題，那是歐力峰（Mark Oliphant）教授提出來的，他說要在整個國家的土地上播滿放射性物質，將來並不會十分困難，這種放射性物質在整個廣大的地區之中，不但殺死所有人類，所有昆蟲，而且殺死所有生物。此外還有一個問題，或許所涉及的是比較遙遠一些。各位爵爺都知道，在理論上，有兩種處理核子能的方法。一種方法是我們現在已經做到的，那是將一個重的原子分裂為幾個較輕的原子。另外一種方法現在還做不到，但我認為將來一定能做到，那是將幾個氫原子合成為較重的原子，比如說是氦原子，或者是初步的合成氘原子。如果能做到這一步的話，那麼在原子合成的過程中所釋放出來的能量，比之鈾原子的分裂將巨大得多。目前，還沒有人看到過這種過程，但一般認為，它存在於太陽與其他許多星球內部。在自然界，只有在與太陽內部差不多的溫度之下，才會出現這種過程。現在的原子彈在爆炸時，所產生的溫度與太陽內部差不多。因此，可以使用一種類似目前原子彈的機械裝置，將氫合成為較重的元素，從而激發一種猛烈得多的爆炸。

如果我們的科學文明並不會自我毀滅而繼續前進，那麼這一切都會發生，那是不得不發生的。我們不想單從此後數年的觀點來看這件事，我們要從人類前途的觀點來看這件事。問題很簡單：一個科學化的社會是否可能繼續存在，或者，這個社會是否無可避免的要毀滅自己？這問題雖然簡單，然而是生死攸關的問題。原子能的使用可以造成巨大的罪惡，其性質之嚴重，是無法再加以誇大的了。當我走到街上，看到聖保羅大教堂、大英博物館、英國國會，以及代表我們文明的其他歷史古蹟，在我心中，我似乎看到這些建築物都成為一堆堆的廢墟，四周散滿了死屍。這種局面，是我們必須面對的，除非全世界能同意尋求一種消滅戰爭的方法，否則不但在我國和我們的城市，甚至在整個文明世界，都可能出現這種情況。減少戰爭並不夠，必須廢止嚴重的大戰，因為若非如此，這些局面就會出現。

要廢除戰爭，那當然是一個極為困難的問題。我決計無意來指摘那些正在企圖解決這個問題的人，我相信自己決不能比他們做得更好。我只是覺得，這是人類必須解決的一個問題；否則的話，人類就會滅絕。地球上沒有了人類，或許會愉快些，雖然，我們難以認同這種說法。我認為，我們必須尋求處理這個問題的方法。大家都知道，目前的困難在於如何尋求一種方法來和俄國合作，以處理這個問題。我想就現階段而論，首相在華盛頓所得到的，已是最大的成就。我認為他在目前不可能做得更好。某些人主張將製造原子彈的精確方法無條件立即告知俄國，我並不贊同這種意見。我認為，將原子彈的秘密告知俄國，應當附有條件是正確的，不過我會加上條款：必須是有利於國際合作的，必須不是為了達成個別國家的任何目的。英國和美國都不可懷有自私自利的企圖，我們必須基於俄國願意合作的基礎之上，方可將秘密交給他們。

我認為，在這個基礎上，應當盡快將所有原子彈的秘密告知俄國，所以要盡快，原因之一當然是由於這個秘密是保持不久的。幾年之內俄國人毫無疑問便能製造原子彈，其性能一定絲毫不差於目前正在美國製造的；因此，如果我們還能有甚麼討價還價的本錢，這個時期也是極為短促的。各位爵爺都知道，所有參與這項工作的科學家，都是十分迫切的盼望將製造方法立即通知對方。我並不完全同意他們的主張，理由已如上述，但我認為可以利用披露原子彈秘密此事，使得我們與俄國人之間達成更真誠、更徹底的合作關係。我充份支持外交部部長所發表的演說。我並不認為，單單表示願意和俄國人合作，就能得到他們的合作。我認為，對於生死攸關的各點，我們必須堅持到底，那是絕對必要的。與其走到他們跟前去苦苦哀求合作，還不如我們表示適當的堅持，我認為這樣更可能得到真正的合作。我完全同意外長在這些問題上所採取的態度。

我想我們必須希望（我想這不會是一種妄想）設法使俄國政府了解，進行這種戰爭，不但毀滅了別人，也毀滅了他們自己。我們必須希望設法使他們了解，這件事涉及人類的利益，並非單單涉及個別國家的利益。如果能以令人信服的方式向他們提出這一點，我相信他們一定會理解的。這並不是一個難以理解的問題，只要他們不將這問題與政治及競爭混在一起，我想他們一定會有足夠的智慧來予以理解的。大家都一再重複說，有一種猜疑的態度存在着。只有充份的坦白，才能克服這種不信任的態度，我們應當這樣說，「這裏有些事我們認為是絕對必要的，但在其他事上，如果你們認為是絕對必要，我們非常願意接受你們的意見。如果有甚麼事我們雙方都認為是絕對必要的，那麼我們來設法尋求妥協，但不要互相毀滅對方，這對任何人都沒有好處。」——如果以完全坦白、非政治式的口吻，對俄國人說這些話，我想他們會如我們一樣理解到其中的要點——至少，我希望他們能夠理解。[4]

我認為在這件事中，我們可以借助於科學家。他們心中至感不安，由於製造了原子彈，他們深受良心的責備。他們雖知事非得已，但實在極不願意。如果能委派他們擔任某種工作，得以減輕這場威脅着全人類的大災禍，他們一定樂於接受。我想他們可能比我們這些積極參與政治遊戲的人，更能說服俄國人；不管怎樣，他們總是能與俄國的科學家進行會談，或許由此能鋪平真正合作的道路。我想我們還有若干時間。目前的世界處在一種厭戰的狀態之中，如果說今後十年之內不會有大戰，我想這並非過份樂觀。因此，我們還有相當時間，來達成必要而真正的互相理解。

俄國人總是覺得，在任何的利害衝突之中，俄國人站在一邊，而其他各國都會站在敵對的一邊。我覺得俄國人所以這樣想，其實也有充份的理由。對於這個問題，我認為我們往往沒有充份的理解。關於三大國還是五大國的問題，俄國人有這樣的感覺：俄國站在這一邊，而在那一邊則是兩個國家或四個國家。[5] 當對方心中懷有這樣的情緒，你和他們談判之時，我想總得客氣和委婉一些，當然也不能期望他們能同意少數服從多數的原則。當他們覺得自己是在單槍匹馬以寡敵眾時，你決不能期望他們肯服從多數。在此後的數年間，要國際間繼續達致合作，就必須運用高度的技巧，這是毋庸置疑的。

[4] 關於最近的古巴事件，美蘇雙方首腦所表示的態度，似乎就是羅素在這篇演說中的建議。甘迺迪表示，蘇聯駐在古巴的帶核飛彈必須撤出，否則美國不惜一戰；赫魯曉夫則表示，美國不得用武力入侵古巴。雙方坦白表示後，互相尊重對方立場，因而避免了大戰。——譯者註

[5] 作者所指的，是聯合國將成立時，美蘇英曾為了安全理事會中常任理事國席次的問題發生爭執，蘇聯主張美蘇英三大國擔任常任理事，享有否決權，美國和英國則主張美蘇英法中五大國擔任常任理事，結果美英的主張獲勝。——譯者註

目前那個向全世界提出的建議，是要委託聯合國保障世界和平，我認為除此之外，並沒有其他更好的辦法。我並不認為對聯合國可以寄予太多的期望，因為聯合國並不是一個強有力的軍事機構，至少在目前是如此，它不能向哪個大國進行戰爭；要和一個大國作戰，必須擁有原子彈才行。除非你能設立一個擁有原子彈的國際機構，否則安全總是沒有保障的。至於簽訂一個紙上的公約，不管是禁止使用或是禁止製造原子彈，都不會有任何用處的，因為你無法執行這種公約。如果說誰違反了公約，誰就要受到懲罰，所謂懲罰，那只有戰爭；那麼如果是遵守公約而想去懲罰別人，對方早就違反公約而先用原子彈來對付你了。因此，我認為這些紙上的協議，不會有任何效力。

首先，必須設法使大家都願意成立國際機構以管制原子彈，當這種普遍的意願存在之後，再設立那個機構就容易了。再者，只要這機構一旦成立，只要有一個強有力的國際機構，而且唯有這機構才有權管制原子能的使用，那麼這個制度自會永久存在，這才能真正的防止大戰。當這制度之中產生出各種政治行動的習慣，我們或者就可真正希望世界上從此再沒有戰爭。當然，這是一個非常龐大的計劃，但這正好是我們必須面對的：要麼消滅戰爭，要麼就消滅整個文明的人類社會，而剩下來的只不過是一些殘餘、窮鄉僻壤中七零八落的人，他們不會再有甚麼科學知識來製造原子彈這種毀滅人類的工具。剩下來的人再不會製造核子武器，他們也失卻了文明的全部傳統。這種災禍是如此的嚴重，我想全世界所有的文明國家都應當了解。我想，或許能在不太遲的時候，使得這些國家了解。無論如何，我是深深的這樣希望。

在那時候，氣氛還沒有惡化，上議院聽了我這篇演說後表示贊同，據我估計，各黨各派都同樣贊同。不幸的是，以後事件的發展，打破了這一致贊同的局面。但就我個人而論，我認為我當時所發表的這篇演說之中，沒有哪一句話需要刪除。

美國政府雖然情不自禁，終於露了一手，展示了大規模殺戮工具的全新威力，但在日本投降之後，它確曾設法實行那些原子科學家所提出的建議。一九四六年，美國向全世界提出了所謂的「巴魯克計劃」（The Baruch Plan）。這計劃包含了極大的優點，並表現得相當慷慨，我們可要記得那時候美國對於核子能的壟斷還沒有被打破。巴魯克計劃建議成立一個「國際原子能發展局」（International Atomic Development Authority），一切有關開採鈾鑛和釷鑛、提煉礦石、持有原料，以及核子能工廠的建築和管理，全部歸該局掌管。計劃中建議，該局由聯合國設立，美國將原子能的技術資料交給該局，要知道在那時候只有美國才擁有這種資料。不幸的是，俄國不能接受巴魯克計劃之中的若干點，其實，那也是料想得到的。那是斯大林時代的俄國，剛因為打敗了德國而志得意滿，對西方國家充滿了疑忌（那也不是沒有理由的），他們知道，在聯合國中表決起來，他們永遠是輸的。如果要避免核子戰爭的危險，顯然非成立一個國際性的管制機構不可。然而，俄國人自始至終反對，因為這樣一個國際機構會使得現有的經濟和政治制度穩定不變，而根據共產黨的理論，維持現狀是一種罪惡。[6]要使俄國接受任何種類的國際管制機構，那麼這個機構的組織，必須不讓非共產國家佔有絕對的優勢才成。在這一點上，巴魯克計劃沒能做到。或許，計劃可以加以適當修改，以緩和

[6]目前蘇聯的政策趨向於維持現狀，而中共竭力主張改變現狀，中共目前的政策，與十多年前的蘇聯大致差不多。
——譯者註

俄國的反對，但蘇聯政府直接拒絕參與這計劃的討論，或接受這計劃的任何修改。結果是俄國和西方國家之間的關係迅速惡化。不久之後，美國的輿論也改變了，使得任何類似的建議不可能再提出來。

雖然科學家早就對軍人與執政者說得很明白，但軍政當局以及公眾輿論仍舊認為，美國所擁有的這種秘密能夠長期保持，俄國人是不會知道的，當美國單獨擁有原子武器，就能保障西方國家的安全了。到一九四九年八月，當大家知道俄國也擁有原子武器時，一般人又認為這是出了間諜和賣國賊的緣故。事實上，間諜和賣國賊對於蘇聯能及早獲悉原子彈的秘密，恐怕只起到很小的作用。不幸的是，許多人深信美國會失去對原子彈的壟斷，是由於賣國賊而不是俄國人的技術，於是產生了一種普遍的猜疑氣氛，造就了麥卡錫（Kevin McCarthy）及其同夥得以當權。[7] 最傑出的科學家都有目光遠大的智慧，然而不論在美國、蘇聯，還是在英國、法國，政治家或公眾輿論，卻完全缺乏這種遠見。人們認為憎恨對方就是愛國，和平的唯一保障便是備戰。世界是走上了一條錯誤的道路，在此後數年之中，它沿着這條通向滔天大禍的道路，愈走愈遠。

---

[7] 麥卡錫是美國參議員，當時他與「參議院非美活動調查委員會」（House Un-American Activities Committee）的氣燄十分囂張，動輒便指人從事叛國行為，大大損害了美國的民主傳統。——譯者註

第三章　氫彈

在我們生存的世界中，存在着一種積極求死的願望，
這種願望具有極大的力量，每當有甚麼國際危機發生時，
這種求死的願望總是勝過了頭腦清醒的判斷。

原子彈初出現時，曾引起人們的驚懼戰慄，甚至曾促使人們要對原子能作出國際性的管制。但不久人們就習慣了，覺得原子彈的威力還不足以滿足相互的好戰心理。大家知道，原子彈雖能摧毀城市，卻不能將鄉村地區中分散的人口全部消滅。於是敵我雙方竭盡全力來發明某種更可怕的東西。這種更可怕的東西便是氫彈。在爭相製造這種新武器的競賽之中，難以確定到底是俄國還是美國得到第一名。總之，勝敗只是一線之差。約略來說，氫彈的威力比原子彈要大一千倍。對於比基尼島（Bikini Island）上那次爆炸所發出的能量，有不同的估計，認為它相當於一千五百萬噸到二千二百萬噸普通炸藥的威力。西方國家由一九五四年三月一日比基尼島的試驗而獲知氫彈的威力。這次試驗性的爆炸結果，超過了製造氫彈的美國科學家的全部預料。迄今為止，在美蘇雙方所擁有的各種武器中，仍以氫彈最為厲害。

「氫彈」這個名稱事實上並不很適當，因為其極大部份的爆炸力仍舊來自鈾。氫彈爆炸的過程分為三個階段。我們可以作個比喻，好比是順次用紙、木材和煤來生一堆火：木材不及紙易燃，煤又不及木材易燃。在氫彈中，就像是在原子彈中一樣，先是要有若干鈾二三五。鈾二三五分裂時所發出來的熱量，足以使得若干數量的氫合成為氦。鈾二三五和氫的外面，包着一層普通鈾的厚殼。當氫合成為氦時，所產生的熱量足以使外殼中的普通鈾爆炸。當一枚氫彈爆炸時，主要的能量是從外殼中產生的。鈾原子分裂成為許多種不同的較輕原子，其中大部份含有放射性。從軍事的觀點上來說，氫彈的重大優點，在於它使用普通鈾，或者說得精確一點，它所用的鈾，是已將其中貴重的鈾二三五提煉出來了。只有巨大無比的高熱，才能這樣的使用普通鈾。

一枚氫彈爆炸所造成的危害，並不限於爆炸所發生的地區。放射性物質沖到極高的天空，散播到全世界，然後慢慢的降落，使人患上致命的疾病，使食水、蔬菜、肉類中含有毒素。這種降落下來的微小物質稱為「輻射塵」。輻射塵中的放射性物質，大多數不會天然產生，即使有，那也是極度的稀少。輻射塵這種致命的物質首次為世人所知，是由於一個意外事件。有一艘日本漁船，叫做「幸運之龍號」（這名字事後想來，不免有點諷刺），本來與美國當局所劃定的危險區相距甚遠，但風向突轉，將大量輻射塵吹到了船上，所有的水手都染上了病，其中一人死了。一次氫彈爆炸所產生的輻射塵，將大大增加死亡的人數。

如果發生了一次核彈大戰，情形將是如何，意見頗有不同。一九五八年，美國國防部部長根據國防部所提出的一個報告而估計說，如果北大西洋公約國家與華沙公約國家之間發生了核子戰爭，美國要死一億六千萬人，蘇聯死二億人，西歐與英國的人民全部死光。有人擔心，這個估計會使西歐與英國人對北大西洋公約喪失熱誠。然而情形並不如此。有一種奇怪且難以解釋的「求死慾」似乎已在西方國家中廣為傳播，雖然有人描述，如果發生一次核子大戰，情況將如何可怕，但西方各國政府並不因此而採取行動予以防止，公眾輿論也極少受到影響。[1] 一九五六年五月，美國陸軍研究發展局（United States Army Research and Development）局長占士・加文（James Gavin）中將在美國參議院的一個小組委員會中受到質詢。參議員占士・杜夫（James Duff）問他：「如果我國參加了核子戰爭，我國戰略空軍大舉出動，以核子武器攻擊俄國。這些核子武器爆炸後，當時的風將輻射塵向東南方吹，飛越俄國，在這種情形下，你認為殺傷力如何？」

加文將軍答道：「先生，關於這問題，我可以答覆，可以確定的答覆，但我謹向閣下指出，如由空軍方面或是由一個適當的研究機構提出答覆，可能更好。目前的研究，估計在這樣的情形下，死亡的人將達數億之眾，至於遭到損害的地區，將看風是向哪個方向吹而定。如果風是向東南方吹，那麼遭到損害的主要是蘇聯，雖然，損害的區域也可能一直擴展到日本，或者是菲律賓地區。[2] 如果風是向西吹，那麼輻射塵便會深入西歐。」

從這番話來看，倘若美國攻擊蘇聯，那麼所殺傷的人主要是俄國人還是西歐人，要看當時風向如何而定。加文將軍的話說得太坦白了，當局不喜歡，因此他此後仕途並不順利。

---

[1] 作者此書寫於一九六一年，現在情況已有顯著的不同。——譯者註

[2] 讀者試從莫斯科畫一直線向東南通至菲律賓北部馬尼拉附近，該直線剛好經過香港。那意思是說，如果美國以核子武器轟炸蘇聯，在正常的情形下，香港必受輻射塵的直接侵襲。因為美國如果先動手，一定是選擇東南風大作之時進行轟炸。——譯者註

如果發生了核子戰爭，人類是否可以避過大劫，也是頗有爭議。有些人想鼓勵人們來冒險進行這一場大屠殺，就像漢曼．卡恩（**Herman Kahn**）在《論熱核戰爭》（*On Thermonuclear War*）那部書中所說，假使建築了極深極深的地下避難所，那就可能使大部份人存活。卡恩主張，美國應當花三百億美元來建築這種民用的避難設備（見該書第五一七頁），但他估計這樣一筆巨款，事實上是不會撥付的。因此他說許多人生命可以保全云云，這論據根本站不住腳。我認為，比較合理的、最樂觀的估計，乃是約翰．M．福勒（**John M. Fowler**）在《輻射塵》（*Fallout*）一書中所說：「一個有高度技術知識的、聰明機警的人或家族，如果是處於全面毀滅的圈子之外，不直接受致命的輻射塵的籠罩，那麼或許能活得過在核子大戰發生後最初這幾個可怕的星期。如果鑽進了地下室，或者潛伏在某種臨時建造的避難所的角落裏，他可能會活下來的，雖然外面就像是一個大火爐那樣，千千萬萬人正在無聲無息地死亡。」（見該書第一七五頁）即使這樣，但要想到那時候食物和食水都已充滿了毒素，一切交通工具已全部毀滅，醫院早已不存在，幸存的醫務人員寥寥無幾，如果再抱一種樂觀的態度，那就是錯了。

在一場核子大戰之後，我們不但要想到幸存者身體上的健康，還得考慮到他們精神上的健康，這些人所經歷的情緒打擊，那是任何人類所不曾遭受過的。我們可以預料，許多幸存者將成為瘋子，甚至可能變得具有破壞性，即使不是大多數人如此，至少會有很多人是這樣。不但真正的核子大戰會使人精神失常，如果大規模的建造民用避難所，那也會促使許多人精神崩潰。有一些像卡恩那樣的人，相信相當數量的美國人可以保存性命。我認為這種看法太過樂觀。但就算這種看法是對的，那些幸存的人從地下室中爬出來，看到這個遍地屍骸、慘遭破壞的世界時，他們的精神狀態將是如何？這些人當中，是否還有相當數量的人能夠勤奮工作，進行世界的重建呢？在摩德卡．羅舒華爾德

（Mordecai Roshwald）所寫的一部書《第七號坑道》（*Level 7*）中，對於想像中的地下避難所的生活，有很生動的描寫，這部書頗有價值，只可惜沒得到公眾應有的注意。

或許，還有一線希望：如果大戰主要只在北半球進行，輻射塵不越過赤道，那麼整個世界將由目前的南非政府統治。無疑，人們可以歡呼說，這是「自由世界」的勝利。

凡是考慮過這種危機的人，有幾件事是大家看得很明白的：第一、必須立即裁減核子武器；第二、務須停止核子試驗；第三、目前美蘇雙方的政策，是遭到核子襲擊時立即還擊，這個政策中包含極大的危險；第四、必須防止將核子武器擴散到還沒有核彈的國家。雖然眾所公認，對這四件事必須採取行動，但在任何一件事上，都沒有得到甚麼成績。我將對每一件事略加討論。

裁軍會議開了又開，人們聽也聽厭了。在這些會議之中，有一種經常使用的策略：每一方都急於宣稱自己是擁護和平的，因此每一方都提出一個建議，如果這建議獲得通過，那就會有極大的好處。但每一方提出建議之時，一定在其中包含某些預料對方一定不會接受的條款，而且任何一方都不肯尋求某種妥協的方式，因為大家認為妥協就是膽怯讓步。有一次，那是在一九五五年，西方國家在運用這個策略時碰了一個尷尬的釘子。他們提出了一個極為精彩的裁軍方案，不料蘇聯居然接受了，西方國家這一驚非同小可，連忙將方案撤回。關於這件事的詳情，可在菲利普．諾爾—貝克（Philip Noel-Baker）的《軍備競賽》（*The Arms Race*）一書中讀到。我認為，凡是讀了這本書的，勢必會得到這樣的結論：東西雙方實在都不是真心希望裁軍，雙方所關心的，其實只不過是如何能叫嚷裁軍卻不必真正裁軍。

關於禁止核子試驗，東西雙方曾進行長期的談判，談判常常看來可以成功了，但不是這一方便是那一方，總有人搞出一些橫蠻無理的事來，使得協議難以成立。要成立協議，現在還很有「可能」，但也不能說前途大可樂觀。禁試協議所以不能成立，主要的責任在於蘇聯。[3]

禁止核子試驗具有兩方面的重要性：一方面它使核子武器不易擴散到新的國家去；另一方面，只要和平能夠維持，輻射塵就不致進一步為害人類。輻射塵有各種不同的種類，最重要的大概是鍶九十（Strontium 90）和碳十四（Carbon 14）。這些含有放射性的微塵，從大氣層的上方由雨水或風帶下來，或者只是隨地心吸力而緩緩下降。輻射塵造成各種各樣的害處，最嚴重的是骨癌、血癌和對生殖細胞的損害。因為這幾種疾病本來是相當常見的，所以當有人患了這些疾病時，卻無法確定是由輻射塵所造成的。除了那些因為個人利益攸關以致不得不作違心之論的人以外，每個人都會同意，到一九五八年為止的各次核子試驗，已增加了因癌症死亡和畸形嬰兒的人數。[4] 有些國家的政府撥出若干款項，用以研究如何防止癌症，然而他們花在造成癌症上的錢，卻不知要大多少倍。至於在生殖方面的影響，我要引述美國一位傑出遺傳學者A．H．史都特文（Alfred H. Sturtevant）的意見。他說：「如果人類還能繼續生存幾代，那麼迄今為止已爆炸的核子炸彈，最後一定會造成許許多多生來就殘廢的人，這個結論是無法逃避的……一位身居要職的官員（指海軍上將史特勞斯〔Lewis Strauss〕）居然會說，如果慢慢吸收高度放射性的物質，是不會有生物學上的危險，對此我至感遺憾。」

不久之後，這位學者在公開演講中說，氫彈是一九五四年開始試爆的，由於試爆中所產生的高度放射性物質，在這一年中所出生的嬰兒，大概已有一千八百名嬰兒的健康受到損害。就在這一年，美國生物學家柯特．斯德恩（Curt Stern）宣稱：「現在，由於過去的氫彈試驗，全世界每個人的身體之中，都已有了微量的放射性物質：骨骼和牙齒中有了放射性鍶，甲狀腺中有了放射性碘。」（見《亮過一千個太陽》〔*Brighter Than a Thousand Suns*〕第三〇三至三〇四頁）。[5]

我們看到，軍備競賽使人們的道德觀念也變得反常，那實在是令人既感奇怪，也覺沮喪——如果我故意使一個人患上癌症，那麼別人便認為我是一個奸邪的惡魔；但如果我故意使成千上萬的人患上癌症，我卻成為一個崇高的愛國者。

生殖細胞受損，具有十分可怕的遺傳性。一個人身上受了這種損害，如果他運氣好，他生下來的孩子是健康的，然而這些孩子再生孩子時，就可能出現畸形嬰兒。已經爆炸的核彈到底損害了多少人的生殖細胞，那是無法確知的，在已發表的各種估計中，也因估計者的政治見解而大有差異。但事實上可以確定的是，這種對生殖細胞的損害確確實實已經造成了。如果發生了核子大戰，如果還有人僥幸活下來的話，一定有大批人的生殖機能受到損害。在那時候，世界上的人丁稀稀落落，而其

[3] 作者對於禁試問題的分析十分正確。這次美蘇英三國部份禁試核彈協議所以能夠成立，主要便是由於蘇聯突然有了誠意而致，如果蘇聯不改變態度，這協議還是不能簽訂。——譯者註

[4] 到一九五八年時，美蘇英三國都停止了核子試驗，但去年蘇聯又大舉試驗，引起了舉世譴責，跟着美國也進行試驗。據香港防癌會九月十六日發表報告：目前癌症是香港第一號殺人兇手，去年死於癌症者達二千四百八十八人，超過了死於肺結核的人數。——譯者註

[5] 近年來世界各地畸形嬰兒的人數劇增，有人認為是孕婦服食鎮靜劑所致，但也可能與美蘇兩國的大規模核彈試爆有關。——譯者註

中許多人只會生育白癡、奇形怪狀的殘廢嬰兒。我們建議那些正在冷酷地計劃核子大戰的大人先生們去好好想一想這種景象。

西方國家中有人直言無隱的提出了「立即反擊」的理論，大概東方國家中也有這種主張。從軍事上來看，這種主張具有很強的論據。如果進行珍珠港式的偷襲，那麼偷襲的一方就佔到了極大的便宜，假使對方沒有被徹底的摧毀，則它在整個崩潰之前，就必須立即反擊。所謂「立即反擊論」，便是從這個事實中產生的。每一方都相信對方隨時隨刻都「可能」突然發動進攻，因此，每一方都必須經常準備發動反擊，向侵略者報復。關於這一方面的作為，我們對西方國家所知較多。美國有一個巨大的雷達網，經常在注視有否蘇聯轟炸機或火箭進襲的任何跡象。只要雷達方面認為蘇聯來侵犯了，美國的氫彈就立即射向蘇聯。有時候，也會發生錯誤。有時一群野鳥的飛行被誤認作蘇聯來犯，其中至少有一次是雷達將月亮認錯為蘇聯的火箭，並發出了警告，轟炸機也飛了出去。至此為止，錯誤總算及時發覺，轟炸機被召了回來。然而，這並不能保障將來也能及時發覺錯誤，如果不能及時發覺，那麼全世界就被投入了一場並非出於本意的核子戰爭。如果單從那一個月來說，這種情形是很不可能發生的，然而時間愈長，可能性便愈大。人們說，冷戰還會一月又一月、一年又一年的繼續下去，那麼終有一天，會發生這種不可挽救的錯誤。只要用氫彈來「立即反擊」的主張繼續得勢，那麼我們能活得過今年或明年，那是全靠運氣了，這也是主張裁減核子武器的最迫切原因之一。[6]

將氫彈擴散到還沒有核子武器的國家，顯然是不好的，因為這會大大增加核子戰爭的可能性。雖然這一點是眾所公認的，但並未對之採取任何有效的辦法。起初只有美國擁有核子武器，後來蘇聯擁有了，後來英國擁有了。現在，法國顯然也擁有了。中國距離擁有核子武器的時間也不會很久。到最後，許許多多國家都擁有了。如果不採取甚麼辦法的話，那麼不久將來，任何兩個小國家就會使全世界陷於萬劫不復之境。雖然人人都知道這一點，卻沒有對之採取任何行動。[7]

迄今為止，在人類所發明的大規模屠殺武器之中，氫彈是最厲害的。但情勢非常明顯，如果國際間的混亂狀態和科學技術都繼續發展，那麼比氫彈更加厲害的武器一定會發明出來，而且可能用不了多少時間。有人曾談到所謂「世界末日機」（The Doomsday Machine）的東西，這架機器可以在霎息之間，將全世界的人類全部消滅。漢曼．卡恩就曾經說過，如果他認為值得，這樣的一架機器他幾乎毫無疑問一定能發明出來，幸虧，他認為並不值得發明。然而，如果人們知道如何製造這架機器，某個由狂熱分子統治的國家在面臨失敗之時，顯然很可能會予以動用。希特勒在臨死之前的那幾天中，寧肯要全人類毀滅，也不願遭受失敗之辱，這一點我是決不懷疑的。

除了世界末日機之外，我們必須記得，還有其他的可能情形。迄今為止，人們認為化學戰和細菌戰的效力及不上氫彈，但所有的大國都在進行研究，加以改進，可能不久便做到盡善盡美。另外還有一種不久便會實現的可能性，那是由人駕駛的攜帶氫彈的人造衛星。請想一想，天空中充滿了一隊隊俄國的和美國的人造衛星，每天都這麼在你頭頂飛過一次，遮得天都黑了，而每顆人造衛星都能

[6] 美蘇首腦之間設立直通電話線，是防止這種錯誤的有效方法之一。美蘇雙方正在進行磋商，研究其他防止錯誤的辦法。因此在今日的局面下，氫彈的危險性已比一年前減低。——譯者註

[7] 三國禁試條約中，含有禁止核子武器擴散之意。——譯者註

造成極大損害。在這種情況之下，日子還過得下去麼？人類的精神能夠忍受麼？到最後，人們覺得與其每一天、每一小時都在忍受這種可怖的折磨，還不如索性讓大禍突然到來的好，那是否可能呢？我不知道我們將來會遇到甚麼可怕的事情，但誰都不會懷疑，如果不作甚麼重大的改變，那麼科學家一定會大大的為禍人類。在我們生存的世界中，存在着一種積極求死的願望，這種願望具有極大的力量，每當有甚麼國際危機發生時，這種求死的願望總是勝過了頭腦清醒的判斷。如果我們想繼續活下去的話，這種情形決不能長此以往。在本書的其餘部份，我將設法提出若干建議，我們或許能採用這些辦法逃過大難。

第四章 自由還是死亡？

不管一個國家如何有權抗拒外國的干預，用以保持本國政府的形式，但它決不能宣稱有權去毀滅那些並不希望介入爭端的國家中的千千萬萬人民。

今天人們所以還記得在獨立戰爭中嶄露頭角的美國愛國者柏德烈．亨利（Patrick Henry），主要是由於他的一句話：「不自由，毋寧死。」在狂熱的反共者口中，這個口號的含意是：與其全世界讓共產黨統治，還不如大家都死光了好。然而柏德烈．亨利說這句話的用意，卻是全然不同的。他是在號召人們為一個正義的目標而奮鬥，由於英國的鎮壓，如果美國人不犧牲生命，自由這個目標就不能實現。因此，他的死亡可能會促進了自由。在這種情形下，那是對的，應當贊成這個口號。

然而，如果以這個口號為藉口，認為應該打核子戰爭，情形就完全不同了。核子大戰的結果到底如何，我們並不知道。可能人類就此滅絕。可能世界上還會留下東一堆西一堆稀稀落落的人群，你搶我奪，以劫掠為生，至於互助合作，那是根本談不上了。最樂觀的想法，則結果是出現一種控制非常嚴厲的專制政府，對所有的生活所需施以嚴格的配給。[1] 漢曼．卡恩認為，在某些情況之下，核子戰爭是可以打的，他承認最佳的效果是產生一種制度，他稱之為「痛苦不堪的社會主義」。至於柏德烈．亨利所要求的那種有秩序的自由，在一場核子大戰之後，那是決計無法出現的。當代有些人自稱是柏德烈．亨利的崇拜者，動不動就引述他那句「不自由，毋寧死」的名言，主張維護有秩序的自由。然而，他們似乎忘了，美國憲法補充條款第一條和第五條，主要便是由於柏德烈．亨利的努力而設立的，但假如今天有人引用這兩個條款，他便會被指為叛國者，這不免頗有諷刺意味。[2]

如果一個目標是好的，你為了這目標犧牲自己的生命能促進這目標的實現，這種犧牲是崇高的。但如果事實上明知你的犧牲對這目標並無益處，你的犧牲只不過是一種狂熱的表示而已。有些人公然宣稱，他們寧可讓全人類死絕，也不願讓共產主義得勝；另一種人則寧可讓全人類死絕，也不願讓反共勢力得勝。兩者顯然都是狂熱的想法。假定共產主義確是壞得不堪，便如最激烈的反共者所說的那樣，但在此後的若干世代之中，仍是有改善的可能。假定反共勢力的罪惡，確如最偏激的斯大林分子所設想的那樣重大，以後同樣是可以予以糾正的。過去歷史上曾出現過許許多多殘酷虐民的專制政府，但最後這些政府不是改善了，便是被推翻。只要人類繼續存在，改善總是有可能的。但不論共產主義還是反共主義，都不能在一個遍地只有死屍而無活人的世界上建立起來。

有些人誇誇其談的說甚麼「自由世界」，大賣力氣的來鼓吹反共，但他們的所作所為，在許多方面都顯得言行不符。葡萄牙以高壓手段對付安哥拉的有色人種，英國政府最近卻反常地對葡萄牙表示友好。在佛郎哥統治之下的西班牙，人民所享有的自由，即使不像在赫魯曉夫統治下的俄國那樣少，至少也相差無幾，西方國家卻竭盡所能來拉攏西班牙。英法聯軍出兵攻打蘇彝士運河，其用心之卑劣，實在與俄國人鎮壓匈牙利事變不相伯仲，雖然英法聯軍所造成的損害小得多，但那只是因為出征蘇彝士運河沒有像俄國鎮壓匈牙利那樣得到成功。在古巴、危地馬拉和英屬圭亞那，西方國家為了要使這些地區不致脫離西方陣營，不惜採取各種手段來阻撓當地居民的意願。在美國，凡是參加共產黨的人，最近都被認為是犯了罪行，只有那些能提出證據證明他們不知道共產主義是危害國家的，才能免於刑罰。這一切都是損害自由的罪行。局勢愈是緊張，人們愈是覺得，為了自由的目標，應當去犯這些罪行。

在西方國家，當權者限制人們的思想自由，進行不符事實的宣傳，這種情形遠較公眾所知者為多。他們不肯承認，這種種限制已使得東方國家與西方國家之間的差別愈來愈小，西方國家再自稱為「自由世界」未免有些可笑。

試以美國在英國設立基地的問題為例。在每個美國的基地之人，都有一個堅強的核心，這核心由一

---

[1] 中共對於核子大戰後果的估計，大致便是羅素所說這種「最樂觀的想法」。毛澤東於一九五七年十一月十八日在莫斯科會議中的講話說：「要設想一下，如果爆發戰爭要死多少人？我和一位外國政治家辯論過這個問題。他認為如果打原子戰爭，人會死絕的。我說，極而言之，死掉一半人，還有一半人，帝國主義打平了，全世界社會主義化了，再過多少年，又會有二十七億，一定還要多。」在中國大陸，各種生活所需本就施以嚴格的配給，政府也是集權政體。所以羅素所設想的局面，對中共影響極小。——譯者註

[2] 美國憲法補充條款第一條規定人民有言論等自由；第五條規定若非被正式起訴，人民有權對自己的罪行不予答辯。羅素這句話，主要是指美國國會召人詢問是否共產黨員，如被詢者根據憲法第五條補充條款不予答覆，往往被冠以「藐視國會罪」而被判刑。——譯者註

批訓練精良的空軍人員組成，他們一收到警報，在一兩分鐘之內便能立即駕機升空，這種情形有多少人知道？這個核心與基地的其餘人員完全隔離，旁人不能進入這核心地區。核心人員有專用的食堂、宿舍、圖書館、電影院等等，武裝衛隊在外守衛，不許基地中的其餘美國人員進入。每隔一兩個月，全體核心部隊（包括司令官在內）便會飛返美國，由一個新的部隊調來接防。這個核心部隊的人員，幾乎不得與基地中的其餘美國人有任何接觸；至於和基地附近的居民，更不得有任何接觸。

之所以要這樣，其目的顯然是要使英國人對此一無所知，同時使核心人員機械地順從在受訓時所灌輸的思想，一接命令，立即執行。再者，發給核心人員的命令不是出自司令官，而是直接來自華盛頓。如果說當危機發生之時，英國政府能控制來自華盛頓的命令，那當然絕不可能。很明顯，華盛頓方面任何時間都可能發出攻擊令，從而引起蘇聯軍隊的反擊，並於一小時之內將英國人全部殲滅。

在廣島上空發出信號投擲原子彈的人名叫克勞德・伊薩里（Claude Eatherly），他的情況是一個非常值得注意的例子，說明了當政者（至少是美國的當政者）擁有多麼巨大的權力。他這個例子也說明了在當代這個世界中，一個人往往只有不遵守法律，才能避免去犯滔天的大罪。伊薩里事先並不知道原子彈會造成多大的殺傷力，到後來他發現自己所幹的這件事的後果竟是如此，不禁大為震驚。在此後許多年中，他不斷的違反法例，與政府搗蛋，想使人注意到核子武器的兇惡殘暴，也想藉此稍減他良心上的苛責，若不是這樣的話，他整個人便要崩潰了。當局決定要認定他精神失常，於是一群服從性極強的精神科醫生便證實了當局的意見。伊薩里深自悔恨，於是被認為精神失常；杜魯門泰然自若，於是被認為精神正常。我曾看過伊薩里所寫的許多篇說明其動機的聲明，這些聲明完全理性。然而，騙人的宣傳力量是如此的巨大，幾乎每一個人（包括我自己在內），都相信他已變成了瘋子。

最近，由於伊薩里這件案子宣揚了開來，華盛頓的總檢察長才進行干預。本來在防範極度嚴密的看守所中監禁了半年的伊薩里，被移送到醫院中去，他在醫院受到很好的待遇，人家對他說，以後不會再調查他，他不久就可獲得釋放。他其實沒有獲得釋放，只是暫時逃走了。

我們再來看一下美國眾議院非美活動調查委員會在一項調查中的情況。如果這個委員會不喜歡哪一個中年人，叫了他來加以調查，類似以下的情況便會出現——

問：「三十年之前，當你在學校讀書時，你有認識共產黨人麼？」

答：「有的。」

問：「你願意將這些共產黨人的名字列舉出來麼？」

答：「我不願意。」

這個受質詢的人，就可能不幸以藐視國會的罪名而被送入監獄，除非他經過三思之後，決定為了討這委員會的歡心而出賣他的朋友，或者最好是捏造一些虛假的事實來陷害他的朋友。人們認為為了神聖的「自由」，這種做法也是對的。[3]

[3] 一般人認為，自從參議員麥卡錫死了之後，這一類事情不會再發生了。但事實不然。據我所知，最近的一個事例發生於一九六一年四月四日，民歌歌手皮特．西格（Pete Seeger），就由於這樣的罪名而被判處一年徒刑。——作者註

實雙方同樣卑鄙下流。

我這樣說，決不是在替蘇聯辯護。蘇聯對於它所壓迫的人，根本是不當人看待的，手法殘酷無比，尤其以在匈牙利與東德為甚。蘇聯的虛偽無恥，也決不下於西方國家：東德政府之所以能夠維持而不被人民推翻，完全是由於蘇聯的軍事力量，卻居然稱之為「德意志『民主』共和國」。東方國家事實上是犯了許多罪行，然而並不能證明西方國家是清白無辜的。雙方都是滿口子的仁義道德，其實雙方同樣卑鄙下流。

核子武器可怕的情形之一，是如果予以大規模使用的話，不但對交戰國會造成巨大無比的破壞，而且同樣危及中立國。因此，中立國須設法防止核子大戰，以行使它們自我保護的基本權利。不管一個國家如何有權抗拒外國的干預，用以保持本國政府的形式，但它決不能宣稱有權去毀滅那些並不希望介入爭端的國家中的千千萬萬人民。由於我們之中有許多人不喜歡共產主義，於是我們就有權去殺死許許多多置身事外的印度人、非洲人，難道這種理由也能成立麼？難道這就是民主麼？所謂民主應當是這樣：凡是沒有參戰的國家，如果得不到他們自己的同意，就不應予以牽連，是不是？

我們試看柏林問題。我憂心忡忡的注意到，美蘇雙方都表示，他們寧可立即進行核子大戰，也不願接納他們所不喜歡的方案。雙方這種聲明，意思就是說要使全世界遭到不可想像的恐怖，那是決不能容忍的；如果這只不過是雙方裝腔作勢，裝模裝樣，那才能勉強說得過去。雙方都有一批狂熱分子，他們心中的基本信念，便是克里姆林宮如何如何邪惡，或華爾街如何如何邪惡，這種基本信念遮蔽了他們的眼睛，使他們看不到雙方共同利益之所在。東西雙方在進行磋商的時候，如果他們頭腦清醒，便不應當把對方視作敵人，而應當把氫彈視為他們的公敵。東方國家和西方國家有一個共同的目標，那就是要避免遭受現代武器導致同歸於盡。然而，雙方都由於互相憎恨，以致看不到這個共同目標。在進行磋商談判的時候，雙方都沒有達成協議的誠意，只是設法使對方得不到任何表面上的外交勝利。

在這種相互憎恨之下，隱藏着某些常人的七情六慾，其中最主要是自負、猜疑、恐懼和權力慾。參與商談的代表們認為，當他們拒絕哪怕是合理讓步的時候，他們也有理由洋洋自得，因為本國的輿論總是支持他們。當雙方目前的氣氛都沒有甚麼改變的時候，對於對方心存猜疑，本來並非沒有理由，這種猜疑的心理使人一聽到對方的說話，便懷疑這個陰險狡猾的對方代表可能佈下了甚麼圈套，使我方真誠坦率的代表墮入彀中。至於心存恐懼，在目前的情況下也不是沒有理由的，但恐懼常常會使人採取不合理性的行動，反而更增加了人們所害怕的事物的危險性。日常生活中有一種很常見的情況，那是所有精神科醫生所熟知的——大多數人在極度恐懼之時，並不能頭腦清醒地冷靜考慮，反而像野獸一般根據本能作出反應。我以前有一頭驢子，養在一間小屋裏。這間小屋着了火，須幾個身強力壯的人出盡力氣，才能將這頭驢子拉到安全的地方。如果置之不理，這頭驢子會嚇得無法動彈，以致被火燒死。今日各大國的情況與此十分相像。對於裁軍問題，這個比喻特別適合。每一方對於對方的核子武器都是害怕之極，於是增加自己的核子軍備以策安全。對方的反應，自然是再度增加己方的核子軍備。結果，用來減少核子危險的一切步驟，反而增加了這種危險。

權力慾或許比恐懼更加促使各國推行各種缺乏理性的政策。大家都認為，個人的自吹自擂是一種不好的行為，然而國家的自吹自擂卻被認為值得讚許，至少本國同胞會覺得很好。人類整個歷史中，曾有許多大國由於不願意承認自己的權力總有一定的限度，以致走上了覆滅之途。一個又一個國家，野心勃勃的企圖征服全世界，終於招致滅亡。希特勒的德國是最近期的例子。我們如回溯歷史，可以找到許多其他的例子，其中最顯著的是拿破崙、成吉思汗和阿提拉。認為《創世紀》是真實歷史紀錄的人，可以把該隱當作最早的例子。該隱很可能是這樣想，只要將亞伯除去之後，以後的子子孫孫就都歸他統治了。[4]當赫魯曉夫威脅說要消滅西方國家的全體人民，當杜勒斯（John Foster Dulles）說「我們能贏得熱戰」，那時候我便想起了歷史上同樣愚蠢的例子。

即使從最狹隘的利己觀點來看，那也是極度的愚蠢。在本國與敵國散播毀滅、痛苦和死亡，那是瘋人的行為。如果東西雙方能停止相互間的敵意，那就能將他們的科學技術奉獻給本國的福利，那就能安安樂樂的生活而不必心懷恐懼——這種恐懼，正是他們自己的愚蠢所造成的。因為罪惡存在於人們的心中。人們所建造的巨大殺人工具，乃是我們內心罪惡的外在表現。如果世界上沒有了人，那就不會有目前這種自相殘殺的情況。根本的原因在於人的內心，因此要解決問題，必須從啟發人的心智着手。

有人這樣說：「戰爭是人類天性的一部份，人性是不能改變的。如果說再發生大戰便是人類的整個毀滅，我們只好喟然長嘆，聽天由命。」說這種話的人，他們的長嘆虛偽得很。不可否認，確是有一批人和一些國家很喜歡使用暴力，但也不見得由於人類天性中的某些因素，以致無法約束這些人和國家。喜歡殺人的人會受到刑事法律的約束，我們之中的大多數人並不因為不許殺人而覺得人生毫無樂趣。對於國家，情形也是一樣的，雖然戰爭販子們極不願意承認這一點。自從一八一四年以來，瑞典從未參加過戰爭。我所認識的瑞典人，沒有一個表現出他們由於缺乏戰爭的機會，以致覺得精神上有甚麼痛苦。世上有各種各樣沒有害處的和平競爭，人們的戰鬥本能大可在其中得到充份的滿足。在一個文明的國家中，政黨之間所爭執的許多問題，如果發生於不同國家之間，那很可能便會引致戰爭。民主國家中從事政治活動的人，逐步習慣於遵守法律的規定。在國際事務上同樣可以這樣，只要有一個政治機構能夠裁決國與國之間的爭端，而人們又逐步習慣尊重這個機構的裁決。沒多少年以前，私人之間的紛爭常用決鬥的方式來解決，那些贊成決鬥的人說，禁止決鬥是違反人性的。他們忘記了，所謂「人性」，主要是來自習俗、傳統和教育，文明的人性格只有極小的一部份出於原始的本能。目前那些贊成戰爭的人，也忘記了這一點。如果這世界能連續幾個世代沒有戰爭的話，那時候人們就會覺得戰爭實在是荒唐之至，就像我們今日覺得決鬥這件事十分荒唐一樣。當然，那時候仍舊會有一些喜歡殺人的狂人，但這些人不再會是各國政府的首長。

[4] 阿提拉是匈奴王，橫掃歐洲，殺人無數，歐洲人聞名喪膽，死於公元四五三年。該隱為《聖經》中人類始祖亞當與夏娃的長子，亞伯為其弟，亞伯為該隱所殺。——譯者註

第五章 科學家和氫彈

核子武器具有決定性的威力，是一種非常強烈的誘惑，使人很難加以抗拒，尤其是那些正在面臨失敗的領袖。因此，在將來任何大規模的戰爭中，原子武器是極有可能使用的，結果則是可怖之至。

公眾之中有一部份人覺得，核子武器使世界遭受如此重大的危險，科學家應負上道義上的責任。有些科學家確是應當負擔一部份責任，就是那些受本國政府所僱用以製造核子武器，或者是進行研究以設法製造核子武器的科學家。但是在所有傑出的科學家中，絕大多數是竭盡所能來反對核子危機的。政界人士、新聞界，以及公眾，使得這些科學家的努力無法為大眾所知。在這一章中，我要說一說這些科學家付出的努力。

主持製造原子彈的人是奧本海默，當美國政府着手製造氫彈時，他反對這個新計劃。在許多年以前，奧本海默曾做過一些不大謹慎的事，這些事當局向來就知道的。現在奧本海默居然反對製造氫彈，當局大為惱怒，便去翻他的舊賬，並在一九五四年宣佈了一條規定，認為他「危及安全」——那就是說，從此以後，奧本海默不能再獲知任何機密的情報。[1]

或許有人覺得，奧本海默願意製造原子彈，卻不肯製造氫彈，不免前後不符。原子彈是在戰時製成的，那時人們都認為，希特勒就快要製造成功了，雖然這種想法後來證明是錯的，但當時確是有理由這樣想。氫彈的製造卻是在和平時間進行的，那時候大家確定的知道，如果進行這計劃，蘇聯會和美國同時成功製造氫彈，任何一方都不會因氫彈而獲勝。

同時，氫彈所顯示的破壞力是如此的巨大，所有不受僱於本國政府的科學家，幾乎個個都感到了極度的震驚。在伯納多特伯爵（Count Bernadotte）的發起之下，一群非常傑出的（不過都是西方國家的）科學家在邁瑙島（Island of Mainau）集會，他們在一九五五年七月十五日發表了下列聲明：

簽署這份證明書的人，是來自許多國家的科學家，我們的種族、信仰和政治意見並不一致。不過我們都是諾貝爾獎的得主。

我們終身致力於科學，至感快樂，因為我們認為，科學能使人類的生活更加豐足。但我們非常震驚的獲悉，現在，科學已使人類有了自我毀滅的工具。

如果發生了全面戰爭，使用最近所發明的武器，全世界就會充滿放射性物質，戰爭的結果將是一切國家的毀滅，不論中立國或是交戰國的人民都被全體消滅。

[1] 最近美國政府對奧本海默的這項規定已予撤銷。——譯者註

如果各大國參加了戰爭，誰能保證不會發展到這種全世界同歸於盡的可怕局勢？這樣，任何國家一進行全面戰爭，不但招致它本國的毀滅，也危及了整個世界。

由於害怕這種毀滅性的武器，今日世界上才能維持和平，這一點我們並不否認，但如有任何政府認為，因為大家都害怕這種武器，最後戰爭就可防止，我們認為這種想法完全是不切實際的。相反的，恐懼與緊張局勢，往往極容易引致戰爭爆發，如認為小規模的衝突仍舊可以用常規武器來解決，我們認為這種想法也是不切實際的。任何在進行戰爭的國家，如果到了生死存亡的關頭，決不會放棄使用科學技術所能供給的任何武器。

因此，各國應當決定自動的宣佈，決不將武力作為推行外交政策的最後手段。因為各國如果不準備這樣做的話，它們都將被消滅。

許多科學家都設法要減低核子戰爭的危險，鮑林（Linus Pauling）博士是其中最積極的一位，他向聯合國起草了一份請願書，要求成立協議，停止試驗，作為廢止核子武器的第一步。他邀集了九千二百三十五位科學家在這份請願書上簽名，於一九五八年一月交給哈馬紹（Dag Hammarskjöld）先生。[2]這份影響力極大的請願書中說：

我們，以下簽名的科學家，呼籲立即成立國際協議，停止核彈的試驗。

每一次核彈試驗，都增加了世界各地放射性物質的負荷。放射性物質每一次的增加，都損害到全世界人類的健康，也損害到人的生殖細胞，以致在此後各世代中將有更多的畸形嬰兒誕生。

目前只有三個國家擁有這種武器，要達成協議以進行控制，那是不難的。如果試驗繼續下去，當有更多政府擁有了這種武器，那麼由於某一國不負責的領袖採取了鹵莽的行動，以致爆發一場核子戰浩劫的危險性，就大大的增加了。

如果核子大戰爆發的話，那將是人類的大災難。現在成立一個禁試核彈的國際協議，可以作為實現更全面裁軍的第一步，最終有效地廢除核子武器，消除核子戰爭的可能。

我們這一群人共同深切地關懷全人類的福祉。我們是科學家，懂得核子武器所包含着的危險，因此負有特殊的責任，要將這種危險公諸於世。我們認為必須立刻採取行動，訂立國際協議，禁止試驗所有核子武器。[3]

印度政府任命一批極為優秀的科學家起草了一份報告書，題目叫做《核爆及其後果》（*Nuclear Explosions and Their Effects*）。這份報告書於一九五六年在德里發表，一九五八年再版。報告書的內容非常客觀，真實可信，但也因此而不符合東西雙方政界人士的目的，那些專門追求聳人聽聞消息的記者們也不予以理會。結果，不論在東方或西方，這份報告書都很少人知道。

---

[2] 哈馬紹在那時是聯合國秘書長。——譯者註

[3] 迄今為止，在部份禁試協議上簽字的政府已有一百零一個。——譯者註

一九五五年八月，倫敦有一個重要的會議，那是「各國國會議員籌組世界政府聯合會議」，蘇聯有四個代表參加，其他所有的獨立國家都有代表出席。參加者並不以國會議員為限，其中還有科學家、社會學家和哲學家，而這會議的組織和議程主要由科學家安排。俄國人和其他的參加者一樣，表現了充份的友好精神，西方國家的代表們以同樣的友好態度予以歡迎。當會議進行時，有一個非常明顯的情況——如果由這個組織來處理世界事務，東西之間的緊張局勢立即就可緩和，而各國政府所無法解決的許多問題，也可在任何一方都不犧牲重大利益的情況下得到解決。當會議開始時，我提出了一個議案：

如果再發生世界大戰，一定會使用核子武器，這種武器會消滅文明生活，甚至可能消滅整個人類。因此我們呼籲各國政府了解並公開的承認，它們的目標不能通過世界大戰而達到；因此我們呼籲立刻進行研究，調查最近的科學發展對整個人類有甚麼影響，同時提倡以和平方式解決一切國際爭端。

當討論結束時，一致通過了下列決議：

目前存在着一種危機，如果再發生世界大戰，就可能會使用核子武器，這種武器會造成無可估量的苦難和破壞。因此我們呼籲各國政府了解並公開的承認，它們的目標不能通過世界大戰而達到；因此我們呼籲立刻進行研究，調查最近的科學發展對整個人類有甚麼影響，同時提倡以和平方式解決一切國際爭端。

對這議案我曾更進一言：

各位或許已注意到，這個決議和我在會議之初所提的議案並不完全相同，所以有了修改，那是由於和我們的朋友蘇聯科學家討論的結果，我很高興的表示，在和這幾位蘇聯科學家經過了非常友好的討論之後，我們在全體同意下作出了一個決議，對於這個決議，我們可以一致的公開支持。這種同意和一致是一件很重要的事，這個決議經過如此修改後，可以得到我們的蘇聯朋友，以及西方朋友的共同支持，我確是十分高興。這是合作的開始，我希望隨着時間過去，這種合作將愈來愈廣，愈來愈深，直至現存的各種分歧一一消失。[4]

蘇聯科學院科學秘書A·V·托普照契夫（A. V. Topchiev）在作結論時曾說了一段話：「蘇聯科學家樂於指出本次大會絕對成功。整個大會在互相諒解的精神下進行，大家都具有達成協議的誠意。大會的主要議案和多個小組委員會的決議，都得到了全體一致的通過，這是很重要的事，充份表現了本次大會的精神……本次大會顯示了，只要所有與會者都有達成協議的誠意，能對別人的觀點作諒解和考慮，那麼任何問題都能取得協議……必須指出，本次大會另有一個積極的成就，那就是各國科學家相聚一堂，個人相互間的接觸，無疑會有助於國際連繫的發展與增強，以及科學的更進一步成功。」

[4] 羅素原來的提議所以要加修改，因為蘇聯人認為再有世界大戰，不一定要用核彈，即使用了核彈，也不一定消滅文明生活和全體人類。——譯者註

會議在親切友好與熱情興奮的氣氛中結束。一九五五年的前三分之二時間中，是充滿了希望的。六月間，一個規模很大、很成功的大會，叫做「世界和平大會」（The World Assembly for Peace），在赫爾辛基召開。這大會主要是共產黨人發起的，但非共產黨人士對此也頗有貢獻。我自己未能親身參加，但送去了一篇論文，文中提出了若干解決東西爭端的可能條款，所有參加大會的人士對這篇文章幾乎是個個贊成。然而，這種充滿希望的空氣卻給西方國家政府破壞了，它們所提出的裁軍建議，出乎意料地為蘇聯所接受，於是它們立即撤回原議。在最近幾個月間，蘇聯也採用了相同的手法，以阻止締結禁試核彈的條約。

我個人與之有密切關係的組織，一般稱之為「波華舒運動」（The Pugwash Movement）。這個組織之誕生，是由於我起草了一個聲明，送交少數幾位最優秀的科學家，第一位是愛因斯坦，他在逝世前兩天在這宣言上簽了字。我的目的是設法使共產黨科學家與反共科學家就着核子武器的問題，在科學技術的範圍內能夠共同行動，如果可能的話也可以在國際問題上共同行動。我認為，如果當世約十二位最傑出的人物能簽署一份聲明，或許能對各國政府和公眾產生若干影響。當我認為所收集的簽名已足夠啟動這運動時，我便在一九五五年七月十九日舉行一個記者招待會，並發表了這個聲明。這個記者招待會是在倫敦《觀察家報》（*The Observer*）的大力支持之下，由該報一位工作人員召集的，我並十分榮幸能得到羅勃拉特（Joseph Rotbalt）教授擔任這次招待會的主席。這份聲明的全文如下：

> 今日人類面臨異常悲慘的局面，我們覺得科學家應當舉行會議，研究由於發展大規模殺傷力武器而造成的危險，並根據本聲明所附草案的精神，討論並通過一個決議。

我們此刻並非以這一國或那一國、這一洲或那一洲、這一種或那一種信仰的一分子，而是作為人類的一分子而發言。至於人類是否能繼續存在，已是大有疑問。世界上充滿了各種各樣的衝突，而共產主義和反共主義之間的大衝突，更籠罩了其他的一切小衝突。

對於這許多爭端，凡是關心政治的人，無不對其中某些問題存有強烈的偏向。但我們希望各位盡可能撇開這些偏向，只將自己當作人類的一分子。人類過去曾有過一段光彩輝煌的歷史，我們之中沒有人會希望人類就此滅絕。

我們在這裏所說的話，要盡量避免有一個字偏袒於任何某一個集團。所有的人是同等的處於危難之中，只要大家能夠了解這種危機之所在，那麼大家便可能齊心協力設法去避開。

我們必須學會用一種新的方式來思想。我們必須懂得，不是應當採取甚麼步驟，使我們所偏袒的集團能取得軍事上的勝利，因為現在根本已沒有這種步驟了。我們所要研究的是，應當採取甚麼步驟，來避免一場軍事衝突，因為這場衝突如果發生，對任何一方都是極大的災禍。

一般公眾，甚至許多身居要職的當權人士，都不知道核子大戰的後果將是如何。一般公眾所看到的，仍不過是各大城市的毀滅。他們知道，新式的核彈比舊式的威力更強，一枚原子彈可以摧毀廣島，而一枚氫彈則可以摧毀倫敦、紐約、莫斯科之類的大城市。

在一場使用氫彈的戰爭中，大城市當然會被摧毀。然而，這種災禍還是較小的。如果倫敦、紐約、莫斯科所有的居民被殺光了，經過幾個世紀之後，這世界還是可以從這打擊之下恢復過來。

但我們現在知道，特別是在比基尼島的試驗之後，核子炸彈能逐漸擴展破壞的範圍，其範圍之廣，遠比我們以前所想像的要大得多。

根據極可靠的權威意見，現在製造的一枚核彈，威力是摧毀廣島的二千五百倍。這樣一枚核彈如果在地面附近或水底爆炸，會將放射性物質迸入上空。這些物質化為殺人的輻射塵或輻射雨慢慢降落到地面上。這種輻射塵曾沾染日本漁民和他們的漁穫。

這種致命的放射性物質到底能散播得多廣，那是無人知道的，但所有最有資格的權威學者一致表示，如果使用氫彈打一場戰爭，極可能使人類歸於滅絕。如果使用了許多氫彈，他們怕全世界人類會就此同歸於盡——突然之間死亡的人只不過是少數，但其餘大多數人，卻是在疾病和崩潰的折磨中慢慢死去。

傑出的科學家和各國軍事當局曾發出過許多警告。沒有一個人表示人類是一定會死光的，但他們認為人類死光是有可能的，也沒有一個人能確定的說，人類一定不會死光。我們迄今為止並未發現這些專家對這個問題所表示的意見，在任何程度上受到他們政見或偏見的影響。就我們的調查所知，他們的意見完全根據每個人的專門知識。我們發覺，愈是知道得多的專家，他對核戰後果的估計愈是悲觀。

因此，我們要向各位提出來的，是這樣一個赤裸裸、可怕而無可避免的問題：我們應當毀滅人類呢，還是人類應當廢除戰爭？[5][6]人們不願正視這個必須兩者之間選其一的抉擇，因為要廢除戰爭，那實在是太難了。

要廢除戰爭，那就必須對國家的主權實行一些不愉快的限制。[7][8]但人們所以對當前局勢不能清楚的了解，最主要的原因或許是人們覺得「人類」這個字眼很模糊，很抽象。他們很少了解到，這種危險所影響到的，不單是那空空泛泛的所謂人類，還危及他們自己、他們的兒女和孫兒。他們很少能懂得，他們自己個人和他們所愛的人們，已面臨行將痛苦地死去的緊迫危險。因此他們希望，只要禁止使用最新式的武器，那麼再繼續打仗或許也沒有多大關係。

這種希望是不切實際的。不管在和平時期如何設立禁止使用氫彈的條約，到戰爭時，各國就不再認為這些條約有甚麼效力。戰爭一爆發，交戰雙方就會立刻着手製造氫彈，因為如果一方製造氫彈而另一方不製造，那麼製造氫彈的一方最後一定會獲勝。

如果成立一個廢除核子武器的協議，以作為全面裁軍的一部份[9][10]，雖然不能徹底解決問題，

[5] 約里奧．居禮（Jean Frédéric Joliot-Curie）教授主張在「戰爭」之下，加上「作為國與國之間解決爭端的手段」。——作者註

[6] 約里奧．居禮教授所以主張加上這幾個字，大概是他認為民族解放戰爭與國內的革命戰爭不應包括在內。——譯者註

[7] 約里奧．居禮教授主張附加說明，這些限制必須是有利於全體國家而由各國所一致同意的。——作者註

[8] 大概約里奧．居禮擔心美英集團在聯合國等國際會議中佔多數，所通過的規定可能不為蘇聯所接受。他的思想是比較左傾的。——譯者註

[9] 馬勒（Hermann J. Muller）教授在此處提出保留，主張這一句話的意思應解釋為：「所有的軍備應當一齊作均衡的裁減，而廢除核子武器則為其中之一。」——作者註

[10] 馬勒教授的用意，大概是考慮到如果只廢除核子武器，而其餘的軍備卻大量增加，那麼戰爭的危機未必能夠減少。——譯者註

但還是能發揮幾種重要的作用。第一、東西雙方之間訂立任何協議，只要能夠緩和緊張局勢，那總是好的。第二、在決定廢除熱核武器之後，如果雙方都相信對方確是真誠的履行協議，那就會減少對珍珠港式突襲的恐懼，正是這種恐懼，使得雙方目前都提心吊膽，日夜不安。因此，這樣的一個協議雖然只是第一步，我們還是表示歡迎的。

我們之中大部份人都不是中立者，都是各有所偏向的。但作為人類，我們大家都必須記得，如果要解決東西雙方之間的爭端而使任何人感到多少滿意的話，不論他是共產黨人或是反共者，不論他是亞洲人、歐洲人或是美洲人，不論他是白種人或是黑種人，那麼這些爭端就決不能用戰爭來解決。我們希望東西雙方都能了解這一點。

如果我們願意的話，擺在我們面前的一條道路，是充滿着不斷增長的幸福、知識與智慧。那麼，是否由於我們無法撇開相互之間的爭吵，以致反而去選擇一條死亡之路呢？我們以人類的身份，向人類呼籲：記得你們都是人，把其餘的都撇開吧。如果你們能這樣，那麼你們的前途是通向一個新的天堂；如果你們不能這樣，那麼你們的前途便是人種滅絕的大災難。

這個聲明中建議召開科學家大會，在會中對一個議案進行表決，議案的內容大致如下：

動議：我們請求本大會，並通過本大會而號召全世界科學家及社會人士，贊同下列建議：

「在將來任何的世界大戰中，一定會使用核子武器，而這種武器會威脅到人類的生存。為此我們呼籲各國政府了解並公開承認，各國政府的目標不能通過一次世界大戰而達到；我們更因此而呼籲各國政府尋求和平的方式，以解決相互之間的所有爭端。」

此後在波華舒舉行的幾次大會，都是根據這個動議的精神而進行的。

在整個文件上簽字的人如下：

波恩教授（Max Born，柏林大學、法蘭克福大學及哥廷根大學理論物理學教授，一九三六至一九五三年間任愛丁堡大學物理學教授；諾貝爾物理學獎得主。）

布里其曼教授（Percy W. Bridgman，哈佛大學教授；諾貝爾物理學獎得主。）

愛因斯坦教授[11]

英費爾德教授（Leopold Infeld，華沙大學教授，波蘭科學院院士；曾與愛因斯坦合著《物理學的進化》［*The Evolution of Physics*］及《動的問題》［*The Problem of Motion*］兩書。）

約里奧·居禮教授（法蘭西公學院教授，法國醫學院院士；世界科學工作者協會主席；諾貝爾化學獎得主。）[12]

馬勒教授（曾在莫斯科、印度等地擔任教授，現任美國印第安納大學教授；諾貝爾生理醫學獎得主。）

鮑林教授（美國加州理工學院蓋茲及克萊林實驗所主任；諾貝爾化學獎得主。）

[11] 愛因斯坦是一九二二年諾貝爾物理學獎得主，大概因為他太著名了，作者認為不必再加甚麼介紹。——譯者註

[12] 他是發現鐳的居禮夫人的女婿。——譯者註

鮑威爾教授（Cecil F. Powell，英國布里斯托大學教授；諾貝爾物理學獎得主。）

羅勃拉特教授（倫敦大學物理學教授；聖巴多羅買醫院附屬醫學院教授。）

羅素[13]

湯川秀樹教授（日本京都大學教授；諾貝爾物理學獎得主。）

我將這份聲明送交許多國家的首腦，並附以下一信：

敬啟者：

謹奉上聲明書一份，該聲明由若干研究核子戰爭的最傑出權威科學家署名，其中指出如發生核子戰爭，人類將遭逢無可挽回的浩劫危機，因此必須尋求不使用戰爭的方法，以解決國際爭端。我熱誠希望，對於這聲明書中所討論的問題，閣下能公開表示意見，因為這是人類所會面臨的最嚴重的問題。

伯特蘭．羅素（簽名）謹啟

當這份聲明書公開發表時，共有十一人簽名（其中兩位略有保留）。這聲明號召舉行一個國際會議，由東西雙方及非加盟國的各國科學家參加。要舉行這樣一個會議，主要的困難是經費問題，因為很少有科學家能自行負擔費用。大會事先已經決定，不能接受任何現有團體的捐款，這困難由賽勒斯．伊頓（Cyrus Eaton）的慷慨支持而獲得解決。[14] 賽勒斯．伊頓將他在新斯科舍（Nova Scotia）波華舒地方的產業[15]，交給大會使用，並大量捐款，以支付各種必需的費用。結果便如事先所期望的，來自不同國家、政治見解並不相同的科學家，在一種友好的氣氛下交際往來。要在這個國際會議中達成協議，比之各國政府所發起的任何正式會議，其可能性是大得多了。第一屆會議結束後，成立了一個常務委員會，負責組織以後的各屆大會。會上決定，除了討論專門問題的種種小型會議之外，還得召開大規模的會議以討論各種經濟與社會問題，與會的除了科學家外，還得邀請社會學家、經濟學家，以及其他可能提出有價值意見的人士。迄今為止，這種大會已開了六次。[16]參加大會的代表，有來自共產國家的，也有來自西方國家和非加盟國的，大家對於某些問題已得到共識，因此已有可能將這些共識寫成報告發表出來。我要在這裏引述《維也納宣言》中的一部份內容，這份宣言是一九五八年九月二十日第三屆波華舒大會所通過的，除了一位美國代表棄權之外，其餘代表們全體投票贊成。該宣言中說（摘錄）：

我們在基茨比厄爾（Kitzbühel）及維也納舉行會議，這時候情勢已十分明顯，核子武器的發展已使人類能毀滅文明，並毫無疑問的能毀滅人類自身，而殺傷力武器也製造得愈來愈厲害。參加我們這次會議的科學家，長期以來關心核子武器的發展，大家一致認為，一場大規模的核子戰爭，將使全世界遭受空前的浩劫。

[13] 羅素是一九五〇年諾貝爾文學獎得主。——譯者註

[14] 賽勒斯·伊頓是美國鐵路大王，思想極為開明，熱心於世界和平事業。——譯者註

[15] 該處在加拿大的東部。——譯者註

[16] 這幾次會議並非均在波華舒舉行，而在波華舒所舉行的會議，也並非均與所謂波華舒運動有關。羅勃拉特教授所著的一本記述波華舒運動的歷史書即將出版。我想特別強調，羅勃拉特教授所作的貢獻一直非常重大。——作者註

我們認為，要防禦核子攻擊是十分困難的。對於各種防禦措施，如果存在了沒有事實根據的信心，甚至可能加促戰爭的爆發。

雖然，各國或許能同意從世界各地的兵工廠中廢除核子武器，以及其他大規模殺傷力武器，然而如何製造這些武器的知識，卻是不能毀滅的。這些知識對於人類始終是一種潛在的威脅。在將來任何大規模的戰爭中，每個交戰國不但認為它可以立刻製造核子武器，而且是局勢逼得它非這樣做不可，因為沒有一個參戰的國家能夠肯定敵方並沒有在採取這種行動。我們相信，在這種情形下，一個工業大國用不到一年的時間就能開始積貯原子武器。到了這種局面，唯一能約束它們不致在戰爭中使用這種武器，便僅僅是在和平時期簽訂的一紙禁用核武器的條約。然而，核子武器具有決定性的威力，是一種非常強烈的誘惑，使人很難加以抗拒，尤其是那些正在面臨失敗的領袖。因此，在將來任何大規模的戰爭中，原子武器是極有可能使用的，結果則是可怖之至。

有時有人說，如果所打的戰爭是局限於某個地區和有限度的目標，所造成的災禍又不會如何嚴重，那麼這種戰爭還是可以打的。然而，歷史告訴我們，在這個使用大規模殺傷力武器的時代，由地區衝突發展而成大戰的危險性實在太大，決不能輕易干冒。所以人類必須設法消除一切戰爭，包括消除地區性的戰爭。

各國之間的互不信任，造成了軍備競賽；而軍備競賽反過來又加促了各國之間的互不信任。因此，任何減少軍備競賽的步驟都是好的，如果在平等的基礎上大家減少軍備和軍隊，並附有若干必要的管制辦法，那麼即使軍備所減甚少，也是有益的。我們歡迎所有向着這個方向所走的步驟，更特別歡迎東西雙方代表最近在日內瓦所達成關於偵查核爆試驗辦法的協議。作為科學家，我們特別歡迎這件事，因為長期以來國際間進行裁軍談判但毫無結果，現在終於首次得到了一致的協議。這個協議所以成為可能，那是各國科學家互相諒解並懷有相同目標的結果。對於各國專家所提出報告書中的聲明和結論，美蘇英三國政府已予批准，我們甚感滿意。這是一個重大的成就。我們熱誠希望，三國政府批准了這報告書之後不久就成立國際協議，從而停止一切核子武器的試驗，並建立一個有效的管制制度。這將是邁向緩和國際緊張局勢、結束軍備競賽的第一步……

關於發生大戰會帶來甚麼的後果，我們所作的結論，是得到許多提交大會的報告和論文支持的。這些文件指出，如果在將來的一場戰爭中，將一大部份已製成的核子武器投擲在城市地區的目標上，那麼各交戰國大多數的文明中心將被徹底摧毀，這些國家的大多數人民也將被殺死。不管所用核彈的威力，主要是來自合成反應（所謂「清潔的」炸彈）──，或者主要是來自分裂反應（所謂「骯髒的」炸彈），結果都是一樣。這些炸彈除了毀滅被攻打國家的主要人口和工業中心之外，還因為破壞了重要的物資分配機構及交通網絡，使對方的經濟完全摧毀。

幾個大國早積貯了大量「骯髒的」核子武器，看來還在繼續貯存。從純軍事的觀點來看，「骯髒的」核彈有許多優點，因此在進行大規模的戰爭時很可能會派上用場。

對敵國投擲大量「骯髒的」核彈之後，在當地所產生的輻射塵會殺死敵國一大部份人民。大量這種「骯髒的」核彈爆炸後（每一枚這種核彈的爆炸威力，相當於千百萬噸普通化學炸藥的爆炸威力），隨之而來的輻射塵不但會散播在遭受核彈攻擊的地區，而整個地球表面的其餘地區，也都會或多或少地受到影響。由於輻射的嚴重影響，將造成千千萬萬的人死亡，這不單包括交戰國的人民，也包括非參戰國的人民。

此外，輻射對於人類和其他生物還有長期的巨大損害，對於身體本身，會造成血癌、骨癌、縮短壽命；對於後代子孫，生殖細胞所受的損害會遺傳下去……

不用說，如果戰爭中使用了大量的核彈，其對人體所造成的損害，比之核子試驗當然大得無法比擬。因此，人類當前最迫切的大問題，是如何設法消除戰爭。

我們相信，作為科學家，我們必須作出重大的貢獻，以促進各國之間的信任和合作。傳統上，科學是一項國際性的工作。各國的科學家雖然各自對本國效忠，但很容易找到一種互相了解的共同基礎：他們的概念思想是相同的，工作方法也是相同的；雖然他們在哲學上、經濟上或政治上的看法差別很大，但他們工作的目標卻是一致的，都是在尋求知識。在人類的事務中，科學的重要性正在迅速的增加，這使得人們必須愈來愈互相了解。全世界的科學家能夠互相了解，能夠共同工作，他們這種能力可以大大修補各國之間的裂痕，使得各國在共同的目標之下團結起來。我們相信，在任何能夠進行國際性合作的領域共同工作，都為建立國際之間的互相了解作出重要的貢獻。這將有助於發展一種互相信任的氣氛，為了解決各國之間的政治性衝突，為了進行有效的裁軍，這種互信的氣氛必不可少。我們希望世界各地的科學家，都能認識到他們對於人類和他們本國應負的責任，貢獻他們的思想、時間和精力，以促進國際間的合作……

如果科學家能擺脱外界橫加而來的任何教條的干預，如果科學能對任何被人認為天經地義的理論表示懷疑，包括對科學本身的公理、定理能加以懷疑而進行探索研究，那麼我們相信，科學是能為人類服務的……[17]

目前各國互不信任，由此而競相爭奪軍事上的優勢，在這種局勢下，科學的一切部門——物理學、化學、生物學、心理學——都愈來愈和軍事發展有關。許多國家的人都認為，科學是和發展武器有密切聯繫的。人們對於科學家的看法，或者覺得他們對國家安全有所貢獻，因而很表敬仰；或者因為他們發明了大規模殺傷力武器，危及人類的生存，因而痛加咒罵。在許多國家中，科學在物質上受到的支援愈來愈多，其原因主要是對於國家的軍事力量、對於國家在軍備競賽中能得到多大成功，科學有直接的或間接的重要性。這使得科學離開了它真正的目標，科學本來應當是為了增加人們的知識，為了增加人類控制自然的力量而造福全體人類的。

對於造成這種局勢的種種情形，我們感到極度遺憾，我們向各國人民和各國政府呼籲，共同尋求創造持久與穩定和平的條件。[18][19]

[17] 這幾句話是羅素畢生思想的精義之一。他認為世界上沒有所謂絕對不錯的真理，對於任何理論教條，都不能盲目的信仰，要以清醒的頭腦加以分析考慮。——譯者註

[18] 在這份聲明書上簽字的，有澳洲、奧地利、保加利亞、丹麥、德意志民主共和國（東德）、匈牙利、荷蘭、挪威、波蘭、南斯拉夫等國的科學家各一人，加拿大、捷克、意大利等國的科學家各二人；印度科學家三人；法國科學家四人；德意志聯邦共和國（西德）及日本科學家各五人；英國科學家七人；蘇聯科學家十人；美國科學家二十人。本人請讀者特別注意，聲明中有一節文字強調科學決不可受教條干預，所有來自蘇聯的十位科學家，對此均簽字表示贊同。——作者註

[19] 羅素請讀者注意此點，因為在蘇聯，科學一直受到馬克思主義教條的干預。——譯者註

波華舒運動最近居然受到美國參議院國內安全小組委員會（那是參議院司法委員會之下的一個小組委員會）的眷顧。這個小組委員會的報告書，當真是一份令人大為吃驚的文件。這報告書認為，西方國家中凡是有人希望緩和東西雙方之間緊張局勢的，都顯然是出於親共的偏見。它認為，任何共產黨人和任何非共人士如果發生了多少有些友好意味的任何接觸，那麼不管這位非共人士的才能多麼高，共產黨人一定佔上風。它認為，任何參加多次波華舒會議的共產黨人，所發表的一定完全是他政府的政策；至於波華舒聲明的簽署包括共產黨代表，雖然波華舒聲明是擁護和平的，但俄國政府卻是好戰的。這個報告書居然能如此的強詞奪理，實在令人驚異。

這份報告書在提到我的時候，引述我的聲明：

「我們必須學會，不要去研究採取甚麼步驟來使我們所擁護的集團得到軍事上的勝利，因為這種步驟根本是沒有的」——可是報告書中將後面這句話略去了不引。[20]報告書中指出，我在一九五九年所發表的關於政策的意見，已與一九四八年時不同，並且好心地表示：「羅素在一九四八年時還只七十六歲，而在一九五八年時，他已八十七歲。」[21]報告書中沒有提到，在這段時期之內，還發生了另外的變化，這可能比我愈來愈衰邁老朽更是重要——那就是，在一九四八年時只有美國單獨擁有原子彈，而到了一九五九年，美國和俄國都擁有了氫彈。報告書又指出，有共產黨人出席各次波華舒會議，似乎單是這個事實，就能否定了這些會議。要緩和東西雙方之間的緊張局勢，如果沒有共產黨人參與，那是不能好好進行的，這報告書顯然認為，緩和緊張局勢這目標本身，便應當受到指責。莫斯科方面曾稱許鮑林的那部著作《告別戰爭》（*No More War!*），報告書中引述了這件事，似乎用來表示鮑林此人的罪大惡極，其所持的理由竟然是這樣：任何思想正確的人是決不會反對核子戰爭的。

然而，這一切都還不過是輕微的批評，最多不過是說西方的科學家都是頭腦簡單之輩，就如報告書中所說：「他們很滿意地相信，蘇聯人之所以參加，完全是出於一種學者式的願望，希望促進國際科學事業，或者是出於一種理想主義者的要求，志在推動裁軍和國際和平運動。」參議院國內安全小組委員會的鷹眼，卻透視得更深，自以為將波華舒科學家內心隱藏着的秘密動機也都找出來了。報告書中有一部份題為「鼓動叛國行為」，其中敍述努恩·梅（Alan Nunn May）、羅森堡（Julius Rosenberg）、富克斯等人的行為，[22]想使讀者有這樣一種印象，認為這些「叛國者」多多少少是與波華舒運動有關的。我很少見過有比這報告書更加不忠實的宣傳品。

這報告書的整個語調，事實上是說，奸惡的俄國人讚揚和平，而所有愛國的美國人都讚揚戰爭。任何不具成見的人在讀了這報告書後，如果相信它所說的一切，那就不得不去擁護俄國。幸虧西方國家倒不像這報告書所描寫的那麼惡劣。不過我們也決不能忽視一個事實，美國參議院的各個小組委員會擁有迫害人民的巨大權力，而這些權力，主要用來打擊一切趨向理性的努力。

[20] 羅素這聲明的原意是説，當雙方都擁有核子武器之後，如果開戰，一定是兩敗俱傷，根本誰也得不到甚麼軍事上的勝利。現在斷章取義的只引述他一句話的一半，便使讀者發生誤會，認為羅素主張西方國家放棄一切軍備，聽由共產集團獲勝。——譯者註

[21] 暗示他年紀太大而糊塗了。——譯者註

[22] 這三人都是經美國法庭判罪的叛國分子。羅森堡夫婦以叛國罪而被判處死刑，是曾引起重大關注的國際性事件。——譯者註

第六章　人類生存的長期條件

只要國與國有貧富之分的存在，那麼貧者就會妒忌，而富者就可能施行經濟壓迫。因此，不斷的推動經濟上的平等，是尋求穩定與持久和平不可或缺的一部份。

在這一章，我要請讀者暫時撇開近代歷史上的各種細節，撇開不遠的將來政治上可能發生的各種事件。我還要請讀者撇開好惡愛憎，以及道德上的善惡信念。在這一章，我要以一種純科學的、不偏不倚的態度，來探討人類必須具備哪些條件，才能長久的生存下去。就物質上的條件而言，看來地球上的生命（包括人類的生命）很可能再延續數百萬年。威脅到人類生存的並非源於人類物質上或生理上的環境，而是源於人類本身。[1]迄今為止，人類因愚昧無知而活了下來，看來愚昧無知在某程度上對人類是有用的。現在，人類變得聰明了些，他們還能繼續活下去麼？

有一種相當暫時性的生存，那也不是全無可能的。情形或許會這樣：在不久將來發生的一場核子大戰中，有一些人活了下來，不過所有的文明機構卻都毀滅了。活下來的人在極長的一段時期內，除了尋找食物之外幾乎再無餘力去做任何事。社會制度可能整個消失，人們完全不能將知識或技術傳給後代。在這種情形下，人類可能會將過去十萬年的歷史重複一遍，當最後達到了我們目前的智慧程度時，他們可能會由於一個和我們相同的愚蠢行為，而又再使自己倒了下去。這是人類繼續生存的一種可能方式，但這種方式並不能使人感到多大安慰。

假定說，活下來的人還是擁有科學技術，那麼他們可能通過甚麼途徑而避免全人類毀滅？我們現在所提出的問題範圍，比之「人類能活下去麼？」這問題較狹窄，我們現在要問：「『懂得科學的』人類能活下去麼？」我所要問的，並非他們是否能在此後十年甚至一百年中繼續生存。他們或許由於許多權宜的措施，再加上幸運的幫助，能逃過一次又一次的劫難。但我們不能期望幸運會永遠持續，只要容許危機繼續存在，遲早會帶來大禍。

因此，我認為實際上可以確定無疑的說，如果目前國際間的無政府狀態繼續存在，那麼懂得科學的人類就不會繼續生存。只要武裝軍隊掌握在個別國家手中，或掌握在幾個國家組成的集團手中，而又不是強大到足以控制整個世界而無對手敢於反抗，那麼戰爭遲早必定會發生。只要科學技術繼續發展，戰爭就會愈來愈厲害。現在早已存在着許多可能的情形，即使是擁護氫彈的人，想到了這些情形也會畏縮害怕。能將我們全人類一殲而盡的世界末日機，可能早已製成了。據我們推測，這種機械是已經成功製造了。迄今為止所提出最廉價的核彈形式乃是鈷彈。這與目前的氫彈完全一樣，只不過它的外殼不是鈾而是鈷。當它爆炸之後，就會產生一種放射性鈷，這種物質會慢慢地衰減。如果引爆了足夠的鈷彈，地球上的全部人類會在幾年之內死去。鮑林在一九六一年三、四月份的《人文主義者》（*The Humanist*）雙月刊中所發表的一篇文章中說：「用六十億美元（那不過是世界各

[1] 威脅人類生存的物質環境的變化，如地球爆炸、洪水氾濫、冰河大至等，而生理環境的變化則有糧食耗竭、疫病流行、昆蟲或細菌消滅人類等。——譯者註

國每年軍費總數的二十分之一），就可製造足夠的鈷彈來將地球上每個人都殺死……不管設計出哪種防禦的方法，要使任何一個人不死，都是極不可能的。」

鈷彈只不過是滅絕人類的方法之一。目前的技術還能夠製造其他許多武器出來，現今各國政府要在這許多滅絕人類的工具中選擇幾種來使用，也並不是不可能的。

由於這些理由，看來懂得科學的人類無疑是不能長久活下去的，除非所有進行戰爭的主要武器，所有大規模殺傷力工具，都掌握在一個單一的當權者手中。這當權者因為壟斷了所有的重要武器，便具有無可抗禦的威力，如果有人向這當權者發動戰爭，它能在短短數天之內，便將任何叛亂一舉撲滅，而且除了叛亂分子被殲之外，並不會造成多大損害和破壞。這個已擁有科學技術的世界如要繼續存在，看來顯然是絕無他途可循。

要實現這樣一個世界，有許多不同途徑。在只有單方面擁有氫彈的時候，這種局面可由進行一場核子戰爭而實現，結果擁有氫彈的一方戰勝了，勝利者要怎麼辦就可怎麼辦，對方是無法抗禦的。這種可能性目前已不再存在。以現有的各種武器來進行一場核子戰爭，到底破壞的程度將達到甚麼地步，那是無法確知的。我們必須希望，以後也還是無法確知為妙。當北大西洋公約國和華沙公約國之間打了一場核子戰爭之後，某些中立國家或許還能保存社會中若干互助合作的制度，因而得能維繫文明於不滅。譬如說，在這樣一場戰爭中，中國能謹慎地保持中立，而在戰爭進行的這幾天中，風一直是從東向西吹，那麼中國就有資格統治世界。如果中國是交戰國之一，或者中國雖未參戰而風是自西向東吹，[2]那麼南非和澳洲所組成的聯盟就可能統治全世界。如果發生了上述任何一種情形，留存的一國或數國，就可能會強迫原來各大國中苟延殘喘的少數人民服從，並進行專制的統治。在那時候，要抵抗這些留存國家的威權根本是不可能的。[3]

可想而知，這是統一世界的方式之一。但這並不是一種很愉快的方式，目前的各核子強國當然更不會歡迎這種方式。然而，如果發生了核子大戰，我認為其結果很可能並非如此。看來更可能的後果是，不論在中立國或交戰國中，文明將不再能夠存在。

要維護世界和平，更令人滿意的方式是各國自動成立協議，將他們的武裝力量集中起來，交給一個大家都同意的國際機構去指揮。在目前看來，這種想法未免太過遙遠，是烏托邦式的空想，可是有許多從事實際政治活動的人士卻不以為如此，麥美倫先生（Maurice Harold Macmillan）在擔任國防部部長的時候，曾代表政府說道：「就整個裁軍的問題而言，我們的目標是簡單的，我們的紀錄是清白的。真正的裁軍，必須以兩個簡單而必要的原則為基礎：必須是全面的裁軍，我意思是說，要包括所有新式和舊式的武器，所有常規武器和核子武器；必須具有有效的國際管制機構，我們或者可以說，必須有超於國家之上的管制機構，而這機構須擁有真正的權力。各位尊敬的議員們或者會說，如果這樣做的話，那是將聯合國（或者其他任何機構）的地位大大提高，使它成為一種類似世

[2] 在這兩種情形下，大部份中國人就會被消滅。——譯者註

[3] 我在一九三八年出版、題為《權力論》（*Power*）的書中寫道：「要建立一個世界政府，現在於技術上是可能的，或許，在經過一場真正嚴峻的世界大戰之後，戰勝國就可能建立一個統治全世界的政府；更可能的是，統治全世界的將是未參戰的中立國中最強大的一國。」（見該書第一七三頁）——作者註

界政府的東西。就算是這樣，那也不是最糟糕的事情。歸根結底，這是人類唯一的出路。」[4]

我還可以舉出其他許多人，他們既非空想家，也不是缺乏政治經驗，但他們都曾表示相同的意見。不過，目前我所要討論的，並不是實際上是否能夠建立一個世界政府，而是文明社會是否能夠繼續存在。

某個世界政府雖然成立了，但世界和平仍舊可能無法維持。這種情形是會發生的，譬如說，各國派遣部隊，組成了世界政府的武裝力量，然而這些部隊仍是各自為戰，當發生了危機的時候，這些部隊可能分別效忠於其本國政府，而不是效忠於世界政府。我們不妨試行擬具一個世界政府憲法的大綱，其中的規定，特別着眼於如何避免以上這種危機。這個大綱當然不過是一種建議，絕對不是一種預言。我的用意只不過是表示，要訂立一個防止戰爭的世界政府的憲法，事實上是辦得到的。

一個世界政府，如果想要完成它的任務，必須有一個立法機關、一個行政機關，以及天下無敵的軍事力量。天下無敵的軍事力量是最根本的條件，也是最不容易做到的條件。因此，我先來談這個問題。

世界各國必須同意，將本國軍隊削減到僅足以維持國內治安的水平。任何國家都不得持有核子武器或其他任何大規模殺傷力工具。世界政府有權向每一個國家沒收這種武器，必要時也可自行製造。當世界上每個國家都被解除武裝之後，世界政府的武裝力量就不必十分龐大，避免成為世界政府成員國的沉重負擔。為了防止這支國際軍中有任何一批部隊會向其本國效忠，每支人數相當多的部隊，都必須由來自不同國家的官兵混合組成。不可有甚麼歐洲人部隊、亞洲人部隊、非洲人部隊或美洲人部隊，所有的部隊成員均須混合組成，人種的比例須盡可能保持平衡。高級指揮官應當盡可能由小國的人員擔任，因為這些小國根本不會有甚麼統治全世界之心。當然，世界政府擁有檢查的權力，以確保每個國家都遵行裁軍的規定。

立法議會的組織，當然應該是聯邦式的。每個國家除了有關和戰的事務之外，對其餘一切事務都保留自主權。在所有的聯邦政府中，如果各個組成的單位大小極為懸殊，那麼一定會存在困難。每個單位是否應當具有相等的表決權？或者，表決權的大小是否應當依人口的多少而定？眾所周知，美國所採取的是一種很聰明的折中辦法：參議院根據一種原則，而眾議院則根據另一種原則。[5]不過，世界政府立法機構的組織，如果採用另外一種不同的原則，我認為效果更好。我認為應當先組織幾個小聯邦，每個小聯邦的人口大致相等。這些小聯邦中的人種，應當盡可能大致相同，使他們具有許多共同的利害關係。當許多國家組成了這樣一個個小聯邦的時候，世界政府所管轄的，只是各個小聯邦之間的關係，至於某一個小聯邦中國家之間的糾紛爭執，則世界政府不予干涉。但如果這些國家之間的爭端可能引致戰爭爆發，或者發生了某種破壞世界政府憲法的行動，那時世界政府便會進行干預。

[4] 麥美倫於一九五五年三月在英國下議院的演講。——作者註

[5] 美國共有五十個州，每個州各選參議員二人，組成參議院。眾議員人數則依各州人口比例分配，紐約州有眾議員四十一人，加利福尼亞州三十八人，但阿拉斯加、懷俄明、佛蒙特、德拉瓦、內華達五州各只一人。即在參議院中，各州的表決權相等，眾議院中則各州表決權與人口成正比。——譯者註

至於這些小聯邦如何組成，當然因應世界政府的憲法是在何時成立而有不同。如果世界政府在目前成立，我們可以建議，這些小聯邦如此劃分：一、中國；二、印度和錫蘭；三、日本和印度尼西亞；四、從巴基斯坦到摩洛哥的回教各國；五、赤道非洲各地區；六、蘇聯及其各衛星國家；七、西歐、英國、愛爾蘭、澳洲及紐西蘭；八、美國及加拿大；九、拉丁美洲。有幾個國家看來是難以歸入如此的劃分之中，例如南斯拉夫、以色列、南非和朝鮮。我們事先無法猜測，在某一個特定時期中，對這些國家最佳的安排將是如何。[6]每個小聯邦根據其人口比例選出代表，參加世界政府的立法議會。世界政府應當有一個憲法，規定各個小聯邦和世界大聯邦之間的關係；此外，每個小聯邦都要有一個憲法，這憲法的執行由世界大聯邦予以保證。各個小聯邦及其各組成國家，在任何合於憲法的行動上，世界政府都應予以支持。只有在某一個小聯邦作出違反憲法的行動時，世界政府方能干涉小聯邦的內政；在小聯邦與其各個組成之間，也當遵行相同的原則。

世界政府的立法議會將擁有甚麼權力呢？首先，所有的條約必須經立法議會核准，方能生效。如果局勢出了變化，現存的條約須予修改，立法議會也有修改條約之權。如果某些國家實施一種強烈的民族主義色彩的教育制度，以致可能危及和平，那麼立法議會也有權予以制止。

我認為還需要有一個行政機構，它應當向立法議會負責。行政機構的主要任務，除了管理武裝部隊之外，便是宣佈任何國家或國家集團違反世界政府憲法的行為，必要時也可對違反者施以懲戒。

此外，還有一件十分重要的事，便是國際法。在目前，國際法的力量極小。世界政府必須有一個類似海牙國際法庭的司法機關，它具有如同各國法院一樣的權力。我認為還應當制訂一部國際刑法法典，用以對付某一些人，這些人所犯的罪，在他們自己本國可是大受歡迎的。[7]在紐倫堡的審判中[8]，納粹的戰犯所以被判罪，是由於聯軍打了勝仗的結果，人們不可能會覺得這種判刑是公正的。其實，應當有一套法律制度，至少對被判死刑的某些戰犯，能夠於法有據、名正言順的加以處刑。

我認為，這樣一個國際性的機構，如想成功地減少各國好戰的心理和動機，必須不斷推動經濟上的平等，使世界各地的生活水準漸趨一致。只要國與國有貧富之分的存在，那麼貧者就會妒忌，而富者就可能施行經濟壓迫。因此，不斷的推動經濟上的平等，是尋求穩定與持久和平不可或缺的一部份。

迄今為止，對於世界政府，許多方面還是有種種強烈的反對，我將在下一章中討論這些問題。

[6]以譯者個人之見，南斯拉夫可以參加蘇聯及東歐聯邦，以色列和希臘參加西歐聯邦，南非參加非洲聯邦，朝鮮、越南及東南亞各國，可參加中國或日本聯邦，緬甸參加印度聯邦。——譯者註

[7]那是指以愛國的名義鼓吹向別國侵略，鼓勵反對外國等等。——譯者註

[8]聯軍打敗德國後，在紐倫堡成立國際法庭，審判納粹戰犯。——譯者註

第七章　為甚麼世界政府不受歡迎

除了少數無政府主義者之外，每個人都會承認，在一個國家中，個人應當受國法的制裁，可是說到某一個國家應當受全世界的法律制裁的時候，卻有許多人不願同意。

我贊成設立世界政府，主要的理由是這樣的：如果這政府組織合適，就可以防止戰爭。然而，組織一個超乎國家之上、稱之為「世界政府」的機構很容易，但它卻不能有效地防止戰爭，雖然這樣的一個政府遇到的反對會較少；但如果各國所有重要的武裝部隊都歸屬一個世界政府指揮，對於那樣的政府，反對就大得多了。要長期防止戰爭，非要有這樣的一個世界政府不可，因此我決不能絲毫減弱「世界政府」這個名字的莊嚴性。[1]現在我所要討論的，是我在前一章中所提出的那種制度的反對意見。

最強烈的反對，是來自民族主義的情緒。當我們說「英國人永遠、永遠不會做亡國奴」這句話時，我們心中充滿了驕傲，我們還覺得，如果我們不是在任何時候對任何外國都可以隨便犯任何罪行的話，我們就會成為亡國奴了，雖然，這句話我們是不會明白地說出來的。在過去一百五十年間，贊成國家有權自由行動的情緒不斷迅速增長，要成立世界政府，必須考慮到這種情緒，並盡可能的設法滿足這種情緒。

有些人主張國家的行動自由應當不受任何限制，但他們並沒懂得，如果他們所持的理由可以成立，那麼這些理由也可適用於個人，即個人的行動自由也應當不受任何限制。就熱愛自由而言，我決不下於柏德烈．亨利或其他任何人，但如要使這世界上的自由愈多愈好，那就必須限制人們侵犯別人的自由。在各國內部，這條原則是得到承認的：不論在甚麼地方，謀殺總是非法的。如果取消了制裁謀殺行為的法律，那麼除了兇手之外，每個人的自由都減少了，而在大多數情形上，即使是兇手，他們所享有的自由也是為期很短的，因為他們很快就會被別人謀殺了。除了少數無政府主義者之外，每個人都會承認，在一個國家中，個人應當受國法的制裁，可是說到某一個國家應當受全世界的法律制裁的時候，卻有許多人不願同意。

的確，自從格老秀斯（Hugo Grotius）以來[2]，不斷有人想建立一個國際法的體系。他們的努力完全值得讚許，只要國際法能得到普遍的遵守，這些努力也是有價值的。可是迄今為止，每個國家是否願意遵守國際法中的規定，還是由每個國家自行抉擇。如果沒有力量來強制執行，法律就成為一種笑柄，而當每個大國都擁有龐大軍備的時候，那就沒有力量來迫使各大國遵守國際法了。

[1] 作者的意思是說，不能為了減少人們的反對，而成立一個有名無實的世界政府，那樣的機構並沒有防止戰爭的力量。——譯者註

[2] 格老秀斯是荷蘭的法學家，他於一六二五年出版的《戰爭與和平法》（*The Rights of War and Peace*）一書，公認為國際法的鼻祖。——譯者註

目前，各大國只要高興，就有特權去殺死別國的人民，儘管這種殺人的自由是偽裝成了保衛正義而英勇犧牲的特權。愛國者所叫嚷的，總是為國捐軀，從來不是為國殺人。戰爭長期來已成為人類生活中的一部份，以致我們的感情和想像很難了解到，目前每個國家都擁有不受限制的自由，這種無政府狀態的結果，很可能造成全世界都是死屍的自由。如果能建立防止戰爭的機構，那時候世界上的自由就會比目前大得多，正如因為不許人謀殺，自由才能增加。

可是，只要民族主義的情緒始終和目前一樣強烈，那麼要對國家的主權進行有效的限制，總是為許多人所不悅。譬如說，假定全世界只有一支海軍，而最高的海軍司令由參與國輪流派人擔任，大部份愛國的英國人就會叫起來：「甚麼！在納爾遜（Horatio Nelson）統率下威震四海的英國海軍，要輪到由一個俄國人來指揮！死了這念頭吧！」一個人如此叫嚷一番之後，對於更進一步的理由是絕對無法了解的了。他會繼續指出，一支國際部隊可能會被用來攻打他的本國。大部份國家在此一時或彼一時所幹的行為，往往讓世界政府必須宣佈是一種罪行，其中某些最嚴重的罪行，卻受到以自由主義者自居之人讚賞，歷史上最著名的例子是拿破崙居然受到像拜倫和海涅那樣的人讚譽。[3]在世界政府建立之前，必須使人們了解，在具有大規模殺傷力的現代武器存在之時，這種國際間的無政府狀態絕對不可能長期維持下去。建立世界政府是一項艱難的工作，而各大國政府的反對，並沒有使得這項工作做起來更容易一些。

對於世界政府的另一種反對，在目前也是十分強有力的，特別是在共產國家之中，那是認為世界政府會使現狀固定不變。只要共產黨人和反共者之間的敵對始終像目前一般猛烈，如果有甚麼國際制度看來會阻止某一個國家從這個陣營轉到那一個陣營中，那麼這種制度一定難以得到認可。當然，可以這樣規定：每個國家都有自由安排它本國的經濟體系，不過，要確保這種自由權能得到真正的尊重，恐怕極度困難。要使世界政府能成功地建立，性質不同的各國政府之間，必須比目前有更大的容忍度。每個國家也只好犧牲一些各自獨行其事的樂趣。在目前，每個國家都自以為在各個重要方面，比其他各國都更優秀。但當各國想達到談判目的，那麼談判代表在公開表示他們的優越感之時，卻必須適當地克制，不可越過禮節的範圍。如果那時候民族情緒仍舊和目前一般強烈，要這樣自我約束並不容易。

另外還有一個理由，也常被用來反對世界政府。有人說，世界政府會造成軍人專政的新危機，這種說法是有許多人相信的。國際軍會發動兵變，將黃袍加到他們的總司令身上，使他成為「世界皇帝」。如何才能防止這種事情？提出這個理由的人沒有了解到，目前在每個國家中，也都存在着這個完全相同的問題。這是一個很實際的問題，軍人專政確曾通過不合憲法的途徑而在許多國家中建立了起來，不過，最文明的國家中卻沒有這種情形。在全世界各大國中，文官當局相當成功的維持着對軍人的控制。在美國內戰時期，當林肯任命一個總司令來統率北軍時，有人向他警告說，他心目中所要任命的那個人，可能會野心勃勃地要設法當獨裁者。林肯寫信給那個他心目中的人選時，提到了旁人所提出的這種顧忌，然後寫道：「要成為獨裁者，必須先打勝仗，我請你先打勝仗，至

[3]拜倫是英國詩人，海涅是德國詩人，兩人都熱烈歌頌自由。——譯者註

於是否會有獨裁制度出現，我願意干冒此險。」事實證明這是一個英明的決定。[4]當英國為了《改革法案》（Reform Bill）而發生政潮時，威靈頓公爵（Duke of Wellington）激烈反對改革選舉，他雖然聲威赫赫，卻從沒想到要率領軍隊來反對議會。[5][6]在俄國，當斯大林反對許多將軍時，他輕而易舉地將這些將軍一一槍決。蘇聯的內戰一結束，政府就掌握了實權，自此以後，蘇維埃政府就充份的控制着軍隊。沒有理由認為，在世界政府領導下，維持軍隊秩序會比各國政府領導下更加困難。由文官組成的世界政府自能了解到，軍人會有發動兵變的危險，他們當然會設法應付，目前各大國的政府能成功地控制軍人，所以我們沒有理由認為，世界政府所採用的辦法會較各大國遜色。

必須在各方面尤其是在軍隊中，大力教導人們要效忠於世界政府。如果確如上一章中所建議的那樣，每一支單位較大的部隊，都完全由不同種族的官兵混合組成，那麼如有一小部份人想鼓吹發動民族主義叛亂的情緒，即使不是絕對不可能，至少會十分困難。

要建立一個世界政府，還有一個相當嚴重的心理障礙。那就是在那時候，將沒有外在的敵人會使人害怕。社會上的團結，是出於本能，主要是由一種同舟共濟或同仇敵愾的心理所引起的。當一個大人管教一群頑皮孩童的時候，這種情形最為明顯。只要一切平靜無事，要孩子們聽話就很不容易；但如有甚麼可怕的事發生了，例如雷雨大作，或者來了一隻惡狗，孩子們就立刻去求大人保護，完全是乖乖的了。成人的情形也是一樣的，雖然並不這樣明顯。在戰爭時期，愛國心比其他任何時期都更為強烈，政府的法令即使非常苛刻，人民也願意遵從，要是在太平歲月中，百姓就不肯這麼順服了。成立了世界政府之後，就不會有外來的敵人，那就不可能激發人民對這政府效忠的強烈動機。我認為必須提醒人民，那時候還存在許多危機，比如貧窮、營養不良、疫病，而且還得使他們知道，如果不向世界政府效忠，科學戰爭又可能會再度爆發。這種經常的提醒，應當成為教育的一個主要部份。雖然對外國的憎恨，可能比其他任何東西更容易激發社會中的團結，但如果說沒有其他更積極、更有益的東西能夠代替這種憎恨心理，那也未免太過悲觀。整個事情主要依靠教育。我將在以後的一章中再加討論。

迄今為止，我一直在討論成立世界政府的心理障礙，可是在另一方面，工業革命以來的各種技術上的發展，使得國家的規模愈來愈大。我們地球的面積是極大的，這些技術上的原因，非常強有力地促使我們成立一個統一全世界的政府。在過去，國家的大小主要根據兩種對抗力量相互之間如何平衡而定：一種力量是政府的權力慾，另一種力量是被統治者的獨立慾。在某一個發展的階段中，這兩種力量如何取得平衡，主要是依技術而決定。交通運輸的速度愈來愈快，製造武器的費用愈來愈高，這兩種情形都促使政府的規模逐漸擴大。在武器便宜而交通緩慢的地方，如果一個政府統治的地方很大，那麼某一個地區發生了叛亂，中央政府便很容易變得不穩。因此，一般來說，當文明進步，國家就有擴大的趨勢；當文明衰退，國家就有縮小的趨勢。歷史記載中某些最古老的事蹟，說的就是古時候幾個相互敵對的政府如何合而為一的情況。從考古學和文字記載中所知最古老的文明，是

[4]林肯任命的北軍總司令是格蘭特將軍（Ulysses S. Grant），後來他連任兩屆美國總統，不過那是由人民投票選舉的，他並未成為獨裁者。——譯者註

[5]英國的《改革法案》政潮發生於一八三〇至一八三二年間，民權黨主張改革選舉的規定，使下議院的選舉更能代表民意。威靈頓公爵曾率領英軍，在滑鐵盧之役中打敗拿破崙，成為英國的首相，因反對改革選舉而被迫辭職。——譯者註

[6]民權黨即「輝格黨」，乃十七世紀英國國會兩大政黨之一，後來在十八世紀正式定名為「自由黨」。——編者註

埃及文明。上埃及和下埃及本來是完全各自獨立的，但這兩國在公元前三千五百年左右統一，成為一個國家。這統一是尼羅河促成的，尼羅河使得埃及各個地區的交通暢通，而且在那時而言可說是十分快捷。同樣的情形也發生於美索不達米亞（Mesopotamia）。那裏本來有兩個大不相同的城邦，一個稱為蘇美爾（Sumer），另一個稱為阿卡德（Akkad）。這兩個城邦的人種、宗教和語言都完全不同。到後來，這兩個城邦終於被一個偉大的征服者薩爾貢（Sargon of Akkad）所統一，也可能是為薩爾貢的直接繼承者所統一。據《劍橋古代史》（*The Cambridge Ancient History*）第一卷第三六八頁所載，這件事發生於公元前二八七二年左右。這兩個城邦統一後，力量增加了，因而逐步形成了巴比倫帝國。在那時候，這個帝國非常大，雖然用現代標準來衡量不見得很大。歷史上第一個真正的大帝國是波斯帝國，它就像埃及和美索不達米亞那樣，由兩個本來互相敵對的城邦——瑪代人（Medes）和波斯人（Persians）——統一而產生。一個單一的中央政府能夠控制整個地區到甚麼程度，那是根據道路而定。[7]在那時候，不論是人、是物資還是信息，都不可能比一匹馬跑得更快，事實上，這情形一直到十九世紀還是如此。波斯人最早建造大道，特別是那條從薩第斯（Sardis）通到蘇薩（Susa）的大道，長達一千五百英里。一個騎馬的使者能在一個月中走畢全程，但一支攜帶輜重的軍隊，卻要三個月才能到達。因此，當小亞細亞西海岸的希臘人起來反抗波斯的時候，他們有充份的準備時間，雖然他們最後還是被打敗了，但波斯人曾花了很大的力氣平亂。馬其頓人也像波斯一樣依靠大道[8]，但使大道建造得十全十美的則是羅馬人。羅馬帝國在馬其頓覆亡之前，為它的百姓帶來了許多好處，這些好處我們現在須期望一個世界政府才能夠帶來。那時候，一個人可以從英格蘭一直旅行到幼發拉底河[9]，而不必通過甚麼國界、不必經過甚麼關卡的阻隔。在這個如此巨大的地區中，文明是完全統一的，在很長的一段時期裏，羅馬帝國看來對外族絕對不必有甚麼顧慮。羅馬帝國存在時，文明一直在發展；帝國覆滅之後，文明就開始衰敗，許許多多互相敵對的小國代替了本來統一的政府。

文明的水準急劇下降，羅馬帝國的權力所依賴的大道，也任由破爛損毀。

然而，走向一個擁有更文明秩序的社會的一場運動，又逐步開始了。在英格蘭，本來有許多互不統屬的國王，例如默西亞（Mercia）和韋息士（Wessex），這兩個小國互相強烈仇恨，就如今日的美國與蘇聯一樣，結果兩國在亞腓力德大帝手中完成統一。大約七百年後，英格蘭和蘇格蘭互相打了幾百年仗，由於王位繼承的一次偶然事件而統一了。如果女王伊莉莎白一世有兒女的話，說不定我們還在班諾克本（Bannockburn）和弗洛登原野（Flodden Field）上打個不休呢。[10]

火藥的發明不但擴大了國家的幅員，同時大大加強了每個國家內中央政府的權力。封建貴族們各以高城堅壘自固的無政府狀態，因大炮的出現而結束。亨利七世在英國，黎塞留在法國，斐迪南和伊莎貝拉在西班牙，各在各自的國土全境首次建立了穩定的內部和平。[11]這是一個很顯著的例子，說明一種新的軍事技術，在政治上會產生甚麼影響。

[7] 在中國歷史上，真正的大帝國開始於秦始皇吞併六國，他也致力於建造馳道。——譯者註

[8] 馬其頓帝國的建立者是亞歷山大大帝。——譯者註

[9] 那是橫越整個歐洲、土耳其而至中東。——譯者註

[10] 伊莉莎白一世逝世後，因無兒女，由蘇格蘭國王詹姆士繼承英格蘭王位，兩國統一。班諾克本之戰，英格蘭軍大敗。弗洛登原野之戰，蘇格蘭全軍覆沒，國王陣亡。——譯者註

[11] 十五世紀時英國約克族和蘭開斯特族進行長期內戰，稱為玫瑰戰爭，至亨利七世登位而內戰結束。黎塞留是法國國王路易十三世的大主教兼首相，精明能幹，削除豪貴而統一全法。西班牙本來分為卡斯蒂爾（Castile）及亞拉崗（Aragon）兩國，後來卡斯蒂爾女王伊莎貝拉和亞拉崗國王斐迪南結婚，兩國合併為一，夫婦二人並為君主。——譯者註

火藥雖能使一個政府有效地控制像法國或西班牙那麼龐大的地區，但要建立一個世界政府，它所造成的技術條件卻還不夠。只有到我們今天，這才成為可能。第一個必要的步驟，是迅速傳佈信息。在電報發明之前，一位大使勢必要權宜行事，不能事事向本國政府請示，因此他派到外國之後，如局勢有變，他必須立即設法應付，而這些變故和應對，他的本國政府還沒有知道。鐵路也發生了很大的作用。我想有人會估計，如果拿破崙當時有鐵路，他在一八一二年就能打敗俄國。[12]不過在我們這一世紀中所發生的變化，比之電報或鐵路都更為重要。在最近這許多變化中，第一是征服天空，這使得能夠將一支軍隊在二十幾天之內，從一個地方調到其他任何地方。核子武器的發明，比之征服天空更加重要得多，當核子武器是用飛彈來發射的時候，行程時間之短，幾乎可以省略不計。

這種技術上的進步，一方面使目前國際間的無政府狀態，比之過去更無可比擬而且更為危險；另一方面，卻使建立世界政府在技術上成為可能，這政府的權力可以無遠弗屆，使得人極難進行軍事抵抗。這新局面的形成，主要是由於三個科學上的新發現：第一種最為重要，那是現代核子武裝巨大的破壞力；第二是核子武器能以迅捷無比的速度去轟擊目標；第三是製造核子武器需要極之高昂的費用。這三種因素，都使得一個穩定的政府所能統轄的範圍擴大起來。迄今為止，這個政府所能統轄的範圍還只以地球的表面為限，但不久之後，就可能會擴展到月球和其他星球上去。

這些事情都是可能發生的，然而有一個必要的條件——現代的武器已使許多政治制度變得不合時宜，如果人類仍是抱殘守缺死纏住這些制度不放，因而毀滅了自己，那麼一切都是空談。

---

[12] 拿破崙攻入莫斯科後，因糧草不繼而被迫退卻，冰天雪地中幾致全軍覆沒。——譯者註

第八章 走向穩定和平的第一步

對於造成東西雙方關係緊張的任何問題，如想取得進展，雙方代表在開會時，不可存着勝過對方之心，也不可希望延長危險的現狀，而應當懷有必須達成協議的絕對決心。

走向穩定和平的最初幾步，就像嬰兒蹣跚學步一般，勢必幅度既小，且又搖擺不穩。在這一章中，我要討論的並非一切我們所希望達到的步驟，而是想像在不久將來的會談中一切可能達到的步驟。

第一項所需要的，是東西雙方之間的辯論，要有一種不同的氣氛。目前，這種辯論就像在舉行運動比賽。每一方所認為重要的，並不是達成協議，而是在全世界面前表現一番，顯得自己取得了宣傳上的勝利，或者是設法迫使對方讓步而改變均勢，使得局勢的發展對自己有利。但雙方都沒有記起，人類的前途正面臨生死存亡的關頭，可以說，任何協議都會比沒有協議好。例如，以曠日持久的禁試核彈會談來說。東西雙方一直同意，如將核子武器傳播到新的國家，會增加核子戰爭的可能性。雙方都同意，很快就會有核子武器傳播到新的國家。雙方也都同意，禁止核子試驗，對防止核彈的傳播會有好處。在這些前提之下，雙方卻並不覺得應當停止核試，而只是覺得己方應當裝模作樣，表現得願意禁止核試。禁試談判在開始時，前途頗為樂觀，東西雙方的科學家發表聯合聲明說，不論在甚麼地方進行一次核試，都可讓對方偵查出來。於是，美國政府宣稱，必須進行地底核試，以使對方不易偵查得到。經過了幾年的會談，這個障礙是克服了。於是蘇聯政府宣稱，禁試的必要視察，不能由代表聯合國的一個人來負責處理，而須由三個人（東方國家一人、西方國家一人、中立國一人）共同進行，他們只有在一致同意下，方能採取行動。正如事先所擔心的一樣，美國和俄國這些行為，終於使幾年來的會談毫無結果，從而引致俄國恢復核試。我們不得不由此得出結論，東西雙方雖假裝願意用協議的方式來停止核試，但其實雙方都沒有誠意。

對於造成東西雙方關係緊張的任何問題，如想取得進展，雙方代表在開會時，不可存着勝過對方之心，也不可希望延長危險的現狀，而應當懷有必須達成協議的絕對決心。任何一個協議都決不容易令每一方全然滿意，這個事實是必須接受的。雙方會談的目標，應當是達成一項不改變均勢卻減少戰爭風險的協議。

在我看來，只有一個動機，才能使得參加會談的代表改變態度。這個動機是，雙方都了解核子戰爭的害處與恐怖。在目前，雙方都認為必須自誇己方必能得勝，以便在心理戰中佔到上風。雙方政府明知這種勝利的保證根本是騙人的，但還是自吹自擂不已，不但為了在心理戰中佔到上風，還為了把本國人民誘向死亡。一方宣稱，「我們會在熱戰中得勝」；另一方反唇相稽，「我們將消滅你們」。不論受到威脅的是哪一方，這種聲明都會激起好戰的怒火。要想達到任何走向和平的步驟，雙方都必須承認，他們是面臨着一種共同的危機，他們真正的敵人並不是對方，而是雙方都擁有的那種大規模殺人武器。

如果雙方都承認這一點，問題就變得完全不同了。這不再是如何佔到對方上風、或者如何使己方人民得勝的問題。首先的問題，是要設法尋求「可以接受的」步驟，不管這些步驟如何的微不足道，只要能夠證明可以進行有結果的會談，那就行了。

無論是好戰的一方或追求和平的一方，都有着許許多多的漂亮話，不管這些漂亮話的本意如何，事實上都不會產生良好的結果。我們以前曾討論過，在「不自由，毋寧死」這句口號中包含了動聽的戰爭宣傳，但西德愛好和平的人，發明了一句相反的口號：「與其死亡，不如共產。」我們猜想起來，在俄國的某些公眾輿論之中，可能也會有一句相反的口號：「與其做死屍，不如做資本主義者。」我認為不必研究這些口號在理論上是否真實，因為我認為西德政府既不曾採用這一句口號，而東方國家的政府也決不會採用那一句口號。這兩句口號都沒有提出東西雙方所必須面對的問題。我們假定，任何一方都不可能取得軍事上的勝利，那麼根據邏輯推論，決不可能是由於某一方向對方完全屈服，因而通過談判來緩和緊張的關係。但雙方必須暫時保持目前均勢，同時逐步將恐怖的均勢，轉變成希望的均勢。那就是說，人類要生存下去，必須真誠的接受共存，而不是只在表面上接受。

或許，第一個步驟是由美國、蘇聯，以及愈多愈好的國家共同鄭重聲明：核子戰爭對於東西雙方或中立國家都是全面性的浩劫，它不能達成東西雙方或中立國所期望的任何目標。我希望，各國是真誠地發表這個宣言。雙方都知道，宣言的這番話確是實情，但雙方都被糾纏在一個由威望、宣傳和權力政治所組成的羅網之中，迄今為止，他們也不知何以自解。我希望由中立國來帶頭發表這樣一個宣言，東西雙方如果拒絕簽署，那就會惹起世人的反感，我看他們是無法拒絕簽署的。

其次的步驟是暫時凍結挑釁，假定說為期兩年吧，在這時期內，雙方保證不採取挑釁性的行動。所謂挑釁性的行動，應當包括干涉西柏林自由的各種措施或美國對古巴進行干涉。雙方應當同意，盡可能找出一些公正不偏的聯合國觀察員，來決定某一個行動是否屬於挑釁性。

在這兩年的凍結期內，應當採取各種籌備性步驟，使得以後的會談易於進行。雙方都應當抑制惡毒的敵意宣傳，並大力增加文化交流，以減弱東方和西方視對方如惡煞般邪惡的普遍觀念。雙方也應當採取步驟，來設法防止偷襲性的或因誤會而起的戰爭。目前，每一方都擔心對方會突然發動偷襲，每一方都有一個巨大的偵察系統，希望在偷襲發生之前的幾分鐘內，能發覺對方的偷襲行動。雙方的偵察方法都有可能發生錯誤，因此每一方都可能認為敵人正實施偷襲，實則卻並無其事。如果有一方認為敵人在進行偷襲，當即下令反擊，然而在對方看來，這卻是一種偷襲式的侵略。這種雙方都存在着的噩夢，是因緊張而引起的，而這種恐懼心理，反過來又令局勢更加緊張。雙方都處在「立即反擊」的威脅之下，而這種所謂反擊，很可能根本不是反擊，只不過是因誤會而發生的反應吧了。在這種情況之下，很難使緊張的局面大幅緩和。這種局面既然已發生了，那就不容易有甚麼應付的辦法。當然，核子裁軍能解決這個問題。在不久以前，有建議取消發射核彈的基地，或者要是認為取消基地的辦法太過極端，那麼僅僅使發射基地暫時無法使用，都可以大大的減輕這種風險。可是，自從有了攜帶核子武器的潛艇之後，發射基地本來高於一切的重要性就減低了很多。如何防止因誤會或意外而發生戰爭，已成為一個十分複雜的技術問題，如果不解除核子軍備，看來所能採取的只有一些減少危險程度的措施。如果雙方真誠的希望緩和緊張局勢，那麼可以組織一個委員會，東西雙方參加代表的人數相等，一同用心減低危機，但這個委員會到底能提出甚麼建議，那就難說了。必須始終記得，各種減低風險的措施不是全然可靠的，只有裁減核子軍備，才是真正避免危機的方法。[1]

雙方一方面要盡量設法多了解對方的處境和立場，另一方面則要宣傳核子戰爭的禍害。

在這段凍結期內，主要工作將是協議組織一個調解委員會，由東方、西方及中立國人數相等的代表組成。這樣一個委員會，如要工作有效率，我認為最好限制人數，譬如說，它包括西方國家代表四人，東方國家代表四人、中立國代表四人。這個調解委員會應當只具提供建議的權力，至少在開始時要這樣。如果各個代表不能取得共識，那麼多數派及少數派的意見和理由，都應當公諸於世。該委員會應當根據若干原則而作出決定，其中最首要的一條應當是：在一切建議中，當對雙方有利和不利之處相互抵銷之後，不可令任何一方在總的方面佔到便宜，否則這些建議根本不可能得到雙方同意。例如，如果西方國家的廣播電台放棄了惡毒的敵意宣傳，俄國就應當停止干擾西方的廣播電台。第二條原則應當是，設法減少某些地區中所發生的危險性衝突，例如在以色列和阿拉伯各國之間，或者是北韓和南韓之間。第三條（這一條應當從屬於前面兩條），當是盡可能讓各地的人民自決。在這一方面，所能做到的是有限度的，因為俄國人不會允許這條原則應用到他們的衛星國中，而對於拉丁美洲，美國是否能毫無保留的同意他們自決，那也是大有疑問的。關於台灣，我從未見到有人提及當地居民的願望，不論是東方國家或是西方國家，從來不曾表示要尊重當地人民的意向。民族

[1] 目前美國總統與蘇聯總統之間，已裝有直接通訊的系統，稱為「熱線」，其目的便在防止因誤會而發生核子大戰，雙方又研究在各戰略據點派駐觀察員，以防止對方偷襲。這些措施證明，美蘇雙方政府首腦，已愈來愈認識到羅素所大聲疾呼的種種危機，並設法採取相應的對策。——譯者註

自決的原則非常好，不過在世界的緊張局勢得到大大的緩和之前，自決的原則就不得不向權力政治的各種要求，東作一些讓步，西作一些讓步，這令人感到遺憾。可是為了要使各大國取得協議，我認為這種情形恐怕無可避免。

還有一件非常重要的事，需要在這凍結期內加以處理的，那就是改革和強化聯合國。聯合國應當打開大門，讓每個願意參加的國家加入，應當容許中國參加，這是最迫切的事，還得容許西德和東德參加。不過德國的問題非常特殊，我在以後的一章中準備再加討論。

聯合國組織有其缺點，不但因為它排斥了若干國家，還因為它有否決權的存在。只要否決權繼續保留，聯合國組織就不可能發展成為一個世界政府。不過在另一方面，只要各國繼續保持它們目前的軍備力量，否決權就難以取消。在這個問題上，就同德國問題一樣，要想有甚麼圓滿的解決方法，就必須先解決裁軍問題。

由於聯合國組織不健全，所以先成立一個特別調解委員會，能比聯合國更妥善地進行各種調解計劃。我們可以希望，這樣的一個機構雖然只具提供建議的性質，但如果工作出色的話，就可逐步建立威信，使各國難以拒絕它所提出的各種建議，然後產生一種粗具雛形的影響力，最後促進世界政府的建立。這個機構有一個重大的優點，那就是中立國可以在東西雙方之間處於舉足輕重的地位，如果中立國認為某一方的建議比另一方更合理，那麼在某一個特定問題上，他們就可支持理由最充份的一方，使之成為大多數。我們可以預期，這些中立國有時會支持這一方，有時則會支持那一方。再者，既然每一方都常常遭遇到中立國的反對，為了避免被孤立，雙方的態度都會趨於緩和。當東方和西方國家都覺得需爭取中立國的同情，它們在談判之中就不會過份的嚴峻苛刻，並會逐漸形成一種世界性的觀點，而並非單是局限於這一方或那一方的觀點。此外，當東西方之間發生了僵局時，要想得到一個明智的折中解決辦法，那麼這辦法如由中立國提出來，比之相持不下的東方或西方來提議，達成協議的可能性會大得多。要推動全世界走上理性的道路，以上這些大概是中立國所能做的最重要的事情。

我很大程度上相信，在維持和平的事業中，中立國將發揮最重要的作用，所以我希望英國退出北大西洋公約組織，設法組成一個中立國的集團而採取明智的行動。民族的自尊心使得大多數英國人認為，這種行動會大大削弱西方陣營，然而美國權威的正統專家卻並不認為如此。這也使得一些英國人能夠活下來的機會增多，而不是減少，初看之下似乎不通，事實卻正正如此。[2]不過主張英國保持中立，最重要的理由是，英國如作為一個中立國，對世界和平能發揮作用，但若作為任何一個集團中的一員，那就辦不到了。

在這一章，我沒有談到裁軍或領土問題，所討論的只是某些可以減輕東西方之間敵意的初步行動。裁軍和領土問題，將在以後的兩章中加以討論。

[2]作者之意思是說，英國如謹守中立，能減少核子戰爭的機會，英國人就更可能生存下去。——譯者註

第九章　裁軍

現代武器真正的新特性，不在於它的不道德；
真正的新特性在於，如果發生了戰爭，雙方絕對是兩敗俱傷。
這個特性，使得一切想打現代化戰爭的念頭，都變得非但邪惡無比，抑且愚不可及。

全面裁軍雖然極度重要，有很大的好處，但即使實現了，它本身還是不足以保障長期和平。只要人們還懂得科學技術，那麼如果爆發了任何大規模的戰爭，雙方就會去製造核子武器，就會去製造甚至比核彈還要厲害的武器，要知道在爆發大戰之前的和平時期中，人們早已在研究各種各樣的厲害武器了。因此，單是裁軍是不夠的，不過雖是如此，裁軍終究是一個非常必要的步驟，如果沒有裁軍，其他的任何行動都不會產生甚麼作用。

主張裁軍的人所提出的理論根據，常常是說，大規模殺人的武器是不道德的。這句話當然沒有錯，可是如果這樣說，弓箭也是不道德的。事實上，這當中有一種深刻而重要的程度上的差別：如果殺死一個人是罪惡，那麼殺死兩億人是兩億倍的罪惡。可是，現代武器真正的新特性，不在於它的不道德；真正的新特性在於，如果發生了戰爭，雙方絕對是兩敗俱傷。這個特性，使得一切想打現代化戰爭的念頭，都變得非但邪惡無比，抑且愚不可及。不論是東方國家或西方國家的人民，容忍當局採取趨向戰爭的政策，那是因為他們心中存着一種錯誤的觀念。有些人鼓吹一種「戰爭邊緣政策」[1]，自以為在心理戰中，對方一定會先屈服。希特勒在慕尼黑會議之後，正也是這麼想，他的錯誤估計造成了他的覆亡。目前在東西雙方掌權的人，都是當年希特勒的敵人，這些人如果照舊走他的老路，那也會同樣的覆亡。

此外，還有一批更加危險的戰爭販子。這些人心中充滿了民族自尊心，或者深信他們的主義思想優越無比，即使面對着一切證據，還是相信他們這一邊會「得勝」。我覺得，這種沒有根據的信念在俄國和美國都十分流行，兩國政府並加鼓吹，以作為談判的一種資本。

還有第三批人，那是一種鼓吹犧牲的狂熱分子。這一群人認為，為了一個良好的目標而戰死是崇高的。至於這種慷慨就義只會把世界搞得更糟，如果他們不這麼勇於犧牲，世界反而可以好一點，但這一點他們根本在所不顧。

不幸的是，自從原子彈在廣島投擲以來，這三批人共同合作，迄今為止任何可以減低核戰危險的努力，都被他們壓了下去。不錯，有時是這一方，有時是那一方，表示了一些具有常識的微光，但雙方從來沒有同時發出這種微光。

[1] Brinkmanship，指威脅採取極端手段。——編者註

從廣島事件直到今天的這段裁軍會議歷史，要算是人類史上最令人沮喪的事件之一。當原子彈在廣島和長崎投擲之後，大家都覺得原子能應當由國際管制。當時只有美國才有原子彈，但即使是美國，也是這樣主張。美國政府聘請李連索爾（David E. Lilienthal）起草了一個國際管制原子能的計劃，以供美國政府考慮。這是一個很精彩的計劃，但人們認為，不能將這計劃原封不動的提交給各國。於是提交給各國的，乃是巴魯克計劃，這計劃中增添了一些附加條件，目的在於使俄國無法接受。結果這目的達到了。

這裏必須指出，在第二次世界大戰結束之後的幾年間，斯大林竭盡全力來破壞和解。美國在大戰終止之後的一兩年內，曾大幅裁減常規軍備，卻沒有引起斯大林的任何反應。相反，斯大林雖然在雅爾達會議（Yalta Conference）中加以保證，在東方的勢力範圍內，除了俄國之外，其他各國應當成立民主政府，然而他卻在所有衛星國家中建立了嚴厲的軍警獨裁制度。接着而來的是封鎖柏林，加上俄國人又有了核子武器，於是西方國家採取了愈來愈強硬的反蘇態度和政策，跟蘇聯進行冷戰。斯大林死後，蘇聯曾進行試探，想緩和緊張局勢，西方國家對於這些試探均表示懷疑。裁軍會議開了不少，禁試會議開了不少，但毫無成績可言——只不過曾一度暫時停試核彈，以便禁試會議繼續舉行。雖然在一九四五年之後的最初幾年間，主要責任必須歸咎於俄國，可是從斯大林死後直到最近，這段期間內的情況卻不見得是這樣。相反，當赫魯曉夫提出全面徹底裁軍的建議時，西方國家嗤之以鼻，認為他的提議是一種詭計。西方國家當局心中所想的是這樣（雖然他們並沒有如此公然的宣之於口）：「赫魯曉夫似乎在裝模作樣的表示，裁軍會議的目標確是在爭取裁軍。其實，他心中當然明白，雙方的目標決非如此，真正的目標只不過是在玩弄一種宣傳把戲，每一方都假裝要求裁軍，但決不致有實現裁軍的任何危險。他所提議的全面普遍裁軍，在關於檢查這一點上，顯然是有缺點的。我們只要根據這個理由，立刻就可以直截了當的予以拒絕，根本不必去研究赫魯曉夫是否會同意修改他的建議，以便消除我們在這一點上的反對。」就這樣，又是一事無成。

雙方都認識到所謂「先下手為強」的極大優勢。假如任何一方突施核子攻擊，它所造成的破壞是異常巨大的，如想進行真正有效的反擊，那將是極大的困難。這是卡恩在《論熱核戰爭》一書中所討論的主要問題。美國和西歐許多有勢力的人士都認為，蘇聯隨時可能會進行這樣的突擊。可以假定，在蘇聯，也存在着同樣的意見，蘇聯小心翼翼的提防西方國家先下手為強，其戒懼之深，當和西方國家一般無二。這種相互之間的提防，不但阻撓了任何可能的局勢緩和，還大大增加了一場意外核戰的可能性。《裁軍的檢查》（*Inspection for Disarmament*，哥倫比亞大學出版，一九五八年）是一本非常有價值的書，該書的編者西摩．梅爾曼（Seymour Melman）認識到這種危險，並非常清楚和強調地加以說明。他說（見該書第十頁）：

核子武器的設計者無疑是曾在這些武器之上，設法裝置某種保險機械，以防意外性的發射——例如，要發射這種武器，事前必須周密的調整一番。可是對於某些人為錯誤的可能性，那是沒有甚麼保險裝置能夠絕對予以防止的。要知核子武器是成千上萬地生產出來，而使用核子武器的人，數量一定比這種武器更多，由於某些人為錯誤以致造成世界浩劫的可能性，是不容忽視的。一個不正常的、神經錯亂的人，或者一個暫時失卻自我控制的人，能夠將核彈隨意投到一個地方，或是投到任何人口稠密的處所。一個太空衛星，可能被誤認為是攜帶核子武器的飛彈……

由於各種戰術和軍事技術都已經是以「立即反擊」的概念為根據，因此如果發生了這一類意外，只要對方的判斷一有錯誤，立刻就是你來我往、發動核戰的浩劫。由於核子武器的供應不斷增加，並且散佈在更多人的手上，發生這種意外事件的可能性當然也會增加。維持和平的種種策略，其基礎在於雙方都擁有武裝的威懾力量，並假定各軍事強國在採取甚麼行動的時候，都會小心謹慎，理智行事。作者認為，發生核爆意外的可能性，會削弱這種假定。最後要說到，和平得以維持的主要假定之一，是由於你怕我，我怕你。但當許多國家都有核子武器的時候，這種維持和平的策略便會發生急劇變化。如果有一枚核彈投到某一個城市而爆炸了，那就很可能無法知道侵略者到底是誰，因為有很多國家都擁有核彈，而投送核彈的方法也是變化多端。除非知道誰是侵略者，否則被襲國家即使要作一下進行反擊的威脅姿態，顯然也不可能。因此，「你怕我，我怕你」的策略，已再不能成為阻止發動核子攻擊的方法。

凡是不必為了政治原因而須表示異議的人，都持這種看法，但即使因身份關係而須表示異議的人中，也有些人仍表同意。例如，我國的科學部大臣許琛勳爵（Lord Hailsham）[2]就說遲早會爆發大戰（見《每日見聞報》〔*Daily Sketch*〕一九六〇年八月十一日）。C·P·斯諾（Charles Percy Snow）對此更加堅定，他在一篇題為〈科學在道德上的非中立性〉（The Moral Un-neutrality of Science）的論文中說：「最多不過十年，某些核彈就會爆炸。這是必然的。」（發表於一九六一年二月號《每月評論》〔*Monthly Review*〕第一五六頁）。我還可以引述許多意見相同的說話，而沒有一句話是出自極端分子的口中的。

這對於人類有甚麼意義呢？不論是俄國還是美國，突然下手轟炸對方，而可能他們還自以為，這只不過是一種報復性的還擊而已。如果說在任何特定的一天之中會發生這種事情，那可能性是不大的，但每過一天，不管是美國或蘇聯，突然動手的可能性便增加了一點，到最後，幾乎可以說是一定會發生的了，除非雙方的政策有所改變。如果斯諾的意見是正確的話——沒有任何理由來認為他的看法有誤——那麼在此後十年間的某一天，氫彈就會向蘇聯投去，而西方國家也得到回敬；或者，氫彈是向西方國家投去，而蘇聯也得到回敬。我們在英國的人，可能只在事情發生之前的四分鐘才得到通知。在美國，希望能在二十五分鐘之前得到通知。我們會得到甚麼通知呢？我們將得到通知說，我國人口中有很大的一部份將立刻被殺害，其餘的則在飽受折磨之後慢慢死去。專家認為，將沒有一個人能夠在英國活下來。

只要目前這種「立即反擊」的政策繼續下去，就會有一個十分嚴重的危險，可能會將某些事件誤認為是蘇聯的核子攻擊，而其實根本不是。在這種情形下，我們這方面自以為是進行反擊，而對方卻認為是突擊，全面的核子戰爭就由此爆發。已經好幾次幾乎要發生這樣的事了。格陵蘭北部的圖勒（Thule）設有一座強力的雷達站，用於在蘇聯轟炸機接近時發出警報。攜帶氫彈的飛機駕駛員曾受過全面訓練，一接到警報，兩分鐘內便能升空。雷達站曾有好幾次發出了警報，但結果發現，雷達所顯示的只不過是一群飛雁而已。至少曾有一次，雷達將月球誤認為是蘇聯的攻擊，恰好有一座冰山飄浮過來，中斷了電訊輸送，這才使得反擊沒有進行。每一次接到警報，轟炸機都已出發，飛向破壞的航程。我國首相曾向我們保證，不會因意外事件而引起大戰。[3]我們只能假定他從未聽過以

[2]最近麥美倫辭職後，許琛勳爵曾參與角逐首相之位，一時頗有獲勝之望。結果敗於杜嘉菱（Alec Douglas-Home）之手。——譯者註

[3]一九六〇年十一月二十九日在下議院中所說。——作者註

上這些事件。聯合國協會在一九六一年三月關於裁軍的報告書中，表示了較實際的觀點，這報告書結論說（第十九頁）：「我們懷疑，如果沒有裁軍，這個世界是否終於能存在得下去。一種可怕的情形在威脅着我們，一群野雁靜悄悄地飛越冰天雪地的北極，進入了美國或蘇聯的雷達警報網。雷達的影幕將野雁當作了飛彈。美國政府或蘇聯政府（依情形而定）——立刻發動報復性的核子轟炸，核子戰爭的大風暴便開始了。雁群悄靜沒聲的繼續向前飛去，成為最後一次世界大戰唯一的生存者。這種情景雖不一定發生，卻也不是很不可能。至少，它象徵着目前這種極度虛假的和平，是如此的缺乏理性，如此的沒有人道。核子戰爭的極度缺乏理性，需要一個象徵。那就讓這些飛雁來做象徵吧，牠們所發出的警告，正像許多年以前，另外那些飛雁向卡比托（Capitol）的羅馬人所發出的叫聲一樣清晰。」[4]

除了人為錯誤之外，機械失靈的機會也始終存在。其中所涉及的各種機械裝置十分複雜，當轟炸機因誤會而出發之後，沒有人能夠肯定他們是否能夠及時收到召回的信號，如果收不到，人類就此滅亡了。有甚麼理由，能夠使這種冒險繼續下去呢？

然而，東西雙方的會談代表卻仍是滿不在乎的一仍舊貫，認為——我們只好這樣假設——他們全體人口的滅絕，比之向「敵人」稍作讓步的災禍更小。這是瘋人院中的政治。如果雙方出席會談的代表頭腦清醒，或者不這麼在枝節問題上鑽牛角尖，那麼他們就會了解，他們正在冒一個極大的危險，那便是一場會帶來如此可怕後果的核子戰爭。雙方必須作合理的讓步，佔合理的便宜，因而得到妥協。只有這樣的政策，才合於理性，才合於人道精神，才不致把我們自己、我們的子孫、我們的朋友，以及我們的國家，帶進完全沒有好處的死亡境地。目前，東西雙方的政要們由於剛愎自用、熱愛權力、相信永遠能夠向對方不斷的施行恫嚇，於是不再看到自己對人類的明顯責任，而肆無忌憚的玩着殺人的把戲。

眾所公認，把核子武器散佈給迄今還未擁有核子武器的國家，那是大大的增加了核子戰爭的危險。最初，美國是唯一的核子國家，然後是美國與蘇聯，然後是美國與蘇聯與英國，法國大概已有了核子武器。有理由相信，以色列不久就會擁有，如果是這樣的話，阿拉伯聯合共和國（United Arab Republic）勢必跟着而來。中共竭力要成為一個核子國家，那將是不久的事。任何兩個核子國家都可能發生衝突，如果當真衝突起來，那麼軍事同盟的制度，會使得一場世界大戰非爆發不可。每兩個可能發生衝突的核子國家算是一對，這一種成對數目的增加，比之核子國家的增加快得多。當只有兩個國家擁有核子武器的時候，只有這麼一對。有三個核子國家時，就有這麼三對。四個國家就有六對，五個國家就有十對，六個國家有十五對，如此不斷增加下去。將氫彈散佈到新的國家所以危險，原因還不單如此而已。這還因為，另外一種危險也會增加，那就是某一個國家的政府可能會鹵莽滅裂，執迷不悟，或者是瘋狂胡為。不久之前就有一個狂人控制了一個大國[5]，沒有理由認為，這種事情絕對不會重演，或者不大可能重演。再引述西摩·梅爾曼的一段話：「鑒於許多國家在目前或不久將來即能擁有核子武器，因此，研究在技術上如何檢查裁軍，那就具有特殊的重要性。這樣，滅絕人種的工具，已經落在許多大大小小的政府手中了。」（第九頁）

[4] 約在公元前三九〇年，高盧人偷襲羅馬，前鋒攻抵朱庇特神殿，羅馬士兵入睡未覺，野雁受驚大叫，吵醒羅馬官兵，因而得以擊敗敵人。這報告書引此比喻，意思是說當年飛雁挽救了羅馬，希望今天人們也以飛雁事件為誡，挽救人類免於核戰浩劫。——譯者註

[5] 當是指希特勒。——譯者註

所以，必須停止核彈的試驗，有兩個頗為不同的理由。一方面，輻射塵將放射性毒素散佈到全世界。這些輻射塵有的造成血癌和其他癌症，有的則影響生殖機能，以致生育出許多白痴或怪物來。但還有一個禁試的理由，那就是一個還沒有核子武器的國家如果不作試爆，就無法有效的加以製造核彈。經過了好幾年詳細的磋商，似乎禁試的協議立刻就可以簽訂了，但就在這時候，赫魯曉夫提出了他的「三駕馬車」計劃，根據這計劃，必要的視察須由三個人來執行，一個是東方國家的，一個是西方國家的，一個是中立國的。根據他的計劃，這三個人只有在一致同意之下才能採取行動。到底他是否會繼續堅持非一致同意不可，這一點還不太清楚，不過他的提議使得西方國家大為惱怒，因而要取得雙方禁試協議就變得不大可能。在目前，由於蘇聯決定恢復核彈試驗，而美國無可避免的以牙還牙，要想結束核試的希望幾乎可說是完全消滅了。在這件事情上，正如其他一切有關裁軍的事情一樣，其結果幾乎可說是一定的了，那就是在不久的將來，勢必一事無成，雖然眾所公認，各大國無所事事，等於在繼續增加核戰浩劫的危險。[6]

這種一事無成的枯燥記錄，我們現在撇開不談，且來討論一下，人類如想有一個繼續生存的機會，那就應當做些甚麼。

第一步應當是停試核彈。關於這一點，我已經說得很多了。第二步應當是防止將核子武器傳佈到新的國家。只要現有的各核子國家同意這一點，那是很容易做到的。沒有理由認為，這對於均勢會發生任何影響。中國如有了氫彈，西方國家會覺得遺憾，而法國與西德如果有了，東方國家也會覺得遺憾。沒有辦法能夠保證，核子武器只在一方傳佈而不在對方傳佈，因此，如果使它不在任何地方傳佈，這對雙方都沒有損失。[7]

下一個步驟就困難得多了，那是大家同意停止製造核子武器。當然，這必須有一個非常徹底的檢查制度，可是我們無法設想這樣的一種制度能夠有效而可靠。上面所引那本《裁軍的檢查》的書中，所作的結論就是如此。我認為（不過這一點在梅爾曼的書中沒有提及），如果檢查人員之中包括有中立國的代表，當發生歧見之時，中立國的代表就可以將他們的發現公諸於世，那將會有所裨益。

談到檢查，在涉及已經製成的核彈時會發生困難。要將這些核彈隱藏起來是很容易的，而要一個檢查團去發現隱藏的核彈，那是幾乎不可能的。不過，也有克服這種困難的若干辦法。一枚氫彈，如果沒有將之投到敵人土地上去的工具，那麼這枚氫彈是沒有用處的，而必不可缺的發射基地，只要是固定的話，那就容易查到。不過對於流動性的發射基地，如「北極星」潛艇之類，這一點就不適用了。但要秘密建造一艘潛艇可不容易，而要發現有哪些能夠攜帶氫彈的潛艇已經建造起來，也並不困難。

有一種可能實行的改革，如果各國能嘉納良言而予以採納，那將有極大的益處。那就是禁止外國軍隊在任何土地上駐紮。不過我認為，假如沒有一種全面裁軍的制度，這不見得能夠達成。北大西洋公約組織認為，美軍必須在英國和西歐駐軍，可是美國最有資格的權威專家，顯然並不同意——請參閱卡恩《論熱核戰爭》一書。至於蘇聯，為了要使匈牙利和東德等國的人民順服，顯然必須在這

[6] 局部禁試核彈的協議所以能夠在一九六三年秋天簽訂，主要在於中共、蘇聯的交惡，而中蘇關係如此惡化，是作者當時所無法預見的。——譯者註

[7] 由於中蘇交惡，局勢也有新的變化，蘇聯無法阻止中共自行製造核子武器。——譯者註

些國家駐軍。雖是如此，還是須將禁止外國軍隊駐紮這種措施記在心中，作為爭取和平的長期目標之一，如果時機成熟，便設法予以達成。

赫魯曉夫建議徹底的全面裁軍，西方國家對於他這個建議的重視，實在是大大的不夠。西方國家每聽到蘇聯的建議案，往往便說蘇聯政府是不會同意充份的檢查，這一次也是如此。赫魯曉夫最初是說，在裁軍之後，他同意任何程度的檢查，但要事先檢查卻不行。他自然早已知道，西方國家決不會同意這一點。如果西方國家裁撤了軍備，卻發覺東方國家並沒有裁軍，那便為時已晚了，而檢查出來的結果不再有任何用處。[8]不過，赫魯曉夫又說，如果決定進行全面而徹底的裁軍，只要協議一經達成，他就會同意任何程度的檢查。西方國家故意的不去研究，到底赫魯曉夫在檢查問題上，能夠接受到何種程度。他們只是認為他的建議缺乏誠意，當即予以拒絕，就此了事。這是一個極不幸的錯誤，倘若西方國家真正希望裁軍，這個錯誤是不應犯的。西方國家不去研究赫魯曉夫的建議，卻提出了他們自己的建議，於是你提一個建議，我提一個反建議，提之不休而一事無成。

還有一件在十年之內非常可能具有極大重要性的事情。那就是由人操縱指揮、繞着地球外軌道運行的人造衛星，這種人造衛星將周期性的飛越敵方領土，能夠在極高的太空中投擲炸彈。如果這種衛星距離地面極遠，那根本無法擊落，可是它們所能造成的損害卻是巨大無比。假使不採取甚麼行動來防止這種可怕的局面發生，那麼不需多少年，太空之中便會充塞這種人造衛星，死亡和破壞便可如大雨傾盆而下，落在下面的國度。迄今為止，因為這種局面還沒有出現，就可能予以防止。各國應該成立一個協議，規定凡是發射火箭進入環繞地球的軌道，或進入更遠的太空之中，都必須由國際管制，不得由任何一國單獨進行，也不得由若干國家共同進行。目前的困難，在於蘇聯對太空科學的研究似乎佔了美國的上風，因此蘇聯的自信和美國自尊心受到打擊，會阻礙到相互之間達成協議。我們須盼望在不久之後，蘇聯和美國在這件事上可並駕齊驅。我們對於目前蘇聯佔上風的局勢覺得遺憾，這並非由於佔上風的是蘇聯，而是由於這是達成協議的一種障礙。如果佔上風的是美國，我們同樣覺得遺憾。[9]

在二十世紀結束之前，除了人造衛星之外，相信太空還會有其他的事情發生。第一步是將人送上月球，然後送上火星和金星，這完全是可能的。或許有許多人仍舊會覺得這種想法太過荒唐，但美國軍事當局卻正在鄭重其事的加以考慮，大概蘇聯當局也有這樣的打算。[10]一位著名的軍事學家，在談到蘇聯可能首先登陸月球時，曾鄭重表示，如果給蘇聯佔了先，那也沒有關係，因為美國將在火星和金星登陸，以便對抗蘇聯這種行動。[11]我認為必須經常記着，在不久將來就可能會有這種事情發生。如果在一九四五年以前來看我們現在所生活着的這個世界，會覺得情形之恐怖，實在難以忍

[8] 在這種情形下，東方國家如立即動手，西方國家絕無招架之力，只有聽任宰割。——譯者註

[9] 在這個問題上，局勢的發展再次證實了羅素的預見。最近兩年間，美國急起直追，在太空科學的造詣上和蘇聯已十分接近。蘇聯外長葛羅米柯（Andrei Gromyko）最近在聯合國大會中提議，美蘇訂立協議，規定不得在人造衛星、太空船等太空飛行器中放置核彈。美國方面的反應良好，相信這協議能夠簽訂。——譯者註

[10] 最近消息透露，美國計劃在一九七〇年登陸月球。赫魯曉夫則宣佈，蘇聯已決定放棄和美國搶先登月的競賽。——譯者註

[11] 美國空軍參謀長當努・L・普特（Donald L. Putt）中將於一九五八年二月二十五日在眾議院軍事委員會中陳述意見，曾說：「我們不可認為只要控制了月球，就能一勞永逸地維持地球上各國之間的和平。」他還說：「這只不過是第一步而已，以後還得在遙遠得多的其他行星上設站，到了那時候，可能是從這些行星站中對月球進行控制。」（見一九五八年十月二十日的《史東週刊》（*I. F. Stone's Weekly*）。）——作者註

受，但經過了十六年之後，我們終於無可奈何的習慣了。再過十六年，假使我們還是活着的話，和那時候我們所遭受着的情形比較起來，恐怕會覺得一九六一年時的世界真是一個快樂逍遙的天堂。

為甚麼會這樣呢？我們不得不預料，到了那時候，一隊隊由蘇聯共產黨幹部和美國海軍陸戰隊組成的、互相敵對的隊伍，花費了無數金錢在月球登陸，在月球上生存了數天，互相搜索對方。當雙方人員碰到之後，就來一個同歸於盡。每一方都會聽到殲滅了對方人員的消息，於是雙方都全國放假，慶祝這一場光榮的勝利。世界各國的執政者正在引導我們走入一場全宇宙都覺得可笑的悲劇之中。或許——只是假定——我們想像當這些手握大權的執政者升上太空之中，居然有一點兒常識或是普通的人道觀念鑽入他們的心中，他們或許就會同意，我們地球上這種爭吵，實在不應該擴充到整個宇宙中去，不應該將我們的愚蠢和邪惡，沾染其他更快樂的星球上可能存在着的任何生物。

這一章的內容相當暗淡消沉，結論是這樣：我們必須知道，仇恨把時間、金錢和智力都消耗在毀滅性的武器上，擔心我們可能會對彼此做甚麼，人類所有的成就在每一天、每一小時中都可能有一舉毀滅的危險——我認為我們必須知道，這一切都是人類的愚蠢所造成的。這並不是命運的安排。這並不是環境條件所強加的。這是從人類心中產生出來的一種罪惡，它的根源是古時候的殘酷和迷信，對於很久以前野蠻的部落社會，這或許是適合的，但到了我們這時代，這種殘酷和迷信首先破壞了幸福，然後極可能就此毀滅了整個人類的生命。我們只需一件事，就能將這個「地獄」變成「天堂」：那就是，東西雙方都要終止相互的仇恨和恐懼，以及都要認識到如果他們願意合作，就可以享受到多大的共同幸福。罪惡是潛伏在我們的心中，所以我們必須從心中將罪惡拔掉。

第十章 領土問題

西方國家動輒就說，它們願意接受民族自決的原則，但再加詳察之後，看來西方國家只願意將這條原則，應用於目前在蘇聯勢力範圍內的國家。

在得到長期的和平之前，必須先解決許多領土問題。其中最顯著的領土問題，便是台灣、朝鮮和寮國。要想出任何一個解決這些問題，而又能為雙方所接受的原則，那是不容易的。西方國家動輒就說，它們願意接受民族自決的原則，但再加詳察之後，看來西方國家只願意將這條原則，應用於目前在蘇聯勢力範圍內的國家。西方國家不會堅持在西班牙或葡萄牙實施民主的自決，在西半球的某些地區中，如果實行民主自決的話，結果親共派可能會得到多數票。我們懷疑，西方國家是否會同意將這條原則應用於這些地區。為了解決這些問題而進行會商談判，結果將是如何，目前無法預知。唯一可以相當肯定的是，這些問題應該通過談判來解決，不是用「戰爭邊緣政策」的方式來互相威脅，而是應該用互相讓步的方式來解決，在進行這種折中的談判時，應當邀請中立國參加。

自從蘇聯革命以來，西方國家一直被人指責是採取一種逃避現實的政策。西方國家在很長的時期內拒絕承認蘇聯政府。美國和聯合國還在拒絕承認中國的共產政府。西方國家沒有承認東德政府，也不承認奧德河—納薩河（Oder-Neisse）的劃界是固定的邊界。關於奧德河—納薩河邊界的問題，西德政府以及各地極大多數的德國人，都感到強烈的不滿，然而在這方面想作出任何修改，其困難是不容易克服的。[1]首先，共產集團除非在戰爭中被打敗，否則決不會同意修改邊界。但要打敗共產集團，只有進行一場全面性的核子戰爭才行，可是在這一場大戰中，西方國家將同樣一敗塗地，而一切有組織的政府很可能都會同歸於盡。第二，當德國東部的土地被割讓之後，俄國人和波蘭人將當地的德國居民驅逐出境，他們所施的大規模暴行，殊足驚人。如果恢復德國從前的邊界，那麼這種駭人的大規模暴行，只怕要重演一遍，只不過這次是反其道而行，是德國人將俄國人和波蘭人驅逐出境。

承認一個現存的政權，不應當認為那是表示贊同這個政權，而應當認為，這只不過是承認一種存在着的事實。對於蘇聯，西方國家終於承認了這一點，但它們並沒有從這個經驗中汲取教訓，還不承認某些非經世界大戰便不能將之推翻的政權是不理智的。

目前，這世界所面對的最困難和最危險的領土問題，是德國和柏林的問題。這問題目前處於如此尖銳的危機之中，任何有關它的意見，還沒來得及付印，便已成為明日黃花了。雖是如此，還是必須指出，這問題應當如何處理，又不應當如何處理。雙方都不應當以劍拔弩張的態度來處理，不幸的是，現況卻正是如此。例如，一九六一年二月間，美國海軍作戰部部長伯克（Arleigh A. Burke）海軍上將宣稱：「只要我們維持一種能力，不管蘇聯怎樣幹，我們都能將之摧毀，那麼我個人認為大戰是不會發生的。現在我們便擁有這種能力。」（《泰晤士報》，一九六一年二月十七日）赫魯曉夫在一九六一年七月九日發表了一篇十分相似的演說，他說：「任何侵略者如敢舉手對付蘇聯或蘇聯的朋友，將會遭到應得的反擊。蘇軍擁有必需數量的熱核武器和最完善的輸送工具——短程、中程火箭，以及越洲火箭。希望那些正在計劃戰爭的人，不要認為他們因距離遙遠而能獲得安全。不是，如果帝國主義者發動戰爭，結果將是帝國主義的整個失敗。人類將一勞永逸，從此結束一種引起許多劫奪性戰爭的制度。」（《泰晤士報》，一九六一年七月十日）我同意伯克海軍上將和赫魯曉夫的說法，他們雙方各自所擁有的軍力，能夠消滅敵人，可是這兩位傑出的慈善家卻沒有注意到，敵人也能夠消滅他們這一方。這種互相威脅，對於解決問題毫無貢獻，只有促使戰爭更易爆發。當前引起爭執最迫切的問題是西柏林，有關各方面當然都很明白，如果發生戰爭，西柏林全體居民勢必難免一死。事實既是如此，那麼要保護西柏林的人民，戰爭並不是有效的方法。

西柏林的問題極度複雜，對於其中的是是非非，值得略加研究。

由於第二次世界大戰時對德國採取了無條件投降的政策，所以並沒有簽訂和約來結束戰爭，而是由各戰勝國訂立協議，規定如何治理德國。德國被劃分為四個區域：美國佔領區、英國佔領區、法國佔領區及蘇聯佔領區，每個區域由佔領國分別治理。柏林是完全被圍在蘇聯佔領區之內，同樣劃分為四個佔領區，每個佔領國在其轄區之內具有全權。可是，由於一種幾乎令人難以相信的愚蠢行為，西方國家居然沒有規定在來去往返西柏林之時，應有通過蘇聯佔領區的自由。蘇聯在一九四八年封鎖柏林，就是利用了這個協議條文中的疏忽。當空運使得封鎖變成無效之後，蘇聯同意訂立協議，

[1] 第二次世界大戰後，蘇聯佔領波蘭東部六萬五千餘平方里的土地以及德國東普魯士的北部，波蘭佔領東普魯士南部及德國東部共三萬九千餘平方里的土地，作為補償。波蘭與東德之間，劃定以奧德河及納薩河為界。這樣的劃界，使德國喪失了原有領土的百分之二十三。波蘭的土地西移，領土縮小。蘇聯則大收實利。——譯者註

承認西方國家有出入來往西柏林的自由。同時，德國的三個西方國家佔領區統一了起來，准許成立民主的自治政府。柏林的三個西方國家佔領區也照樣辦理。所有關於德國和柏林的談判，法理上的根據都在於《雅爾達協議》（Yalta Agreement）和《波茨坦協議》（Potsdam Agreement）。這些協議本來只準備為暫時性的，僅維持到對德和約的簽署為止。可是此後德國分為東德和西德，和約就不可能簽訂了。蘇聯政府現在已宣稱，它將和東德訂立條約，由此而結束蘇聯在戰時和西方國家所訂立的協議。這樣一來，西柏林的合法地位就此消失，除非西方國家和東德另訂新約，重新承認西柏林的地位。西方國家認為，東德決不肯簽訂這樣的一個條約，而蘇聯政府也已宣稱，它不會向東德施行壓力，叫東德去簽訂這樣的一個條約。

我們必須了解，整個問題的關鍵，在於西柏林和西德之間的交通自由，如果沒有了這交通自由，西柏林是完全聽由東德支配了。因為東德完全受蘇聯指揮，那麼，這就是說西柏林如要生存，就只有對蘇聯政府唯命是從。

從法理上來說，西柏林的地位是不可動搖的。西方國家對於西柏林的權利，根據美英法蘇四國所訂立的一個協議。這個協議在法理上不能片面的予以廢止，除非與整個德國訂立了全面和約，或者和東西德分別訂立全面和約，否則這協議總是繼續有效的。赫魯曉夫要求簽訂這樣的一個條約，但他宣稱，如果西方國家堅持不簽，蘇聯便要單獨和東德簽訂條約，並將認為西方國家對西柏林的權利就此終止。這種主張在法理上是說不通的。

如果要避免核子戰爭，雙方必須遵守不以戰爭作為威脅的規則。在道義上，赫魯曉夫正在破壞這條規則，因為他是以戰爭作為威脅來要求改變現狀，這種改變對於東方集團是其利無窮，對西方集團則是大大的不利。假定就雙方而言，在各種可能發生的災禍之中，最差的便是核子戰爭，那麼，要對現狀作出任何的改變，都必須由談判來解決，不可由武力威脅來達成，而這種改變必須不使現在的均勢發生巨大變化，因為假如是這樣的話，就不會取得雙方的同意了。或者有人會說，既然核子戰爭是可能發生的最差的事，那麼只要有一方威脅要打核子戰爭，另一方就須退讓。可是，不管各國所持的理由是對是錯，都不應當用這種態度來行事。國家的自尊心，再加上自信己方的主張合乎正義，那麼只要一方提出了威脅，對方勢必以反威脅應付。就是這種情形，使得「戰爭邊緣」的政策如此危險。目前，雙方都在執行這種政策，若就柏林問題而論，所以造成如此駭人的危險局勢，主要責任應當由蘇聯來負。

蘇聯為甚麼要使西柏林的人民生活痛苦，其動機並未公開透露，但事實上相當清楚。東德和東柏林貧窮困苦，其政府受到極大多數人民的憎恨。西德和西柏林繁榮興旺，其政府極得民心。有許許多多東德的居民逃到西德去，但只有當他們能夠進入西柏林，而西柏林和西德之間的交通暢通無阻，他們才能逃亡。這種情況令共產主義陣營大失面子。從共產黨人的觀點來看，唯一的補救辦法，是使西柏林就像東柏林一樣窮愁悲慘，民不聊生，並關閉從西柏林逃到西德的通路。這種目標，任何心存人道的人都不會為之。[2]

[2] 迄今為止，蘇聯還是在不斷阻撓西柏林和西德之間的交通。東德政府還採取了一種貽羞天下的措施，在東西柏林之間構築高牆，阻止東德人民逃往西柏林。——譯者註

可是，西方國家處理柏林危機，也不能說是極其明智的。只要西柏林的地位能夠得到保護，那西方國家就沒有甚麼充足的理由，來拒絕承認東德政府。西方國家應當採取步驟，研究東德政府是否願意維持西柏林的地位，以及西柏林與外界交通的自由，以交換西方國家對東德政府的承認。迄今為止，東德政府在這個問題上的意向到底如何，西方國家似乎一直並不知道。只要西柏林的地位能夠維持，顯然就不值得延長危機而干冒大戰之險。西方國家應當立即採取行動，設法獲悉是否能夠和東德訂立一個條約，而條約中得規定，在我們這方是承認東德政府，在對方則是保證不改變西柏林的地位。曾經有人談到要將整個柏林改為一個所謂「自由市」，但從未明白表示「自由市」是否包括與西方國家的自由交通在內。如果是包括在內的話，這建議是值得予以支持的。關於交通自由的問題，西柏林必須維持它目前在滕普爾霍夫（Tempelhof）的機場，這是很重要的，可是東德正在要求西柏林放棄這個機場，這使人覺得局勢的發展頗難樂觀。須知西柏林由於擁有滕普爾霍夫機場，才能在那次被蘇聯封鎖的困境中幸存下來。

從西方國家的觀點來看，由於不可能在西柏林當地進行任何防禦，因此處境變得困難。蘇聯軍隊可任意出入西柏林周圍的全部土地，西方國家唯一所能進行的有效防禦，只是一場全面性的核子戰爭。在這樣的一場戰爭中，東柏林和西柏林的全體居民非死光不可——「保衛」的結果竟是如此，那當真是奇哉怪也。事實上，假使蘇聯堅持要硬幹到底，那麼西方國家所能進行的「保衛」，只能是提出核彈的威脅而並不真打。如果蘇聯認為西方國家的威脅只不過是虛張聲勢而已，那麼這種威脅就起不了作用。如果蘇聯認為這種威脅乃是虛張聲勢，而事實上卻不是虛張聲勢，那麼人類將就此毀滅。

有些國家滑稽地自稱為「愛好和平的國家」，卻造成了戰爭的威脅，西方國家或許可以聯合全體非共產主義的各國，來反對這種戰爭威脅，並把柏林問題提交公斷。魯斯克先生（David D. Rusk）[3]最近提出一個大致與此類似的建議。不過東西雙方是否會同意這個建議，那就大有懷疑了。

使得長期和平極難達成的，不單是柏林問題，更有整個德國的問題。可以說，每一個德國人自然都希望恢復一個統一的德國。當德國的一部份是共產主義的，另一部份是非共產主義的，那就不易設想如何才能達致統一。須注意，赫魯曉夫最近重新提出「拉巴基計劃」（Rapacki Plan），根據這個計劃，整個德國以及德國以東的若干國家，應當解除武裝，實行中立，由蘇聯及西方國家的共同協議來保護其安全。以世界和平的觀點來看，這是一個完全值得讚揚的建議，企盼西方國家能予以採納，但我覺得，他們恐怕不見得會這樣做。阿登納（Konrad Adenauer）激烈的反對這個計劃，他要德國擁有強大的軍力。美國、英國和法國也加以反對，它們要得到德國軍事力量的協助，用以對抗蘇聯。在西方國家之中，似乎沒有一個人注意到，拉巴基計劃包括解除若干共產主義國家的武裝，這一點就足夠抵銷西德解除武裝的影響。西方國家要依靠西德，因而產生了危險的局勢，人們卻故意置之不理。指揮德國軍隊的將軍之中，仍有許多是過去的納粹黨人。德國曾在希特勒統治下復興，這種情形很可能重演。在英國政府的邀請下，現在有德國軍隊在英國駐紮。我們在一九四〇年時的感受，居然這麼快便被忘記了，實在令人大為驚奇。[4]

[3] 美國國務卿。——譯者註

[4] 一九四〇年時，德軍企圖入侵英國，英人誓死抵禦。——譯者註

在當前危機之中，赫魯曉夫曾一再提出全面和徹底裁軍的建議，如果全世界都接納了他的建議，那麼要解決這一切牽纏不決的問題，可就變得無比容易了。德國人所以不肯接受拉巴基計劃，是根據這個計劃，在所有的各大國之中，只解除德國一國武裝。如果大家都全面的裁軍，德國就不會這麼着力反對了。

關於德國和柏林問題，迄今為止，不論是東方還是西方，沒有哪個大國做得對，也從來沒有表示過任何一點明智的政治家風度。或許，當核子競爭的威脅愈來愈危急時，東西雙方都會懸崖勒馬，尋求某種方法，使它們的人民能繼續生存下去。但是，另外一種情形的可能性看來至少是同等的，民族的自尊心，以及不向威脅屈服的決心，將驅使雙方不斷向前衝，終於在彼此的愚蠢之中滅亡。

第十一章 安定的世界

人類既能殘忍害人，又能受苦受難，但同時也具有創造偉大輝煌事業的潛力，迄今為止，這種潛力並沒有充份發揮，但已然顯示在一個更自由、更快樂的世界之中，人類的生活將可變得如何。

我寫這本書的時候（一九六一年七月），世界正處於一個黑暗的時期，無法知道人類是否能活得到我所寫的東西出版；假如出版了，也不知人類是否能活得到來閱讀。但迄今為止，總還能懷抱希望，只要還有希望，那麼悲觀絕望便是懦怯者的事。

目前，世界所面臨的最重要問題是：是否能通過戰爭，因而得到任何人想要的任何東西？甘迺迪和赫魯曉夫說都「能夠」，頭腦清醒的人說「不能」。[1]如果我們能夠假定，他們兩個人對於可能發生的情況都能作出一種理性的估計，那麼我們應該相信他們雙方都會同意，人類嗚呼哀哉的時機終於來到。但兩個人心中所想的，當然不是這件事。自高自大、驕傲橫蠻、怕失面子，以及思想意識

[1] 顯然最近兩年來局勢已有變化，甘迺迪和赫魯曉夫也都認為不能了。——譯者註

上絕不寬容對方，已蒙蔽了他們的判斷力。強大勢力集團的盲目，加上他們二人的同僚和下屬所作出的宣傳，因而引起人民的急躁和叫囂，都加強了他們自身的盲目。在這種情勢之下，能夠採取甚麼行動，來消除有權有勢之人這種興風作浪的愚蠢行為呢？

一個悲觀主義者或許會說：何必去設法保存人類？人類的生命之中，一直充滿着痛苦、憎恨和恐懼，愁雲慘霧，天昏地暗，當我們想到這些無窮無盡的苦惱可以從此一舉解脫，不是應當歡喜麼？我們這地球長期以來處於苦楚與恐怖的噩夢之中，終於一個新的將來出現了，終於一切平靜了，這世界可以安安穩穩地睡眠了，想到了這些，我們不是應當高興麼？

對於任何一個歷史系學生，當想到人類的生命之中極大部份一直是充滿着愚蠢、殘酷和愁苦時，當想到這種可怕的紀錄時，當他在心中不勝同情時，一定會想到這些問題。人類是如此的不會自尋快樂，當我們考查人類過去的歷史之時，或許會不自禁的同意，不管人類在滅亡時是如何的悲慘，是如何的無可挽回，還是讓這種生物滅亡了吧。

但悲觀者所看到的，只是真理的一半，而且我認為這是比較不重要的一半。人類既能殘忍害人，又能受苦受難，但同時也具有創造偉大輝煌事業的潛力，迄今為止，這種潛力並沒有充份發揮，但已然顯示在一個更自由、更快樂的世界之中，人類的生活將可變得如何。如果人類能讓自己的潛力充份發展，將來能有多大的成就，那是我們在目前所無法想像得到的。貧窮、疾病和孤獨，將變成十分罕見的不幸事情。在目前，大多的人在充滿恐懼的黑暗中徬徨失落，如人們對幸福具有合理的期待，那就能驅散恐懼。當人類的進化不斷向前進步時，現在只有少數傑出人物才具有的耀眼天賦，將來許許多多人也都可共同具有。讓人類進化成熟，那應當是我們的目標，只要我們不是在人類尚未成熟之時，就鹵莽地、瘋狂地毀滅了自己，那麼在我們將來，還有千千萬萬個世紀的生命，在這段長時期中，這一切都是可能發生的，事實上，那真是十分可能發生的。不，我們不可去聽信悲觀者的話，因為，如果我們聽信了，我們便是人類前途的叛徒。

撇開這些遙遠的希望不談，在我們這個時代之中，我們應當做些甚麼呢？

首先，我們必須消除戰爭。目前，那些進行冷戰的國家每年花費三百億英鎊用以準備大舉屠殺，那就是說，每分鐘要花費五萬七千英鎊。想一想，這筆錢如果用來促進人類的福祉，將可以做出多少事業？全世界半數以上的人口營養不足，那並非必須如此，而是由於較富足的國家寧可自相殘殺，也不願使較貧困的國家生存下去，也不願幫助它們提高生活水準。只要我們目前這種心態不加改變，那麼便沒有甚麼事情能使較富足的國家去幫助別國，就算去援助別國，那也只不過是希望博得它們在冷戰之中的支持。我們為甚麼不反過來，用我們的財富去博得它們對穩定和平的支持呢？

有一種恐懼心理，害怕裁減軍備會造成災難性的經濟混亂，這種心理是由跟軍火工業有利益關係的人不論是老闆或工人所培養出來的。那些最有資格判斷這種意見是否屬實的人士，心中卻並不存在這種恐懼。我介紹讀者去閱讀兩篇非常內行而周密的文章，一篇刊登在一九五九年十月份的《全國企業》（*The Nation's Business*）雜誌中（那是美國商會的機關刊物），另一篇刊登在一九六〇年一月份的《思想》（*Think*）雜誌中，作者是參議員休伯特．H．韓福瑞（Hubert H. Humphrey，美國參議院裁軍小組委員會主席）。這兩位絕對正統的權威人物都同意，第二次世界大戰結束時的經驗證明，只要採取若干顯而易明的、完全可以實行的預防措施，那麼一種戰時經濟就能順利地轉變為和平時期的經濟。因此，我認為我們可以否定那種似是而非的理論，說我們唯有不斷的自相殘殺，才能生存下去。

一個世界政府要能順利地工作，必須具備某些經濟上的條件。其中一個條件正在開始得到普遍的承認，那就是將現在各個發展中國家的生活水準，提高到相等於西方國家最富裕的人民的水準。當世界各地還沒能在經濟上達到相當程度的平等之時，較貧窮的國家總會妒忌較富裕的國家，而較富裕的國家就會害怕那些較不富裕的國家會採取暴力行動。

不過，在所有必須採取的經濟措施之中，這倒還不是最困難的。工業必需多種多樣的原料。在目前，石油是最重要的原料之一。鈾礦雖然不再需要用於戰爭目的，但在工業用的原子能中，它卻很可能是主要的原料。這些必要的原料沒有理由容許私家擁有——所謂不容許私家擁有，我認為不但指個人或公司，也包括個別國家。凡是工業中所不能缺少的原料，都應當屬於一個國際機構所有，再根據「公平」和「善於使用」這兩個原則，分配給個別國家。對於不善使用的國家，應當協助它們獲得使用的技術。

在我們所設想的這樣一個穩定的世界中，許多方面都可具有比目前大得多的自由。不過，因為必須諄諄教導人們向世界政府效忠，以及必須制止個別國家或國家集團鼓動戰爭，也有一些對自由的新限制。只要不違反這些限制，那就應當有新聞自由、言論自由和旅行自由。在教育方面，應當有一種基本上的改變。不可再教導年輕人去過份強調本國的好處，不可再對那些最善於殺外國人的本國同胞感到光榮，也不可採用波茨納普先生（Podsnap）的格言：「對於外國嘛，我很抱歉的說，只要以牙還牙就行了。」[2]教授歷史，應當從一種國際性的觀點出發，不要強調戰爭，而要強調和平的成就，不管那是知識還是藝術，探險還是冒險。世界政府應當不准許哪一個國家的教育當局挑起沙文主義的情緒，或鼓吹對世界政府進行武裝叛變。除了這些限制之外，在教育上應當有比目前大得多的自由，應當容許教師持有各種非主流的意見，只有引起戰爭危險的意見，才須加以禁止。所有關於歷史和社會科學的教育，整個重點都應當放在人類之上，而不應當放在個別國家或國家集團之上。

不論個人還是團體，都有兩種相反的激勵機制：一種是合作，一種是競爭。科技的每一種進步，都使良好的合作範圍增加，而令競爭範圍縮小。我的意思並不是說，競爭作為一種激勵行動機制時，應當完全消失；我的意思是說，可以競爭，但不應當因此造成廣泛的損害，當然，特別不應當使用戰爭方式來進行。教育的目的之一，是應當讓年輕人明白能夠進行世界性合作，並培養他們有思考人類利益的習慣。推行這種教育的結果，友好的感情應當會普遍增長，仇恨的宣傳也應當會減少。要知道迄今為止，大多數國家的國家教育中，都包括仇恨的宣傳。

有些人覺得，世界上沒有了戰爭，那就枯燥乏味得很。必須承認，在今天的世界中，確是有許多人過着十分無聊、極受拘束的生活。其中有些人認為，如果發生了戰爭，他們就能被送到遙遠的國度去，有機會看到其他不同的生活方式，那與他們在本國過慣了的生活完全不同，他們覺得這樣至少

[2] 波茨納普是狄更斯小說《我們共同的朋友》（*Our Mutual Friend*）中的人物，此人吹牛拍馬屁，自以為是，是個卑劣小人。——譯者註

能做一些重要的事，可以從厭倦和單調之中解脫出來。我認為應當在喜愛挑戰的年輕人的生活之中，給他們安排冒險的機會，甚至是帶點危險的冒險。這種冒險，通常需要合作，即不能由一個人單獨進行的，那就需要遵守紀律，團結一致，盡忠職守，甚至服從命令。若不是這樣，堅強的品格就鍛煉不出來。今天所以有許多人喜歡戰爭，其基礎便在於此。年輕人也應當有機會參加科學探險隊，去勘查北極和南極、喜馬拉雅山和安底斯山脈（The Andes）。[3]至於那些渴望更大冒險的人，那就可以作太空旅行，這不久就成為可能了。當軍備的重負一經除去，那就能夠由公費來負擔這一切開支，讓那些活躍好動的青年去幹他們所喜歡的冒險，而不像目前那樣——這種年輕人的冒險會造成痛苦和災禍，以及人類滅亡的危險。

當戰爭的危險除去之後，會有一個過渡時期，那時人們的思想和行動仍會受着過去動亂時代的影響。在這過渡時期中，因戰爭結束而應有的好處，還沒有充份實現。人們競爭的心理還是會太強，至少，年紀較大的人的頭腦不能迅速地適應這個正在建造中的新世界。

當這種改造工作正在進行時，需要經過一番努力，來促成必需的適應，其中也許包括對自由要作出若干限制。但我不認為，這種適應最終會無法成功。人的性格至少有十分之九是來自教養，只有餘下的十分之一才是來自遺傳。來自教養的部份，可以用教育來處理。很可能在若干時候之後，甚至來自遺傳的部份也能用科學來加以改造。讓我們假定這個過渡時期是成功地度過了，我們問一問自己，結果我們所希望出現的世界，將是怎樣的一個世界呢？

藝術、文學和科學在這樣的一個世界中將是怎樣？我認為我們可以希望，當解脫了恐懼的重負之後，當個人不再害怕經濟困難而公眾不再害怕發生戰爭時，人類的精神將上升到從來夢想不到的高度。迄今為止，人們的希望、抱負和想像，總是受到現實的束縛。他們只希望死後進入天堂，才能解脫痛苦和悲傷。就像一首黑人的聖歌中唱道：「當我魂歸故土，我要向上帝盡情訴苦。」但不必等待天堂。人世間的生活為甚麼不應當充滿快樂，那是沒有理由的。人類的想像為甚麼只在神話之中才能實現，那是沒有理由的。只要人類願意，現在就能創造這樣的一個世界，那時我們在塵世之間，便能無憂無慮，快樂逍遙。在近代，知識發展得如此迅速，但只有極小一部份專家才能獲得，而這些專家很少有人再能有精力和才能，在專門的知識上注入詩意的情調和洞燭宇宙的高瞻遠矚。托勒密（Ptolemaic）的天文學說[4]，要等到大約一千五百年之後，才由但丁用最優美的詩句來加以敍述。[5]我們患上了科學的消化不良症，但在一個教育是更加大膽創新的時代中，這種大量未經消化的東西就可以吸收了，我們的詩歌和藝術可以擴大，去書寫各種新的領域，去創作新的史詩。人類的精神獲得解放之後，可以達到新的光彩、新的美麗、新的崇高，這種境界，是過去那遭受束縛、殘酷鬥爭的世界所無法達到的。只要我們目前的困難能予以克服，人類的將來，可比過去期望的長遠得多；廣闊的新視野，將使人靈感源源不絕；持續的成就，將使人永遠懷有希望。就一個嬰兒而言，人類的起頭已幹得很不錯了——因為從生物學的觀點來看，人類這個最新的物種，還處在嬰兒時期。人類將來所能達到的成就，是無限量的。在我的腦海中，我看到了一個充滿光輝和歡樂的世

[3] 全球最長的山脈。——編者註

[4] 托勒密是公元二世紀時埃及的天文學家，他認為太陽星辰都繞着地球而轉。——譯者註

[5] 但丁寫《神曲》是在十四世紀，其間相差其實是一千二百年。——譯者註

界，一個心靈擴展、希望無窮的世界。在那個世界中，高尚的思想和行為，不再被人譴責為背叛了這個或那個卑劣微賤的目標。這一切都是能夠實現，只要我們願意讓它實現。是要這種展望呢，還是要因愚蠢而注定的人類滅絕，全由我們這一代人來抉擇。

《幸福婚姻講座》

〔法〕莫洛亞（André Maurois）著

《幸福婚姻講座》目錄

前言

不久之前，我跟一位電台製作人提到，某些美國大學中有所謂的「婚姻關係教授」。這些教授會指導學生如何去經營幸福的婚姻，他們更會請學生在一些適合的場景中扮演角色，以作為課堂的例子。這個概念提起了朋友的興趣。他遂建議我以一對夫婦的日常生活為主題，撰寫一齣電台廣播劇，提示一段婚姻中該做與不該做的事，但要避免不要太過學術性或流於說教式。我同意一試。雖然我們希望這齣廣播劇能提供一些有用的建議，但其實我倆對它並不十分認真。不過，電台廣播劇的成功令我們大吃一驚。我從來沒有任何一本著作比之這齣即興創作的廣播劇收到那麼多的來信。這齣廣播劇已經被十個國家翻譯並在其電台播放。歐洲和美洲的報章雜誌也希望刊登廣播劇劇本。

最後，我的另一個朋友提議我把廣播劇出版成書，我可以在其中增加一些場景以擴充內容。我初時感到猶豫：把這些即興對話提供給一般讀者是否適當？最後我被說服了。雖然電影及電台廣播都屬於新式的藝術表現形式，各有其局限性，但它們卻擁有能接觸大眾的魔力。任何作家都不能忽略這個事實。一個作家如果懂得怎樣適應這些新媒體，便會找到一群他不能從其他渠道接觸得到的受眾。我們身為作家，應該勇於嘗試新事物。我渴望讀者和評論家都能享受閱讀這個（其實乃是實驗的）劇作。

莫洛亞

第一課　求婚和勝利

法國一所大學裏的一間小講堂。學生們一路閒談低語着進來。打鐘了，教授請大家安靜。

教授　各位女士、各位先生，這似乎很奇怪，一位大學教授竟會開課講授婚姻問題，對於這個問題，生活與經驗會講得比任何大師更好。那不錯，但是生活要在你經過許多試驗、犯了許多過失之後才慢慢的教會你。為甚麼不避免這許多痛苦？為甚麼不從別人的經驗中得到好處呢？我要稍稍說明一下。我這講座中將包括一些戲劇化的演出，在這裏——你們的面前表演，用來說明在婚姻生活中應該怎樣，不應該怎樣。喜劇一向是人類的偉大導師。通過一些短短的喜劇，我希望能夠向你們指出某些錯誤的、愚蠢的態度，使得你們不致去犯同樣的毛病。

我們在第一課裏要研究婚姻的先決問題，那就是求婚和追求成功。表面上看來，好像是男人追求到了女人；事實上，這是女人出於愛情或者友誼，使婚姻成功。我知道，一向的習慣總是女人等男人來求婚，但這等待決不是消極的。「女人等男人。不錯，但那就像蜘蛛等蒼蠅。」

各位小姐，這並不是不好。一個女人如認為一個男人可以使他們兩人都能得到真正的幸福，那麼設法引他和她結婚完全是對的。她有時不得不採取一點旁敲側擊的辦法，因為男人不大肯放棄他自由自在的獨身生活，他不久就會對這位小姐的態度發生疑心，因而採取防禦。對付男人這種態度的關鍵是在他的自負。男人總自以為了不起，而且相當虛榮。在《馬薩克的亞波隆》（*L'Apollon de Marsac*）那本書中，季洛杜（**Jean Giraudoux**）指出，一個男人不論多麼難看，如果一個女人說他漂亮，他總會相信。今天，我們表示給你們看，從友誼通到婚姻的最短道路，在於女人對男人職業的關心和敬仰。

★ ★ ★

這是我們的兩個角色：瑪麗絲，二十歲，正在她青春的最好時期；菲立普，一位年輕的工程師，二十七歲。在第一場中，他們正在海邊度假，一起躺在沙灘上。

鋼琴輕輕彈奏德布西的《大海》。

菲立普（下稱「菲」）　妳真有點兒古怪，瑪麗絲。昨天，妳親親熱熱的，讓我靠在妳身旁躺着……但今天，妳卻沒精打采，冷冷淡淡的。

瑪麗絲（下稱「瑪」）　你才古怪呢。你追求我追了兩星期，但甚麼名堂也沒有。你靠在我身旁，你要和我親嘴，可甚麼話都不說。

菲　妳要我說甚麼呀？說話有甚麼用？我並不覺得說話有甚麼好處。

瑪 那麼，我們的想法就不同了，菲立普。我要你說話。我要你說甚麼呢？嗯，至少，你要告訴我你愛我……你表示了愛情的動作，但「愛」這個字，你卻從來不提。那為甚麼？

菲 因為這個字我結結巴巴的說不出來，我好像不會說這個字，因為它是甚麼意思，我有點不明白……愛？……愛！到底是甚麼意思？我覺得妳很漂亮，妳的身材很好看。「底盤」的線條十分精彩。在這海灘上所見的女人中，妳是我所喜歡看的一個，和妳在一起使我非常非常高興。就是這樣。我是一個科學工作者。我很坦白的描寫了這現象……這是不是「愛」呢？

瑪 你真古怪！不，這不是愛。這或許是通往愛情的一步，但你只談我的身體……甚至把我的身體叫做一個「底盤」！我知道你是一位工程師，但我仍舊希望你不要認為我是一個設計得很好的機器。我還有情感和思想……這些東西，我很希望你多想到些。再說，我並不願意你只不過為了偶然的湊巧而來吻我，因為這是一個美麗的晚上，星星很明亮；因為這是一個夏天的晚上，天很熱，而你是二十五歲。

菲 （精確地）二十七歲。那麼，妳為甚麼要我吻妳？

瑪 因為我說了一些你愛聽的話，因為我們的感覺相同，因為我們一起欣賞了一處風景、一首詩、一闋曲子。你知道，當你說到某些事情的時候，我就覺得我想吻你……

菲 （突然感到很大的興趣）我說到甚麼事情？

瑪 嗯，當你熱心地談到你的工作和計劃的時候。那天我爸爸在抱怨法國的貧窮，你就說了一番話，談到法國的富庶，我聽得很高興……你把整個計劃解釋明白，描述那些巨大的水閘；你所說有關非洲和大片原始樹林的一切……真是了不起。當然你說的我並不全懂，但我佩服你的了不得，這就夠了。

菲 （激動得很厲害）啊！那麼妳是喜歡我那個關於天然煙的計劃了？當真？我一點也想不到；妳聽的時候一聲不響。我心裏想：「我知道她一定感到很厭煩。她總以為我是那種說話囉囉嗦嗦的人。」哪裏知道恰恰相反，我的話妳都記得？我很驚奇……很高興。

瑪 親愛的菲立普！我喜歡別人說得明明白白的。你懂得這麼多，談起來又是這麼又簡單又清楚，你的了不起就在這種地方。爸爸或者哥哥談到科學或政治的時候，我聽不了幾句話就膩了。你談的時候，我卻覺得自己聰明起來了，好像你把我拉高了。這就像我們在一起游泳。我一個人的時候，我很怕那些打過來的大浪。但只要你把我肩頭一托，幫我浮起來，我就一點也不怕了，我甚至有一種很奇怪的高興感覺，因為我知道我是和你在一起。

菲 （魯鈍地）不要太信賴我……看到妳的身體和我靠得這麼近，我就糊里糊塗了，今天上午我們一起游泳的時候，我幾乎要暈過去啦。

瑪 （似乎大為感動）啊，菲立普！親愛的菲立普！你現在總算知道了，只要你想說甚麼就說甚麼，你會說得多動人……就為了這個，你吻我好了。等一下，我把我這頂遮陽帽放在這裏，我爸爸媽媽就看不到了……（長長的吻。）當心……他們會看到我們的……你離開一點點。現在你把關於你的事講給我聽，我最感興趣的，就是這個。

菲 （非常幾何學地）我怎樣開始？哪一個角度呢？

瑪 每一個角度。假使一個人喜歡了一個男人，那是很自然的……不，我不是想稱讚你；那你不會喜歡的。但菲立普，我想知道你的一切：你的童年時代、學校裏的同學、工作、理想、抱負，所喜歡的東西……過了這個假期之後你要做甚麼？你握着我的手，放在沙底下，你把甚麼都講給我聽。

菲 嗯，我現在已得到了文憑，受訓已經完畢了，以後我要去給銀行做工業研究的工作……這會很有趣，因為這有機會旅行，有機會去了解別個行業的情況。例如，一年之後，他們想派我到美國去研究電極的問題。

瑪 真有趣，菲立普！到美國去，運氣真不錯！我從美國電影中知道了這個國家的許多東西，假使我到了紐約，我想一切我會很熟悉的。我真想看看那些出售藥物、冰淇淋蘇打和三文治的藥店，那些像維梅爾（Johannes Vermeer）繪畫的摩天大廈，那些戴着玳瑁眼鏡的黑人搬運工人，那些由穿上白色工作服的大力士操控的、帶有瑞士牛鈴的有趣機器！還有哈林區……和查爾斯頓舞……這一切一定教人興奮得很。

菲 （熱切地）和我一起去吧，瑪麗絲。

瑪　和一個不是我丈夫的男人一起去，我家裏一定不肯答應的。

長長的沉默。

教授　可惜得很！他沒有上鈎！……但你們就會看到，她是不折不撓的。她試用一種新的方法來進攻。

★　★　★

★　★　★

瑪　到美國之後你還會到另外的地方去嗎？

菲　嗯，我要到南美洲各地去：委內瑞拉、哥倫比亞、秘魯、智利、阿根廷、巴西等等。

瑪　啊，我真羡慕你！你會看到那些可愛的秘魯市鎮、巴伊亞（Bahia）那些古老的葡萄牙房子。你會和漂亮得不得了的女人們跳倫巴，這些女人整天坐着給人算命……

菲　我主要是去看礦場而不是看名勝古蹟，我遇到的技術人員當然會比漂亮女人多。然而我還是很高興的。我想在那邊有很多事情可以做，不單是為我自己，還為了整個法國。我們在那邊很受歡迎。我們要把我們的方法和經驗介紹過去，南美各國賺法郎比嫌美元要容易得多……我正在設法使我們的公司得到一張合同，去建造瓜亞基爾（Guayaquil）的新港口，不過你不要告訴別人，這件事現在要守秘密。

瑪　（熱心地）多麼了不起，菲立普！我真愛聽你談到這種地方。那些國家你沒有去過，你怎麼會知道得這樣清楚？

菲　（輕輕地說，有點謙虛，有點自負）這倒不知道……我一向喜歡地理。數學和地理是我最好的兩門功課。我畢業文憑上註明成績優良，就是這個緣故。我不是吹牛，不過這是很難得的。

瑪　我從來沒聽見過！一點兒不錯……我對爸爸說你是個了不起的人，我完全沒說錯。

菲　妳真的這樣說？多奇怪……昨天我寫信給媽媽也這樣說。我告訴她，我一生中第一次遇到一個女人，她不但美麗，而且極有見識。妳知道，一般女孩子並不很喜歡我，大概她們覺得我太嚴肅了。

瑪　這正是你的好處，菲立普……我自己也很嚴肅，但我並不在乎。我在學校裏的時候，我的兩個同學蓓達和嘉麗娜常說：「不要為理想主義、物質主義和其他無關痛痕的事煩憂，它們毫不重要，一個女人只需漂亮，男人所要的就是這個……」那也許不錯，但我要依照我的願望計劃我自己的生活，並不單單是為了討男人的歡喜。

菲　（她靠得這麼近，以至她的金髮碰到了他的臉，他更加激動了）你畢業考試考過了嗎？

瑪　考完了，不過我還在用功。我想繼續升學。

菲　（坦白地）啊，不要再讀書了！

瑪　為甚麼，不？……我爸爸媽媽已經答應了的。

菲　（堅定地）不要再升學了，你不要再去考試。

瑪　你瘋了，菲立普！……為甚麼不？

菲　因為你要結婚了。

瑪　我？我從來沒有想到過……跟誰結婚呢？

菲　（神氣十足）跟我。

★　★　★

教授　你們要注意她怎樣在第二次進攻中抓到了她的男人。因此，各位小姐，結論是很顯明的。如果妳們的目標是結婚，那麼在男人談到他們自己或他們的工作的時候，妳們必須耐心的聽。不管這是愛情還是手段，在生活中，肯耐煩的人總會得到成功……而且不止如此，那些不厭其煩的人還得表示是快活得不得了。當然，我並不是叫妳們去對一個不喜歡的男人表示如此的耐心，只有對那個妳們心裏真正想要得到的男人，才用這種耐心去贏得他。以後我還要告訴妳們，在得到了一個丈夫之後，妳們可以怎樣的改造他，使他分享你特殊的喜惡。我這種辦法可以適用於各種不同的情況，那是不必多說的。譬如說，妳的對象不是工程師而是一位搞政治活動的人，妳就可以說：「市政局選舉的時候，你竟得了十七票，真有這麼多？啊，多了不起！」如果妳的意中人是一個務農的人，妳要對混種小麥和聯合收割機表示熱烈的興趣。如果他是一位麵包師，妳要不勝仰慕地說：「沒有人知道這種工作多麼辛苦。我是知道的……我到麵包房裏去過！」妳會使他很高興……（打鐘。）現在我們要下課了。下一課我們要談蜜月的問題。

學生們低語着出去，一切都安靜了。課堂中只留下一位少女。她走到教授旁邊，他正在整理講義。

少女 （羞澀地）對不起，先生……

教授 （客氣地）嗯，小姐。

少女 我想問你一個問題……不知道你還記得我麼？……去年你在假期裏開課的時候我曾來聽過課……我是馬莉勞兒．霍爾曼。

教授 我記得很清楚，小姐。妳的臉別人見過之後是不會忘記的。

馬莉勞兒（下稱「馬」） 你知道我為甚麼到這所大學來？因為我要聽你講課。我爸爸媽媽本來想送我到格勒諾布爾（Grenoble）大學去，但後來我聽說你在這裏教書，我就決意要來聽你的課。他們終於依了我的意思。

教授 我很是感激，小姐。妳對我的講課感到興趣？

馬 當然啊，你的話把我整個人迷住啦。你說得這樣有趣，這樣清楚，這樣深刻，我完全聽得着迷了，我所有的同學也都這樣。我想問你一個問題，可以麼？

教授 我在這裏準備回答妳，小姐。

馬 那不錯，不過這問題稍稍有點兒特別……這是私人性質的。關於女人和婚姻，你怎麼懂得這麼多？我想你已經結了婚吧？

教授（微微尷尬）我……我曾經結過婚，小姐。

馬 啊！對不起……你太太過世啦。

教授 那倒不是……老實告訴你吧，我太太離開了我。後來我們就正式離了婚。

馬 她真的離開了你？一定不會的。哪一個女人嫁給像你這樣的人，運氣真是好得不得了，她怎麼會離開你？我實在不懂！難道她瘋了嗎？

教授 我也是這樣想……但不管怎樣……和一個脾氣古怪、難以相處的人結過婚……或許增加了我分析事物和了解別人心理的能力。

馬 那是一定的。請告訴我。這些表演的戲劇場面是你自己寫的麼？

教授 當然啦，小姐……我創造出來，寫下來，有時候甚至我自己來表演。

馬 真是了不起……你真是一個天才！

教授 說到天才，那是太過份一點了，小姐……還不如說我有一點兒才能和創造力……

馬 不！這是天才！……你是一個真正的天才。事實上，你的工作比莎士比亞要困難得多。他至少可以用情節、喜劇，或者歷史上的重大事件，來引起觀眾的興趣。但你沒有這種方便。你只能用兩個角色來表演一些場面，一直到結局，而他們所表演的內容，是你早已講得詳詳細細了的。然而，你知道我們在上你的課的時候是多麼着迷啊……

教授 當真？我怕或許……

馬 你不知道。我們全給你迷上啦……你這樣動人的聲音……雖然，我知道我不應該這麼說。剛才我一個同學說：「假使能嫁給他，可不知道有多福氣！但他當然早已結婚了……」現在我才知道你並沒有結婚……

教授　我不再……坦白的說，我也並不反對再結婚。我常常想到這件事……妳那位同學是誰？她好像很聰明。

馬　她是誰？……我話太多啦，覺得很尷尬……嗯，其實，並沒有這樣一個同學。那就是我自己，在聽你講課的時候發生了這樣一個念頭。

教授　真怪……巧得很，我也覺得你非常動人。假使你的意思真的是這樣……

馬　（突然大笑）好啦！不能再談下去了！我只不過是依照你的指示來表演一番罷了，你居然完全投降啦！

教授　（有點狼狽，但莊嚴地）這證明我的方法是多麼有效。

溫柔而嘲弄性的音樂。

第二課　蜜月旅行的開始

教授　各位女士，各位先生，我們的男主角和女主角現在已經訂了婚。訂婚時期是過得很輕鬆愉快的，每對夫妻開始時總是這樣。他們可以互相發現，互相需要，而還不必面對人生的各種問題。這些問題只有在婚禮之後才會發生。到那時候，兩個互相並不多大了解的人，突然發覺是合為一體了。他們「以為」早已互相了解，其實，他們在求愛的時候有許多東西是隱瞞起來的。婚姻生活會把他們的本來面目顯露出來，那竟是兩個大不相同的人。我們慢慢一樁一樁的來說……首先，我要你們看到他們在火車裏，出發去度蜜月。第一場：錯誤的行動。

★　★　★

里昂車站。火車快要開行。菲立普已坐在車中。他從窗口伸出頭去叫還站在月台上的瑪麗絲。

菲　（焦急地）進來呀，瑪麗絲！快點！妳在月台上等甚麼呀？火車三分鐘後就要開啦。

瑪　不要擔心。我會聽哨子聲的。我在找嘉麗娜。她答應來送我的。

菲　妳說甚麼？妳難道叫你的朋友來？……妳叫我答應，不告訴我的朋友我們乘哪一班車！

瑪　那不同啊。嘉麗娜和我，我們就像是一個人一樣……我們甚麼東西都一起用的。她不只是我最親密的朋友，她是我的知己。可憐的嘉麗娜！我結婚使她大受打擊。啊，親愛的，我找不到她……她或許叫不到的士。

火車乘務員　請當心車門！上來，小姐，請坐下！

瑪麗絲嘆了一口氣，進來。熟悉的送別音樂愈來愈響。機車聲、放氣聲、關門聲……火車輪子有節奏的轉動聲，鋼琴隨着拍子彈奏。

菲　（倦累，嘆氣）嗯，好啦。我們終於出發了……離開了家人、朋友、所有的人。老天，真累……我餓得要命，活受罪！……和這許多都不認識的人黏糊糊的手，握個不停……這麼多的人，老來不完。我很愛妳，瑪麗絲，但妳爸爸媽媽可真滑稽。他們把鄉下的表叔表兄一股腦兒的邀來，可不知見了甚麼鬼？有一個老頭兒非常傷感的對我說：「使她幸福，我的年輕朋友，使她幸福……」他是誰呀？

瑪　（很冷淡，不高興）這是我從塞浦路斯來的姑丈，他是茜麗娜姑母的丈夫。你幹麼不喜歡他呀？他很了不起。他是加拉加斯大學的法律教授。你以為你的親戚就比我的有趣？那個生鬍子的矮子——只到我肩膀那麼高——用力的吻我……這個人怎樣？你的叔祖父，那位將軍，老是兇巴巴的說：「這孩子需要紀律，他一點禮貌也不懂。得好好整他一整！」

菲 （也不高興起來）每一家都不是十全十美的。那位將軍至少得過勳章。他輸掉三場大戰……他送了我們一件很有用的禮物。但妳姑母送給你的項鏈……

瑪 那個項鏈有甚麼不好？

菲 甚麼都不好。這過份花俏、老式，難看得很。

瑪 我完全不同意。這是一件古董，但並不是老式，那根本是兩回事。可憐的茜麗娜姑母並不富裕。她送這個項鏈給我，因為這是她家裏的一件紀念品，我們大家都非常寶貴它。那是摩尼公爵送給我曾祖母的，她做過公爵的情人。

菲 （假裝不勝欽慕的吹起口哨來）真是了不起！妳家裏有過這樣光榮的歷史，我和這樣一家人結親，實在不勝榮幸。（又嘆了一口氣。）這且不去說它，其實今天倒也不是完全無聊。你的朋友桑黛兒很動人。

瑪 桑黛兒？……你會這樣說，那真怪！她平常是很漂亮，但今天穿了這條短裙子，帽子又這樣大……

菲 那頂黑帽子和她的淡頭髮很配，短裙子可以露出她美麗的腿。

瑪 你和我結婚，難道就為了談桑黛兒的腿，談她頭髮的顏色？倘使你認為她這樣好，你應該選中她。其實現在還來得及。

菲 不要講這種廢話，瑪麗絲。我累得不得了，根本沒有力氣來和妳辯論。

瑪 你早說過了……你人不舒服，肚子又餓。你以為我有甚麼感覺？

菲 我想和我一式一樣。來吧，瑪麗絲。我們不要把我們蜜月的第一個鐘頭花在爭吵上面……來吧，坐在我旁邊。

瑪 這個時候我並不想坐在你旁邊。你不要以為今天舉行了這個小小的儀式，你就有權利叫我做這樣那樣。

菲 （堅定地，幾乎有點野蠻）根據婚姻法，我就正有這種權利。

瑪 你瞧你多俗氣！將軍說得沒錯。你一點禮貌也不懂！我以為，婚姻中重要的是「愛情」而不是「權利」。

菲 （疲倦不堪，不想再爭）沒錯沒錯……（嘆氣。）不管怎樣，現在總是生米煮成熟飯了……

瑪 這話甚麼意思？

菲 我說我們終於結了婚……有人問蕭伯納，星期五結婚是不是會運氣不好，妳知道蕭伯納怎樣答覆麼？

瑪 不知道……我也不想知道。

菲 他答道：「沒錯，運氣當然不好。為甚麼希望星期五是例外？」說得很好，是麼？

瑪 我覺得這根本沒有甚麼滑稽，而且我們並不是在星期五結婚的……那是星期一。

菲 可憐的東西！妳有一點幽默感麼？

瑪 （大哭起來）老天！我孤零零的在火車裏，離開家遠遠的，和一個陌生人在一起，為甚麼啊？

哭泣聲。

★　★　★

教授 她倒在離開她丈夫最遠的角落裏的一個座位上。不正確的態度已經給你們看過了……現在要給你們看的是正確的方式……同一天，同一個車廂，同樣的人。

★　★　★

菲　嗯，我們完成了！我們以後要終身在一起……我真快樂，瑪麗絲。

瑪　我也是的……我相信我們會永遠快樂。

菲　把妳的手給我，親愛的。女人的手多小多軟！現在，我不論甚麼時候喜歡握着你的手，就可以握着，想到這一點真是開心。或者說：她甚麼時候喜歡，就把手讓我握着。

瑪　啊！我永遠會喜歡你握着我的手。

菲　永遠？誰知道呢？當心些，我的愛人。我們不可以招惹魔鬼。

瑪　你相信有魔鬼麼？

菲　當然。他在外邊走廊上瞧着我們，你看不見麼？魔鬼最喜歡互相愛着的人。他特別會去引誘他們做出不幸的事來。

瑪　在我身上，他只有浪費時間。我會忠誠得叫你討饒！

菲　親愛的，在這張小嘴再作出許多漫不經心的保證之前，我先要吻吻它。不要擔心……魔鬼現在正在看電報，在翻譯那看不見的密碼。（兩人擁吻。）從現在起，我們要永遠的親吻，就像妳所說的，這真好……但我希望妳了解。我不只是要妳在法律上對我忠誠，或者說為了盡義務而對我忠誠。我要保持妳的情愛，要妳屬於我，這要出於妳自己的意願，也要出於我的意願……要永遠這樣。

瑪 親愛的菲立普，我的要求還要苛刻呢……我意思說，對我自己會要求得更苛刻。我這一生都是屬於你的……我已經選定了。在以後的日子中，我不是去找哪一個討我喜歡的男人，而是去討那個我選定了的男人的喜歡……你懂麼？

菲 親愛的，如果妳老是說這種可愛的話，我會永不停止的吻妳……妳不信就試試看。

瑪 我一點也不怕。根本不怕！我喜歡長長的接吻……那種好萊塢式的閉上眼的接吻。

菲 為甚麼要「閉上眼」？

瑪 那就滋味更好……（接吻。）啊！好得不得了！

菲 妳等着吧。還會更好的……我們來發明，親愛的。我們要有我們自己特別的方式……今天的婚禮真可愛，是麼？妳爸爸媽媽真好，這樣年輕……他們就像是我的朋友，不像是親戚。妳爸爸同我一樣，也是工程師，真好！妳那親愛的姑母送那個項鏈給你的時候，她人都發抖了，我真喜歡她……

瑪 我覺得這項鏈很老式。

菲　然而很教人感動……這使人覺得，為了妳這個家族中的美人，她放棄了她全世界最寶貴的東西，她輕輕說了一些話，講到她和這個項鏈之間的秘密關係……這聽上去很神秘，感情很豐富。事實上我覺得今天唯一難看的是妳的老朋友桑黛兒……她帽子上插了這樣大的一根黑羽毛，這樣考究的一套衣服，一個年輕小姐穿了是不配的……可惜得很，平常她看上去總是很漂亮。但今天不成。

瑪　（高興）很難看，是麼？可憐的桑黛兒！……她是個可愛的小東西，但她一點也不會穿衣服！

菲　她的品味很差……妳穿了結婚禮服，真像是仙子一樣。我從來沒有見妳像這樣好看過……只是現在或許更好看些。我喜歡妳那套禮服和那頂可笑的小呢帽。

瑪　啊！我真開心。你一直沒有提到這頂帽子，我很難過，很怕你不喜歡它。我挑選這身打扮真費了不少事呢……你覺得裙子是不是短了一點？

菲　並不短，我一向認為女人穿衣服應該依照時行的樣子……這是一種社會性的義務。

瑪　你多可愛，菲立普！你甚至比我想像中的更好。

菲　那麼來吧——我要把妳抱在懷裏。

瑪　親愛的……我要招認一件事。過去這五分鐘裏，我一直想要你抱我。

菲
不要為了失望而死
我的美人。
來吧，把妳的美貌
放在我的懷抱之中。

瑪 我一直不知道你竟是一個詩人，菲立普。

菲 啊，將來妳就知道了。在有些特別的情況下，我甚至把詩句配上音樂……我家裏的人覺得惱人得不得了。來吧，親愛的，把妳的嘴放在我的嘴邊……

我們跨上兩匹小馬
我們奔馳，讓我們做夢。
鳥兒將會歌唱，我抱着妳
但由妳引路。

瑪 這首詩多可愛……真的是你寫的麼？

菲 當然啦，我的甜心。只是為了謹慎起見，我用了維克多·雨果的筆名。

瑪 原來你在作弄我，我的抒情詩人……你要知道，我沒有讀過甚麼雨果的詩；我最熟的是現代的詩人……艾呂雅（Paul Eluard）和普維（Jacques Prévert）的詩我是會背的。再吻我，把我「放在你的懷抱之中」。

★　★　★

教授　寂靜無聲……他們關上了燈。月光從窗子中流瀉進來，火車輪子的節奏唱着催眠曲。

打鐘。退課的音樂。學生們嬉笑着離開。

第三課　蜜月或苦月

教授　各位女士，各位先生，八天之後，我們這對夫妻在一家旅館的臥室裏。所在的城市，是怎麼樣的一個城市，那是沒有甚麼關係的。我們只道這個城市並不很美，旅館也決不是第一流的。旅館靠近火車站，火車的吵鬧使他們睡不着。但這個城市和這間陳舊的旅館房間將是天堂還是地獄，那就要看我們這對年輕夫妻的心情如何而定了。因為蜜月是很脆弱、很不穩定的，大有轉而成為苦月的危險。男女兩性的特性會把這個婚姻的學習階段弄得很笨拙而不快樂。男人的真正作用是去做工程師、建築家、軍人，或者任何他所喜歡的事。在結婚的最初幾個星期中，因為他是在熱戀之中，他想相信只有愛情才能夠佔據他的全部時間，他不肯承認他已感到膩煩。當他妻子說她很疲倦時，他就會抱怨自己娶了一個病人。同時，她也不得不承認，共同生活和她所想像的根本大不相同。她很苦惱地了解到，她決不是他所需要的一切。在大部份的情形中，這種衝突是並不嚴重的，只要有一點兒幽默感和溫情就可以解決了。然而，雙方必須對互相了解有真正、積極的渴望。如果沒有這種善意，那麼這對年輕夫妻很可能像船還沒有駛出港口就已經沉沒了。根據這個原則，我要把這種情況的兩個方面表現給你們看。我們先來表演苦月。

★

★

★

一間黯黑的旅館房間，掛着破爛而褪了色的紅色帷幕。雙人牀上鋪着一條樣子襤褸的棉被。這是白天，但電燈仍舊亮着。瑪麗絲穿了睡衣，躺在那張被褥沒有整理過的牀上，額上放了一塊濕布。菲立普全身衣服穿得整整齊齊，像一個被關在籠中的獅子那樣踱來踱去。隔不多久就有一輛火車叫着駛過去。在隔壁房間裏，有一個孩子在練鋼琴。

瑪　菲立普，請你不要這樣走來走去……你弄得我頭昏腦脹，我的頭真痛得厲害！

菲　妳難道願意我出去？我自己是本來想出去的，但妳一步也不能去，我不願讓妳一個人在這裏。

瑪　耐心點……我向來是喜歡散步的。你記得我們在懸崖旁邊散步了很久很久……但你知道，我現在和從前不同了。你好像不懂得，跟了你之後我整個生活都改變了……過去一個星期中我從來沒好好睡過。

菲　我怎樣呢？太太在哭、一個孩子在練琴、火車在外面大叫着過去，妳以為我睡得好麼？

瑪　你當然睡着了。你甚至還打鼾呢。

菲　那是妳在做夢，我從來不打鼾的！……

瑪　你怎麼會知道？

菲　妳以為我只同妳一個女人睡過？……如果我要打斮，別人早就在妳之前對我說了。

瑪　你這下流胚！當然，我不會傻得以為你從來沒愛過別人，但我決想不到你會在我們的蜜月裏吹噓你的情史。

菲　對不起，瑪麗絲。我的確非常不對……但我這樣暴躁不安，不是沒有理由的。自從我們出來之後，好像甚麼都不對勁兒。你生了病，不能夠旅行……結果怎樣呢？我們被釘牢在這個古怪的城市裏。我只好跑來跑去掉換車票，取消訂好的臥車牀位。同時我公司裏不斷來信催我回去。現在我又聽說，我特別想要承辦的那件工程，文生已經在搞了。妳必須承認，我不高興是有道理的。只要我有一點點工作做，就不會這樣難受了。

瑪　工作？你竟帶工作到這裏來做？啊！菲立普！不要在我們的蜜月裏……

菲　嗯，事實上，我是帶了一點工作來……這是不是很可惡？或許是，但我天生喜歡這樣……我皮包裏有三卷重要的文件，我真的應該要看一下。

瑪　（屈服了）那就看吧，親愛的，只要這會使你心境好些。你以前為甚麼不告訴我你想工作？聽着，你記好，你一定要知道，我是要分享你的生活的……不管那是工作還是享樂。現在坐下來，看吧。搞你的文件去……我一句話也不說了。

菲　（有點不好意思）妳真好，瑪麗絲。我真想不到妳的態度會這樣好。不錯，這辦法很對。在吃中飯之前，我就會把這些關於美國生產的統計數據看完……妳瞧着吧，看過之後，我就完全不同啦。

他從皮包裏拿出一卷文件來，拉過一張桌子和椅子，開始工作，靜默……火車吼叫着過去……那女孩斷斷續續地彈着華爾滋。

瑪　菲立普……

菲　（粗暴、不快）怎麼？

瑪　我能幫你甚麼忙麼？

菲　（惱怒）不，親愛的！這會煩得妳哭出來，裏面說些甚麼妳不會懂的。

瑪　你解釋給我聽我就懂了。在我們訂婚的時候，你喜歡解釋各種事情給我聽。你知道的，我工作是很有效率的。如果你需要甚麼表格或者着色的地圖，我可以給你畫……我在學校裏的時候，這些東西都畫得很好。

菲　我要的表格和地圖都已經有了……都放在卷宗裏。大家各有各的職司！你需要休息，而我並不需要人幫忙。我唯一要你做的事，就是不要作聲。

靜默。配音是火車聲和那同樣的斷斷續續的華爾滋。不久，牀上發出長長的嘆息，然後是抑制着的哭泣，然後是大哭。

菲（抬起頭來）這次我甚麼搞得不對頭了？啊，老天！和我結婚的好像不是一個女人而是一個噴水泉！瑪麗絲，為甚麼呀？

瑪（哭泣）為甚麼？啊，那明顯得很：你並沒有真正愛我！你不願意我分享你的生活，你在度蜜月的時候帶了工作來做，你不讓我幫你做，你當我是個傻瓜……還和我談你從前那些姘頭。聽着，菲立普。和一個女人一起出外旅行，即使她是你的妻子，或許你也認為那很平常，她不過是許多女人中的一個吧。但我並不這樣想。我以前曾經希望、曾經幻想，這兩個星期將是我一生中最美好的時光。我想這段時光已想了好幾年啦……我要把這蜜月塑造成一件藝術品，一種溫柔的東西，一種貴重的十全十美的東西……沒錯，我知道這聽上去一定很荒唐，但事實是這樣。你懂了吧？你是一個男人，你有你的工作，你的研究和計劃，你對於將來懷有大志……我沒有做創造工作的運氣，我的工作是做一個妻子，我要把這件工作做得非常精彩……現在你卻已使我感到我是不成的。就是這樣，你現在已知道了我的意思，這是叫人很傷心的。

菲（走到牀邊，把她抱在懷裏）我非常野蠻，瑪麗絲，請妳原諒我。妳要我做甚麼我一切聽妳……妳要我怎樣呢？妳是不是要我整天呆在這間可怕的房子裏亂絞手指？如果妳喜歡，我就這樣做……

還是妳要我握住妳的手來背詩呢？

瑪　（淡淡微笑）不要，謝謝你……你背得出的詩也不過這幾首，我都聽熟啦。我現在覺得好些了。我們出去呼吸些新鮮空氣吧。我不能多走路，但我們可以坐的士到公園裏去。我喜歡和你一起坐在樹底下，並且讓女侍好來收拾房間。走吧，小東西……

★　★　★

教授　他們坐上一輛的士。她的眼淚變成了微笑，同樣的，天空也在雨後放晴了。在公園裏，瑪麗絲靠在她丈夫的手臂上走了短短一段路。小孩們在一個石像周圍嬉戲。湖中點綴着一些白帆……

★　★　★

瑪　菲立普，這裏很可愛，是麼？這幾天我一直呆在屋裏，真傻。啊喲，我的戒指！

菲　怎麼了？

瑪　我忘記在旅館裏了！你瞧……我手指上沒有，我記得是在洗手的時候脫下來的……我放在浴室的洗手盆上！菲立普，表情不要這樣難看……我們找得到的。

菲　（發怒）妳怎麼這樣說話？妳一點也不想想看！我爸爸媽媽省吃儉用的節省下來買了這隻戒

指……妳卻毫不在乎的說：「我們找得到的。」妳怎麼知道一定找得到？

瑪 我當然找得到的。咱們這層樓的女侍看上去很誠實，就算不誠實吧，她們也會知道，如果失落了甚麼東西，一定會疑心是她們偷的。

菲 （直率地）站起來吧，咱們馬上回到旅館去。

瑪 幹麼呀？現在這裏多可愛。咱們多看一下太陽，它馬上就要落下去了。況且，就是馬上回去，也不見得好多少。

菲 妳是瘋了呢，還是真的不懂這是很要緊的？老天，以後不知道怎樣！這隻戒指是很貴的，花了……

瑪 （堅定而莊嚴）夠了，夠了！不管怎樣，這是我的訂婚戒指。

菲 並不見得，親愛的。現在它已是我們公有的財產。

瑪 （憤慨，然後態度強硬）啊唷！嗯，很好……那麼咱們回去吧。我一點點也不想再和你留在這裏。我以為你送這隻戒指給我，是當做一種愛情的標記。但你既然說這只不過是一件公有財產，那我就不再戴它了。你把它放到銀行的保險箱裏去吧。這或許會使你安心些……來吧，咱們走。

菲　妳在這裏等……我去找車子。

瑪　不！咱們走回去。現在，我甚麼也不在乎……我以後一生竟都要這樣！

★　★　★

教授　這是第一次的糾紛。對於這對年輕夫婦，這次爭吵是很嚴重的，因為它很容易引致為枯燥無味的妥協，或者是真正的破裂。然而，雙方只要稍稍努力，得到的就是成功而不是失敗。當你們看到出去度蜜月的夫妻應當怎樣做之後，你們一定就會同意了。這裏仍舊是那對夫妻，同樣的佈景。這是上午九時，瑪麗絲還睡在牀上。菲立普上身赤裸，穿着睡褲，在鏡子前面刮臉。時不時有一輛火車經過。隔壁的鋼琴響着。有人在彈音階，然後斷斷續續的彈一首華爾滋。

★　★　★

瑪　（覺得有趣而好奇）你每天都刮臉麼，菲立普？

菲　當然啦，小親親……

瑪　你背上那個是甚麼疤？……我以前沒有注意到……

菲　那是炮彈片的傷疤，幾年之前打傷的，現在已不大看得清楚了。妳這樣瞪着眼瞧甚麼？

瑪 沒甚麼，親愛的。我就是愛看你。我從來沒見過男人刮臉。

菲 （轉過身來）我在鏡子裏可以看到一點點的妳。妳蜷伏在這張大牀裏，真可愛，就像一頭波斯小貓。

瑪 你來碰我的時候，我會不會歡快的嗚嗚叫呢？

菲 哼。我想是吧——我就來試試看。

瑪 沒有人請你來試呀，先生。

菲 好啦，臉刮好啦。我覺得舒服了些。

瑪 過來給我瞧瞧……再到牀上來睡一分鐘，菲立普。我喜歡躺着把頭擱在你肩膀上，心裏想着：「這個漂亮強壯的身體，這光滑的皮膚，這些氣息很新鮮的頭髮，這一切都是『我的』丈夫……」這間房間很不錯，是嗎？……這張大牀……意大利人怎麼說的？

菲 叫它作「合歡牀」（Matrimonio），我的愛人。

瑪 對，是這樣。你知道麼，我甚至喜歡這些黯淡的帷幕、踏壞了的地氈和那褪了色的牆紙……這使得這個房間顯得舒服而親密。我們很容易想像我們是在家裏……在這裏，我覺得好像一直就是嫁給你的……我們已經這樣互相了解，真是奇妙，是嗎？

菲 咱們是天生一對，甜心……妳聽到鐘聲麼？這個城市裏教堂和修道院多得很。

瑪 是的……我愛聽這些鐘聲，火車的吼叫聲，以及那個不斷在和那首華爾滋過不去的小女孩。這一切我全都愛。

菲 事實上，妳對於天堂的構想是這樣的，一間鄰近火車站的房間，一條給蟲蛀壞了的被頭，一個賣報的孩子在下面大叫，一個在度假的工程師，而這個人是妳可以拿來當枕頭的。

瑪 就是這樣……你是不是也喜歡？

菲 當然啦，親愛的……但我要的不是工程師而是一個可愛的女人，「睡眼惺忪，容光煥發」。

瑪 親愛的菲立普，你喜歡引經據典，是麼？

菲 是的……這樣可以把我們的愛情和過去一切偉大的愛情結合起來。

瑪 你想得真深刻，親愛的哲學家！來一個我們特殊的吻吧……（狂喜。）我只好說，我以為我們這種獨家所有的方式真是不壞。

菲 太好了，甜心……倘使我們老是這樣下去，我知道我們準得在這間房間再呆上一整天……妳還是起來吧……我要帶妳去看幾所很漂亮的老修道院……

瑪 再等五分鐘，菲立普。

菲 「讓我們享受那最甜蜜的狂喜……」來吧，妳這不會滿足的東西……只許再吻一次。以後五分鐘中，我要努力的不去吻妳。

瑪 決不可能！

菲 妳對啦……沒有辦法……（他又吻她。）

瑪 告訴我，親愛的，你第一次看到我的時候，是不是覺得我很動人？

菲 我記不起了。

瑪 你記不起了？……真不要臉！你這壞傢伙！（好玩地捏他。）

菲 啊唷，不要捏了！這是我不好，我的記性糟透啦。

瑪 嗯，我要警告你，我的記性卻好得不得了，幾乎有點病態。我連做的夢也記得。在我們訂了婚之後，我常常夢到你……有一次我們是在海底下。你跟着一條發光的大魚；突然，那條魚轉過身來，那是桑黛兒……就在那個時候，我從海草裏鑽出來，全身沒穿一點兒衣裳，就像是海裏的一個小妖女，你就離開了桑黛兒，開始向我游過來……真滑稽，是麼？

菲 那當然是這樣。誰不會離開桑黛兒而到妳身邊來呢？

瑪 （**愛俏地**）為甚麼？……桑黛兒很漂亮呀。

菲 她或許漂亮，但她不是妳……有時她說的話真搞得我頭昏腦脹，而我總是喜歡聽妳說話，妳總是非常非常迷人的。妳一舉手一投足，總顯得恰到好處；妳說的每一句話，總是我心中要說的話……有時候我在懷疑，這到底是不是我在做夢在戀愛：通過一個年輕女人的形象，把我身上最好的東西表現出來，這些在我單獨的時候是永遠做不到的……

瑪 （**非常感動**）不要把我說得這樣好，親愛的！……你一定會失望的，我哪裏配。

菲 傻東西……聽妳這樣說，別人會覺得妳過去倒犯過甚麼罪似的。

瑪 （**朗誦的語調，似乎在讀梅特林克**[1]**戲劇中的台詞**） 沒錯，菲立普，我有一個可怕的秘密。

菲 那是甚麼秘密，曼麗桑德？[2]

瑪　那就是我愛你。

那小女孩大膽地在和那首華爾滋為難，愈彈愈糟了。

瑪　啊，菲立普，那首華爾滋……這聽上去或許很糟，但我以後一生永遠會愛它。

菲　（一半正經、一半開玩笑）這女孩真了不起呀！

華爾滋愈彈愈響，成為幸福愛情的主調。

[1] 梅特林克（Maurice Maeterlinck）是比利時著名的詩人、戲劇家。——譯者註

[2] 曼麗桑德（Mélisande）是法國戲劇家羅斯當（Edmond Rostand）劇作《遠方公主》（*La Princesse Lointaine*）中的女主角，這個女人以美貌著名，法國人説人是曼麗桑德，就如我們把人比作西施王嬙。——譯者註

第四課 婚姻和友誼

教授 各位女士，各位先生，在上一課結束的時候，我們讓這對年輕的夫妻去享受他們的蜜月。這種與世隔絕是必要的。夫妻之間應當互相設法了解，那當然是非常重要。但這種只限於兩個人的生活，不管是多麼愉快，總是不自然的。蜜月一過完之後，這對夫妻就必須重新回到社會中正常的位置去。新娘和新郎在慶祝結婚的時候並不是只有他們兩個人。在這個莊嚴的典禮中，每個人都帶了一大批朋友來。和這些人之間的友誼是否能繼續維持下去呢？那是一個問題。丈夫或妻子如把他們之間的秘密告訴了第三者，那是不是對對方不忠誠呢？另一方面，丈夫或妻子的朋友，對於他們朋友的配偶應該採取甚麼態度呢？不管彼此友誼在表面上看來是如何的堅定，然而以上處境總是不容易應付的。首先，我要表現一種錯誤的態度給你們看。那是在這對青年夫妻回來之後不久，瑪麗絲的兩個女友蓓達和嘉麗娜之間的談話。

★　★　★

蓓達（下稱「蓓」）（與奮而好奇）妳見過他們麼？

嘉麗娜（下稱「嘉」） 見過了，昨天晚上我在瑪麗絲家裏和他們在一起。

蓓（失望）真的麼？她只打過一個電話給我。說了很多話，但說得模模糊糊的。她答應昨天到我的雞尾酒會來，但始終沒來。一個朋友一結婚，就不是朋友了……他們看上去快樂麼？

嘉　表面上看來是快樂的，一點懷疑也沒有……他非常關心她，簡直關心得荒唐……他抱着她的腰，拉她到角落裏吻她。他站起來的時候，手就放在她肩膀上，好像表示她是屬於他的……他神秘地提到旅館和臥室：「瑪麗絲，妳記得那個彈華爾滋的小女孩嗎？」然後他們輕輕的說了幾句話，兩人都大笑起來……這簡直有點兒發瘋，很沒有派頭……他們在他們爸爸媽媽和我面前這樣不檢點，他們爸爸媽媽顯得很尷尬……

蓓　妳以為他們真的很快樂麼？

嘉（充滿了感情）當然不快樂！這一切都是做給人家看的，她內心是失望的。

蓓（幸災樂禍）妳怎麼知道？

嘉　啊！從各種各樣小地方可以看出來……例如，她在肉體上似乎對他不感興趣。他把她拉過去的時候，她不是倒在他懷裏，反而走開去……一個女人如果真正愛着別人的時候，她的眼光是憂愁而焦急的，但她似乎並沒有這種眼光。假如法蘭索瓦一摸我的肩膀，我就會激動得全身無力，幾乎會暈過去。那是很明顯的……瑪麗絲卻完全安安靜靜、泰然自若……而且，她對這樣一個男人怎麼會不失望呢？我和他談了一些話。他不會說話，趣味很低……只有一個題材，那就是科學。除此之外，他談的就是各種報紙上都登過了的東西。關於音樂，他喜歡舒曼、貝多芬、古諾這些老作曲家。關於繪畫，他只懂印象派的畫家。在文學上，他喜歡雨果、繆塞、法朗士……是這樣，親愛的，妳能相信嗎！我提到了一些名字，雷蒂夫、勞特拉蒙、薩德[1]……這位先生根本不知道我在談甚麼，而且不敢承認他不懂，只是莫名其妙的向我呆看。

蓓 妳想他會把桑黛兒的事告訴她嗎？……我們都知道，他在認識瑪麗絲很久以前，和桑黛兒要好過的。

嘉 不，他一點也沒告訴她……我很巧妙的作了幾個暗示，但她沒有反應。而且，我想她也不會把關於伯納德的事告訴他，這很聰明，因為菲立普是非常非常善妒的。昨天請客的時候韓內·華鐸也在。他是瑪麗絲妹妹的朋友，人是很有趣的，但菲立普對他一副擔心的樣子，妳假使看到就妙了。可憐的瑪麗絲，我怕她將來每說一句話、每做一個動作，都得小心才是。

蓓 她不會再和我們在一起了。

嘉 毫無希望。妳想大夥兒會和菲立普這傢伙在一起麼？

蓓 不，當然不會，但我希望瑪麗絲總有單獨行動的時候。

嘉 妳不知道菲立普的為人！我曾輕描淡寫的跟瑪麗絲說：「現在妳回來了，假使哪一天晚上妳一個兒在家裏，蓓達或者我會來看妳……」但菲立普直截了當地插嘴說：「我不會在晚上離開瑪麗絲的，就算不得不離開，她在家裏也會有很多事情做，不會閒着的。對麼，瑪麗絲？」

蓓 她怎麼說？

嘉 我真替她難為情。她怯生生地說：「當然啦，菲立普……」但她說是這樣說，卻可憐巴巴地望了我一眼……這真是意料不到的事。

蓓 妳幹麼不設法單獨和她談談？妳可以要她把心事說給你聽。

嘉 她丈夫監視着我們，這很不容易……後來她爸爸和菲立普出去談點事情，時機正好，我才有了機會。

蓓 怎麼樣？

[1] 雷蒂夫（Nicolas Restif）是十八世紀法國專門描寫巴黎生活的自然主義作家，他寫過一部小說描寫巴黎女人的二百五十種職業；勞特拉蒙（Comte de Lautréamont）是法國十九世紀的詩人，作品多表達絕望、野蠻、暴行等情感和行為；薩德（Marquis de Sade）是法國十八世紀末著名的情色作家，他因犯風化罪而被判死刑，後改處徒刑三十年，此人作品對近代法國頹廢文學的影響很大。這幾個人都是法國第二流的作家，無怪菲立普不知道而被嘉麗娜瞧不起。——譯者按

嘉　她當然很謹慎……她結婚還只兩個月！她想使我有一個印象，他們是十全十美的一對，幸福得不得了：「菲立普真體貼……菲立普的前途這樣光明……菲立普非常實際，我們這層房子裏的東西都是他佈置的。」但我擊破了她的防禦行動。我說，「當然，他似乎對妳很關心……但老是單獨和他在一起……妳是不是覺得，有點兒膩煩？……

蓓　嘉麗娜！妳竟敢這樣說？……

嘉　沒錯，我的看法很對，因為她顯得有點心煩意亂，她說：「妳為甚麼問我這個，嘉麗娜？是不是因為妳覺得菲立普有點使人膩煩？」我沒回答。這似乎沒有意義，但我看得出來，我的話已發生了作用。後來我轉換了話題：「嗯，現在妳已經試過了，這是不是真的是妳一生中偉大的愛情？」她好像吃了一驚：「啊，那當然是真正的……我愛他，他愛我，我們互相信任。我們非常快樂……你知道的和我一樣清楚，每個人必須習慣於婚姻，每個人需要一種性教育……這必須是相互給予的。」

蓓　她甚至說「相互給予」？……那麼證明他很沒有經驗……我向來就以為這樣。話說回來，他能在甚麼地方學到一些關於女人的技巧呢？他和桑黛兒之間的關係純粹是精神上的，這不會教會他多少東西。他的時間大部份花在讀書和應付考試上面……（熱心地。）不要緊！不出一年，瑪麗絲就可以有一個真正的情人。

嘉　我倒不敢這樣確定。菲立普可能不大動人，但他疑心病很重……瑪麗絲對我說，他們回來之後，他白天常常打電話回來，看她是不是在家裏。她以為這是愛情的表示！

蓓 可憐的東西！我想妳幫她弄清楚了吧？

嘉 我是說得很露骨的。我說：「親愛的小瑪麗絲，妳注意聽着。如果妳讓你丈夫把妳弄成一個老是呆在家裏的人，那妳就完啦……沒錯，我知道，他要和妳親親熱熱的守在一塊，不願意妳向任何人賣弄風情。但一般丈夫並沒有了解他們自己……我親愛的，妳聽他話，把妳的朋友都不要了，當沒有一個人覺得妳是動人的時候，那時候妳就會看到，菲立普也會離開你了……事情就是這樣，我親愛的，不管妳喜不喜歡。男人總愛追求不容易到手的東西，一屬於他們，他們就很容易厭倦了。妳說甚麼？妳是十全十美的幸福？那真想不到，妳看上去一點也不幸福……」

蓓 幹得好！那正是我要說的話。

這時電話響了。那是瑪麗絲打來的。蓓達很親熱地回答。

蓓 是的，我的小東西……嘉麗娜對我說妳看來是多麼幸福。

那兩位朋友會心地微笑。不協和的音樂響起。

★ ★ ★

教授　當然，你們會覺得這兩位女士是很靠不住的朋友。你們想得沒錯。我是選擇了一個非常極端的例子，讓你們提防這種可能的危險。真正的朋友會歡迎那新來者進入他們的圈子，並坦誠的嘗試建立一種共同的友誼。如果成功了，那一切都很好。如果失敗了，那麼最好讓這對夫妻安安靜靜的，用不到大驚小怪，只遺憾少了一個朋友就是了。你決不能去干涉別人的婚姻生活。別人自以為是的意見未必能解決愛情的問題，讓我們結了婚的朋友們自行去解決他們的問題去吧。如果解決不了，那也只是他們自己的事。

一對幸福的夫妻可以和另一對婚姻幸福的夫妻保持坦誠而健康的友誼。在這種情形之下，並沒有妒忌。這四個人中，每個人都有他幸福的一份，他不會羨慕他朋友的幸福。在這種朋友之間，作親密的談話是沒有危險的。愛情和忠誠使一個女人得到了內心的平靜，如果她能認識到另一個也有這種心境的女人，那很好。

一個單身男人如成為這對夫妻的密友，他的處境就比較困難。看到另一個男人的幸福，對於他可能是一種誘惑。在幾千年前，甘道勒斯王（King Candaules）就上過當，因為他向他朋友誇讚了自己王后的美麗和動人之處。[2]與異性之間的友誼要轉為兩性關係，那是太容易了。如果妻子說的一句心腹話和丈夫所說的稍有不同，一個懷有惡意的朋友那就高興了，他可以利用這種分歧來破壞那對夫妻相互間的信任。

一對快樂的夫妻如去和一對互相挑剔嘮叨的夫妻做朋友，那是再糟不過了，那也是他們最壞的榜樣。一個不快活的女人不會和一個快樂的女人好好地相處。她會千方百計地去破壞這種幸福，因為別人的幸福會使她的不幸顯得更加厲害。要記得，幸福是容易被別人破壞的，因為這主要是一種心境。一個能說善道的人可以歪曲事實，因而改變你的意見。要當心這種搬弄是非、幸災樂禍的人，這種人自己的家庭生活一定是不美滿的。

沒有一個有頭腦的女人會和另一個女人談論自己丈夫的缺點和挫折。這種親密的談論很容易引致糾紛。另一個女人首先會把這種不滿「誇大」，使其顯得更有趣味，最後她竟相信了自己捏造出來的這個故事。友誼的最好證明是，懂得如何忘記這種未經考慮脫口而出的心腹話，並在以後永遠不提到它。

這並不是說，一對結了婚的夫妻不能再有親密的朋友。恰恰相反，新朋友就如新鮮空氣那樣，完全是必要的。不過聰明的夫妻應當努力遵守這兩條規則：

第一條規則是，丈夫和妻子必須設法選擇可靠的朋友，那就是說，後者的道德能得到別人的信任。幸好，這種人有的是——丈夫可以把妻子交託給他，妻子可以把丈夫交託給她，用不着擔心這位朋友會破壞他們夫妻之間的感情。第二條要遵守的規則是，一個結了婚的女人，最好的朋友應當是她的丈夫；而一個結了婚的男人，最好的朋友應當是他的妻子。有些夫妻之間的關係非常密切，即使

[2] 甘道勒斯是紀元前七世紀時的呂底亞（Lydia）國王。據傳說，他把自己王后的動人之處說給他朋友葛齊斯（Gyges）聽，葛齊斯聽了大為動心，就和王后私通。王后逼葛齊斯殺死了她丈夫，和他結婚。葛齊斯後來接任王位，在位二十八年。——譯者按

是互相傾訴最坦白、最秘密的心腹話，也顯得十分自然。如果他要抱怨甚麼，他就告訴她而不是去告訴另一個人，因為他知道，她會用幽默、同情和清楚的頭腦來聽取他的話。男女之間完美的友誼，必須使心靈和肉體同感滿足。婚姻使這種事情成為可能。當丈夫是妻子最好的朋友的時候，只要她願意，她可以有其他的男朋友而不致發生危險。

教授　小姐，妳是不是有問題要問？

一個女學生舉手。

女學生　是的，先生……你剛才說，丈夫可以成為他妻子最好的朋友……愛情和友誼可以同時並存嗎？

教授　小姐，妳這問題問得很恰當。愛情與友誼之間，事實上有一種基本的不同。愛情是盲目、妒忌、對對方要求很苛刻，而且常常對對方不公平；友誼卻是平等、大方、頭腦很清楚的。愛情常常在變動，隨着熱情的浪潮而高低起伏；但友誼的路徑卻是平穩而安靜的。我這個講座的目標是，要表示只有婚姻才能把愛情變為友誼，而同時並不破壞愛情。

女學生　這是怎樣辦到的呢？……在一切成為習慣之後，最後所有的迷戀都會消失了，是麼？

教授　（微笑）妳好像懂得很多，小姐！但為甚麼要用「迷戀」這個詞兒？它表示的是一種突然發生而為時不久的東西。相反的，愛情卻不是這樣，它可以在一生之中一點一滴地累積起來，而且也應當這樣做。不要把情慾、迷戀與愛情混為一談。兩個年輕人天生具有情慾，而迷戀則是一種短時期內的發傻，它使我們戴了有色眼鏡去看某一個人。婚姻所造成的卻是一種溫柔體貼和諒解，對自己的伴侶有真正的認識，知道他的一切缺點和好處，但仍舊是一樣的愛他。這一切談得太抽象了。現在我仍舊用我們的老辦法來表示給你們看，夫妻之間友誼的初步階段是怎樣的……

★　★　★

一間小小的起坐間，陳設非常簡陋。瑪麗絲坐在一張仿製的路易十五的椅子中，表情很不愉快。菲立普在看報，時時偷看她。終於，他說話了。

菲　怎麼啦，瑪麗絲？

瑪　（發脾氣）甚麼怎麼啦？我又沒甚麼。

菲　不要這樣兇，親愛的。我完全是好意。妳面色很不愉快，我知道一定有甚麼不對頭了。妳心裏不高興，我很想知道那是為了甚麼，那並沒有甚麼害處！

瑪　（心平氣和了一點兒）沒甚麼，不過都不管用……你不會懂的。

菲　那麼一定是有原因了……我為甚麼會不懂？妳難道以為我是這樣蠢？

瑪 不，一點也不是這個意思……但是男人呀……

菲 那就是了……妳今天見過嘉麗娜或者蓓達麼？

瑪 兩個人都見到了。幹麼，這不可以嗎？

菲 當然可以，不過妳告訴我到底發生了甚麼事。

瑪 就是你不愛聽的事，你也要聽麼？

菲 假使那是對我不愉快的話，我尤其想聽……說吧，這兩位悲劇性的心腹知交給妳灌輸了甚麼毒素？

瑪 我不喜歡你用這種態度來說我的朋友……她們或許有她們的缺點，但她們對我是很忠誠的。

菲 她們不喜歡我？

瑪 她們想喜歡你，因為你是我的丈夫……只是……

菲 只是甚麼？說吧……我準備聽。

瑪 嗯，既然你一定要我說，那就是這樣：她們覺得你並沒有真正愛我，你一點也不設法來了解我，你強迫我來過你那種自私的單身漢的生活方式，但並不來分享我的生活方式，你甚至試也不試一下……（沉默，然後長長地嘆了一口氣。）而且……這一點我很不好意思告訴你……她們說你很小器。

菲　（憤慨）小器！我倒要請問，她們知道甚麼？我願意用光我最後一塊錢來使妳快樂！……妳的訂婚戒指就是一個例子……

瑪　小心，菲立普。這件事情是不許提到的……不去說它啦，這並不是首飾的問題。嘉麗娜認為，你決不可以接受你爸爸媽媽從別墅裏搬來的這些難看的傢俬。她說，「一個有眼光的年輕女人，決不會用上一代人的遺物來佈置家居！」這很對，菲立普……飯廳裏這套可怕的傢俬，假使你知道我多麼討厭它們就好了……還有這些仿製的路易十五的椅子……倘使能用我們自己的方式來佈置，用的是簡單、新式、迷人的家具，那可有多好。

菲　但親愛的，妳以前從來沒有和我說起過……而且妳很想要這些家具。

瑪　我對你根本不大了解。我不敢和你反對，我也不想得罪你的爸爸媽媽。

菲　如果不是我一定要妳說，我想妳永遠不會告訴我這些長舌婦說的話……親愛的，妳聽我說。不能這樣子的來開始一個幸福的婚姻生活。如果我們容許第三者來破壞我們相互之間的印象，那我們就糟糕了。我不能不認為，妳那幾位朋友不是好人……

瑪　她們是好人，她們只不過坦白一點而已。

菲　坦白有時候會造成殘忍和害人的結果……唉，這一點我知道得很清楚，妳知道他們說了些甚麼話麼？他們說，我娶了一個十三點女人，說妳配不上我，也不想來了解我。說我們結婚還不過幾個星期，妳已把我弄成一個膽小怕事、神經緊張、毫無個性的人……他們說，我和妳在一起的時候，連話也不敢講……

瑪　誰說的？

菲　我的朋友都這樣說。羅拔、克里斯丁和基萊……

瑪　你從來沒對我說過。

菲　沒說過……我真不對。我完全悶在肚裏，幾乎要憋死啦！

瑪　我是不是真的使你膽小而緊張呢？

菲立普走過去，坐在她身旁，抱住她的腰。

菲　沒錯，親愛的……那是很自然的。我知道妳那些朋友對我的印象，我感覺得到的……我怕她們會影響妳，我一提到科學或工程，或許妳就會嘲笑我……既然妳討厭我所喜歡的東西，而妳所喜歡的東西我又一點也不懂，那麼我談些甚麼好呢？我只好一聲不響了。

瑪 菲立普……這完全沒有道理！你是不是真的以為我「配不上你」呢？

菲 完全不是……不過我以為，我們之間有很多的東西要互相學習。如果我能有妳這麼高的欣賞能力就好了……

瑪 我希望能像你這樣有效率……

菲 那是精彩得不得了，但這不是不可能的。妳瞧，親愛的，我們要一起學習很多東西。今天我們學到的是第一課，那就是說，在婚姻生活中，夫妻之間必須經常保持密切接觸……

瑪 （笑了起來，靠在他身上）當然啦。

菲 不要笑，我不是說這種密切接觸……我意思是說，在我們之間，永遠不可以有一點點最輕微的磨擦或氣惱，因為這可能會播下了不信任的種子。我們的朋友一定要尊重我們之間絕對的一致，他們要知道，和妳說的任何一件事情，妳一定會去講給我聽，反過來也是一樣。起初這些朋友們會很不高興，但他們慢慢會習慣的，以後一切就好了。

瑪 但菲立普，要把甚麼事情都告訴你是很難的。你話也不大說，心不在焉的，總是在想些甚麼事情。你一聲不響，我總覺得你內心的一部份是深深地隱藏着的。

菲　沒錯，瑪麗絲，我是這樣的，當和別人在一起的時候，我仍舊會這樣……但和妳在一起就不同了……我認為夫妻應當共同擔當一切，不管是好是壞。

瑪　有福同享，有禍同當……

菲　是的，我的愛人！我想這需要來一個我們特殊的吻了。

音樂。《崔斯坦與伊索德》前奏曲的仿作，有點兒胡鬧，有點兒嚴肅。

★　★　★

教授　當然，這只是一篇簡單的描寫……但我以為這很清楚的表示了正當的態度是怎樣的。

男學生　是的，先生，但是這種坦誠的談話，要夫妻雙方都必須是通情達理、極有誠意的人才行……假使那個女人又固執又狡猾，脾氣浮躁……

女學生　或者假使那個男人自高自大，野蠻驕傲……

教授　你們兩個人的話都對。我們在生活之中會遇到無數不懂溫柔體貼的人……嗯，我們必須小心，不要和這種人結婚。

打鐘。學生們走出課堂。走遠之後，有一個人說：「說說是很容易的！……」

第五課　小衝突

教授　各位女士，各位先生，以後我們要談到婚姻中各種嚴重的問題。在以下兩課中，我只想給你們看兩件非常微小的衝突，然而這些小衝突是否能順利解決，還是和我們這對夫妻的幸福有關係的。今天要表演的第一場叫做「守時」。菲立普已離開了他從前的職務，去參加工程部的工作，這是他一向的心願。這天晚上，他所屬的那個司的司長羅比勳先生第一次請他吃飯，並且請他太太一起去。現在時間是下午七時，我們這兩個角色正在巴黎他們那層小小的樓房中。聽他們的吧……

★　★　★

守時

菲　妳一切都好，就是一件事不成……妳從來不守時，親愛的。

瑪　你只有一個缺點，菲立普……你太守時了。

菲　親愛的，妳怎麼每次都能遲到？我呀，就想遲到也不成。

瑪　你怎麼能夠始終這樣早？你到火車站的時候，你樣子看上去好像是趕不上剛開走的一班車子，而不是來乘我們所要乘的下一班！

菲　或許是這樣，但假使我不催妳，妳就會乘不上妳所要乘的一班車，只好等下一班了……說真格的，妳為甚麼要這樣呢？守時並不難呀。就拿今天晚上來做例子吧。妳知道，我們八點半要到我上司家裏去吃飯。妳必須在八點鐘準備好……妳換衣服梳頭要多少時間？

瑪　啊，假使一切都順利，半小時就夠了。

菲　好，那就多給你十五分鐘，以便發生甚麼意外。在七點一刻開始，妳就會準時弄好了。這並沒有甚麼難呀。

瑪　是麼？可憐的菲立普，你難道不知道，第一個問題是要知道甚麼時候是七點一刻。

菲　哪有甚麼難呢？妳有錶，家裏還有好幾隻鐘。

瑪　沒錯，我的老爺，但你必須記得看鐘。你要在七點鐘的時候看鐘，你就必須先知道這是七點鐘。但假使我在做甚麼很有興趣的事，我就決不會想到時間……不像你這樣，我並不把一隻鬧鐘放在我心裏。

菲　放在我心裏的是另外一件東西，這一點妳應當知道得比誰都清楚。

瑪 當然啦，小東西……我不應當說：「在你心裏。」但你在腦子裏放了一隻鬧鐘，那是事實。結果怎樣呢？你總是等候別人！

菲 我寧可等別人，不喜歡讓別人等我。

瑪 這表示你有為別人着想的高尚性格……我喜歡讓人家等我。

菲 或許是這樣吧……我們不必再談下去了……但今天晚上是一個例外，親愛的，我請求妳遵守時間，因為今天是羅比勳先生請客。這是他第一次請我，那是很少有的光榮；我一生的事業可能要在今天晚上決定。所以一定要好好幹一下，我的小東西。這對妳對我都是有好處的。

瑪 （慷慨地）很好。你已經說明了原因，那就夠了。我保證今天晚上一定盡我最大的努力。但有一個條件……不要每隔五分鐘就進來瞧我打扮得怎樣了。這會使我煩得要死，只有妨礙我而使我搞得比平時更遲。答允嗎？

菲 好，我答允。妳快開始吧。不管妳喜不喜歡，我心裏的鬧鐘告訴我現在已經七點一刻了。

瑪 不可能的……沒錯，你說得對！我的錶居然和你心裏的鐘一模一樣……好，我就去。暫時再會，你這專制皇帝。

菲立普一個人留下，拿起了一本書，放下，又拿起來。時鐘打了七點半。菲立普在房裏走來走去，愈來愈不耐煩了。他又坐下來，想看書，可總是不成。終於時鐘打了八點。

菲 八點鐘！……她可把我整慘啦。如果我們最遲到，我想像得到我上司的臉色……他在部裏的時候，對時間是要求得這樣嚴格。然而今天晚上她明明是準時開始打扮的呀……我真不懂她怎麼回事。不管怎樣，我一定要去看看到底怎樣了……沒錯，我答允過不去看她的……不！我只答允不每隔五分鐘就去看一次。現在她在房裏已關了三刻鐘了。（他敲門。）

瑪 怎麼？

菲 是我！

瑪 你要甚麼？

菲 我要甚麼？時間到了！我要妳出來……馬上！現在已經八點多了。（他開門。）老天爺！妳怎麼還穿着襯裙？

瑪 不錯，我穿了襯裙又怎樣？你不喜歡我穿嗎？

菲 聽着，寶貝兒，妳逼得我要發狂了……過去這個鐘頭裏妳在幹甚麼呀？

瑪 我梳好了頭，化了妝。我又重新搽了一遍指甲，因為原先搽的顏色不對。我正要穿衣服時，桑黛兒打電話來了……她和我談了二十分鐘。如果她不打電話來，我早就預備好啦。

菲 妳為甚麼不把電話掛斷？

瑪 我掛斷了她又打過來。

菲 妳應當告訴她，今天晚上有一個很重要的人請吃飯。

瑪 我都解釋給她聽了。所以電話打得這樣長呀……她告訴了我關於安賽兒的一件事，那真教人難以相信。你知道嗎，安賽兒的丈夫發現了馬拿加寫給她的情書，那正是他們要乘飛機到紐約去的時候！……

菲 老天在上！我早告訴你，我一生事業和今天晚上這次請客有重大關係，妳卻站在這裏對我說甚麼桑黛兒、安賽兒、嘉麗娜、克萊曼麗，以及其他一切人的事情。司長在等我們，而妳還只穿了一半衣裳……我完啦，整個兒垮啦，這都是妳造成的。

瑪 親愛的，不要這樣誇張……有甚麼大不了的呢？我頭髮梳好了，臉化好妝了，指甲也乾了……現在我只要跳進一件衣裳裏去就成了。我不會花多少時間的，但有一個條件，你不要在這裏！我看到你轉來轉去，我頭都暈啦……到起坐間去……看看報……聽聽收音機……倒豎一會兒……你愛幹甚麼就幹甚麼，但給我五分鐘安靜，否則你會弄得我遲到的。

菲　這是最後的極限了！就這樣，我再給妳一個機會。我可以出去，但我警告妳，再過五分鐘，一秒鐘也不能多，如果妳還不好，我就一個人去了。

瑪　好，寶貝兒，我同意……現在去吧，在隔壁房裏等我。

隔了一會兒，菲立普嘆息、吹口哨、自言自語，然後開始罵人。時鐘打了八點一刻，他又敲門。

菲　瑪麗絲！……八點十五分啦。這是我一生所遇到最大的災難。妳在幹甚麼？（他開門。）

瑪　你自己看吧。我的拉鏈拉不上。

菲　拉鏈？

瑪　不錯！拉鏈給卡住了……不要臉色這樣難看，來幫幫我吧……你只要拉這個小銅片就成了。

菲　女等一下！……不要煩躁……它有點邪門……妳拉得太下了，拉鏈滑了出來……不要動，求求妳！

瑪　（怏怏不樂）你不再愛我了……我沒穿上衣服的時候，你竟不來吻我的背，這是從來沒有過的。

菲　（發怒）不要動，別囉唆啦……大概弄好了……成啦！

瑪 你真了不起！

菲 （謙虛）啊！只不過有一點機械才能而已，每個男人都是這樣的。

瑪 我很會發嗲，就像大部份女人那樣……倘使我不是搽了唇膏，我就要來吻你了。

菲 不要現在吻我，咱們走吧！幾乎要八點半了。

瑪 （突然叫起來）老天！

菲 現在又怎樣了？

瑪 你瞧！我的襪子抽了絲，這樣大的一塊！糟啦，這是你爸爸從美國給我買來的新襪，現在抽了絲。我的運氣真……

菲 真不幸，咱們走吧。

瑪 你瘋了嗎？……我怎麼能穿一雙抽了絲的襪子到人家家裏去吃飯……我要找一雙新的。

菲 （突然非常安靜，雖然心中失望達於極點）那麼就換一雙吧，親愛的……倘使妳不喜歡妳這身衣服，去換一套……倘使妳化妝化得不好，那麼擦掉了重新來過……倘使妳的頭髮梳得不合意，到理髮店去再做一下。倘使妳的襪子抽了絲，到紐約去買幾雙新的……快速飛機有的是。我可以耐心等妳，誰知道呢？再過五天，或者再過五個月，我們或許終於會到達羅比勳先生家裏去吃飯。

瑪 不要這樣兇，這樣諷刺人。

★ ★ ★

教授 瑪麗絲終於換好了襪子。她在鏡子裏看了最後一眼。他們出發了，他們答應給的士司機一筆可觀的小賬，所以車子以令人頭髮直豎的驚人速度向埃爾米—德商納爾路駛去。他們坐電梯到了二樓。管家開了門，引他們到客廳裏，廳裏一個人也沒有。

★ ★ ★

管家 羅比勳先生說很對不起……他剛才從部裏打電話來，說他有事處理遲些來。太太在換衣服，馬上就下來。

管家出去了。瑪麗絲勝利地望了她丈夫一眼。然後她走過去拍拍他的臉。

瑪 可憐的菲立普，總是及時趕到上一班火車！記得麼？

★ ★ ★

教授 我認為不必再多加說明了……這裏是另一個小衝突的例子，題目是：「關懷」。

★ ★ ★

關懷

瑪 你今天怎麼啦？

菲 妳說甚麼？……我又沒甚麼。

瑪 不要說謊，菲立普，我知道你得很清楚……你話也懶得回答我；你整天臉色不好，報也不看……你如果不是有甚麼心事，就是生了病。

菲 妳真煩得叫人難受，親愛的。我不看報，因為報上沒甚麼可看的；我所以懶得回答妳，只因為妳老是談甚麼水管匠、家具工人、電工，談個沒完沒了，聽得我膩得要命。我並沒甚麼心事。相反的，我可以告訴妳，我上次的事做得很好，得到了稱讚，我心裏很高興。

瑪 （難受地搖頭）那麼你一定是在生病了……我真擔心。你吃中飯時鱒魚吃得很少，本來這是你最喜歡的，後來你躺在沙發上，這表示有點不大妙了。

菲 啊！不要大驚小怪，親愛的。妳是在胡思亂想……妳就像我們的氣象學家預測天氣，根本不準確。我沒多吃魚，只因為魚不大新鮮。

瑪 不新鮮！……嗯，我喜歡吃。

菲 我所以要躺着午睡一會兒，因為昨晚我沒睡好。

瑪 你瞧，你是不舒服。你自己承認啦，你睡得不好。

菲 我沒承認甚麼，最親愛的……我所以沒睡好，是因為妳和我講話講到兩點鐘，雖然我對妳說，我對安賽兒的情史一點也不感興趣，我很想睡，第二天必須在七點鐘起來，但妳還是要講下去。不過我午睡了一會之後就好得多了，今天晚上我胃口一定很好，等一會妳就知道了。謝天謝地，晚飯弄好啦！妳給我吃些甚麼？

瑪 （沉靜地）我正想對你說……我本來不知道你不舒服，我怕今天的菜太油了一點……那是蒸兔子肉……最好不要吃，那醬汁吃了不好。

菲 瞎說八道！我喜歡蒸兔子肉，尤其喜歡醬汁，我當然要吃。

瑪 你真教我擔心，菲立普。上次高林醫生給你檢查了身體之後，單獨對我說，叫我仔細照顧你……你的肝有點擴大，血壓也高得很危險。

菲 危險？一點也不，那差不多是正常的。

瑪 不，就你的年齡來說，那並不正常……而且，還有其他讓人擔心的症狀。

菲 甚麼症狀？

瑪 還是不談的好，我不想嚇你。你聽我說，菲立普，假使你一定要吃蒸兔子肉，那麼先吃我的三顆順勢療法藥丸，就算你體貼我好了。

菲 哪有甚麼用？好吧，我就吃……讓妳高興高興。

瑪 不要吃甜食。

菲 那未免太嚴厲了！今天的甜食是甚麼？

瑪 是對你的肝最不好的東西：朱古力奶油。你知道麼，吃中飯的時候我見你愁眉苦臉的，我就想，今天晚上要給你吃你最喜歡的甜食。

菲 但妳現在居然不許我碰一碰！……

瑪 別大叫大嚷，親愛的。慢慢再說吧……吃慢點，菲立普！你沒有嚼，高林醫生對我說，你可憐的胃負擔過重，一個人不用他的牙齒，那就是自掘墳墓。你把所有的工作都交給胃液去做。這樣下去，你一定會胃潰瘍的。

菲 我？我的胃就像駝鳥那麼厲害。

瑪 不肯咀嚼的駝鳥也會胃潰瘍……朱古力奶油來啦，菲立普。假使你一定要吃，只可以吃一點點。

菲 （譏刺地）這個我也要嚼一下麼？

瑪 別開玩笑，菲立普。健康是一件嚴肅的事情。當你生了病坐在輪椅上時，你就會懊悔沒聽我的話了。現在坐下來休息一下，讓你的胃好好消化。

菲 （大怒）我一點也不想休息！恰恰相反，我正要提議我們出去呼吸些新鮮空氣……我的頭重得很。

瑪 （一副專家的腔調）你瞧，我對你說過的，菲立普，你的頭不舒服，這又是一種肝病的症狀……你躺下來，讓我摸摸你的肝，看它硬不硬。

菲 很好，親愛的，妳最愛搞這一套，我也不便拒絕……我就脫衣服，讓妳開心開心吧……啊唷，老天！妳瘋了嗎？妳的大拇指嵌到我肉裏去了……妳弄得我真痛！

瑪　我剛剛只碰一碰你，菲立普，你瞧你的反應……事實上你是有病，你必須過一種比較適合你身體情況的生活，一定得安安靜靜的休養。

菲　夠啦夠啦，親愛的。我要起來了……嗯，這可有點兒怪！……我一起來就頭暈……好像有些暈浪……這是因為我剛才躺了一會呢，還是因為妳碰到我的肝的刺激？

瑪　都不是。這是你的肝病在作怪……你臉色這樣白。你真的有病，上牀去睡吧。

菲　睡覺？妳瘋了，現在八點鐘還沒到。我對妳說我要出去（他坐起來，踏到地上。）真有點古怪……妳說得沒錯，我站都站不直。

瑪　我是這樣說嘛，菲立普……你馬上去睡，我去請醫生。

菲　（死樣活氣地）謝謝妳，親愛的。

教授　過份關懷的悲慘結果就是這樣。

★　★　★

打鐘。鋼琴滑稽地彈起《喪禮進行曲》來。

第六課　興趣不同的問題

教授　各位女士，各位先生，兩個旅客在輪船上同住一間房艙，起初幾天一定會不大慣的。一個或許喜歡空氣流通些，另一個卻怕風。一個喜歡早起，另一個卻愛睡懶覺。如果這兩個人都是高尚的人，他們會逐漸的達成妥協，當航程結束時，他們會變得互相很習慣。婚姻是一個旅程，一個終生的旅程。丈夫和妻子在坐上這艘船時，每個人都有自己的性格和愛好，這不大可能是相同的，甚至相似也不大會。只要有一點兒幽默感和大量的愛情，就大有可能相互得到調和。相反的，如果得不到調和，那麼就會發生像下面這種情形了。我們這兩個角色仍舊是在那層小小的樓房中，那是在他們結了婚的三年之後。

★　★　★

瑪　菲立普！……你的腳！

菲　（仍舊在看報）甚麼？

瑪　你的腳！你腳多髒，但你把腳放在新椅子上……這張椅子剛換過面子。

菲 我需要把腳擱起來。我幾乎整天都站着，今天晚上我真累垮啦，而且，這張椅子是我流了汗賺錢去買來的，是屬於我的。

瑪 你要休息就休息吧，但不要這副樣子。倘使明天我穿了白衣裳坐在這上面，那可就慘啦……

菲 慘啦，這話說得不錯……報上正講到一個大地震，那是發生在赤道上的，死了一萬多人。這樣一件人類的大慘劇，和你白衣裳上的一點齷齪比較起來怎麼樣呢？

瑪 別討厭啦，你知道我的意思。這些事情你自己從來不想一想，菲立普，你真讓我奇怪，你媽媽從前到底怎樣教你的？……你洗了澡從來不把水放掉……你從浴盆裏起來，把水潑得滿地都是……你的剃刀和剃鬚刷子從來不擦乾……你桌子上堆滿了亂七八糟的文件……在這樣情況之下，我怎麼能把家裏弄得乾乾淨淨呢？

菲 我所以不洗我的剃鬚刷子，只因為肥皂對於刷子上的豬鬃是有害處的……我的文件並不是亂七八糟的……這些文件依據我自己的方式放着……我唯一找不到文件的那一次，就是你替我整理了桌子。

瑪 今天蓓達和嘉麗娜要來。她們如果看到這麼一團糟，我多難為情。

菲 假使她們使得妳為了我而感到難為情，那就別再請她們來。我並不希罕。蓓達蠢得令人難以相信。嘉麗娜的心真壞，我一見她就討厭。她們為甚麼竟是妳最要好的朋友，這點我真不懂。

瑪　難道你以為我欣賞你所選的朋友？羅拔是一個在利用你的騙子，這一點兒也不錯。

菲　根本不是。他是一個生意人，他希望我和他合作。

瑪　是啊，當他的生意做得不好的時候，就想拖你下水……至於你的吉萊先生呢，他真教人煩得要命。他談起政治、財政、文學來，一談就是幾個鐘頭，談到最終，人家才知道原來他對這些東西壓根兒就不懂。他所預言的事情，結果總不是那個樣子，但他一點也不在乎，照樣大言不慚的誇誇其談，說將來一定這樣那樣。

菲　這幾句話是妳從我這裏聽去的。

瑪　或許是吧，我就不談你的吉萊先生。其實，我真希望你不要跟他打甚麼交道，因為他會帶壞你。

菲　怎樣帶壞我？

瑪　他使你成為一個愛教訓別人、愛和人家辯論的人，你本來不是這樣的。在我們訂了婚的時候，我的朋友們都覺得你很討人歡喜。但現在哪……前天嘉麗娜對我說，「你丈夫當然是一個好人，但他很容易使人感到討厭。」

菲　嘉麗娜的話倒說得很客氣。妳聽了她的話一點也沒反對嗎？

瑪 不，我否認的，那是為了對你忠誠的緣故，但在我心裏……

菲 心裏怎麼樣？

瑪 我覺得她的話倒也有幾分道理……不，菲立普，你並不使人感到討厭，不過你常長篇大論的發表演說。我知道你很重視你的工作，但今天的工作已經做完了，你幹麼一定要開始和吉萊或和可憐的我討論甚麼芬蘭的罷工、伊拉克的石油？關於芬蘭或伊拉克你知道甚麼？甚麼也不知道。你只是菲立普．杜朗，巴黎的一個年輕工程師。你不是外交部部長，更不是美國的總統。所以多注意你的妻子一些吧，她需要你，別去管甚麼伊拉克，它就是沒有你，仍舊會過得好好的。

菲 （不快）我並不自以為是一個政治家，但我是一個有責任感的公民，頭腦夠得上一般水準，至少我希望是這樣，我對時事問題有興趣。至於注意妳……那沒有比這件事更教我喜歡的了。請妳告訴我，在這方面我可以做甚麼？

瑪 譬如說吧，今天晚上你就不必講這種南美洲大地震的慘事，也不要把你的髒腳放在我的椅子上……

菲 我們的椅子上……

瑪 你可以帶我去看電影，我一定會看得很高興。只要你有一點點想像力，你就會知道——在整天等你，擦我們的家具……替你做飯之後，晚上我可能想要有一點兒娛樂。

菲 只要妳對我有一點點感情，妳就會知道，我在整天工作來養妳，買衣服給妳，買這張椅子和其他所有的家具之後，有時候我需要休息，要早點睡覺……至於十部電影有九部是蠢得不得了的，那更不必提了……

瑪 是的，你覺得甚麼都蠢。蓓達很蠢，電影很蠢，無疑的，我也很蠢啦。只有那個枯燥無味、自高自大的吉萊先生和那個騙錢的羅拔，你才稱許……你全錯了。電影並不蠢。嘉麗娜得過一個學位，她可不是傻瓜，她說，電影是我們這時代主要的藝術。她認為《相見恨晚》（*Brief Encounter*）[1]、《肉體中的魔鬼》（*Devil in the Flesh*）、《單車失竊記》（*Bicycle Thief*）等影片是真正的藝術作品……我告訴你，我自己覺得《相見恨晚》比任何小說更動人。而且，如果我是你，我就要去看這部電影，因為對於那些以為妻子已經屬於自己、不必再去理睬她的丈夫，這部電影給他們一個很好的教訓。

菲 （不安起來）很好。咱們去看電影吧。我準備好了，我甚至鞋子也沒脫掉。

瑪 （辛辣地）我看到啦！……不，菲立普，今天晚上來不及了。

菲 很好……那麼咱們明天去……今天晚上早點睡吧。

沉默。他們到臥室裏，開始脫衣服。

瑪 不要把你的衣服在房裏丟得滿地都是……明天早晨我又要把它們熨挺，你又要到處找皮鞋……不，不要這樣！要沿着褶痕摺褲子……你在幹麼？啊，不要開窗！

菲　妳知道得非常清楚，沒有新鮮空氣我就睡不着。

瑪　在夏天嘛，我很同意；但現在是十一月，空氣很潮濕，又冷得厲害，我不想生肺炎。事實上，我甚至正想加一條毯子呢。

菲　（嘆氣）假使妳一定要加……不過，只蓋在妳那一邊啦。

他們睡了，睡在同一張牀上。長長的沉默，然後是一些聽不清楚的話和嘆息。

瑪　（哀愁地、急喘地）不，不要這樣……

★　★　★

教授　夫妻之間發生磨擦的另一種原因常常是這樣，一個人天性樂觀，而另一個卻是悲觀主義者。對於那個樂觀者，最不開心的事莫過於那悲觀者對一切事情都往壞處想的態度，而那樂觀者充沛的信心也使那悲觀者煩惱不已。曾有人問一位哲學家：「悲觀主義者是甚麼？」答曰：「他是樂觀主義者的丈夫……」這相當真實。這兩種對於生活的相反態度，產生了下面一類的情形……

★　★　★

[1] 在香港上映時譯為《偷情記》。——編者註

樂觀與悲觀

菲　今天晚上我不想到妳媽媽家裏去……今天是五一勞動節，交通運輸工人都休假，咱們怎樣回來呢？

瑪　咱們或許能叫到的士……或者，如果必要，咱們可以走路啊。你老是抱怨說你愈來愈胖了，但你總不肯運動運動。這是你的一個機會。

菲　走回來！……妳媽媽家裏離這裏遠得很哪……假使天晴，倒也罷了，雖然走起來辛苦得很；但假使天下大雨呢……

瑪　為甚麼會下雨？天晴朗得很。你總是往壞處想。

菲　妳總是往好處想。妳怎麼知道不會下雨？

瑪　很好……假使下雨，那麼在下雨之後我們還有很多很多時間來懊悔。說真的，每個人都會覺得，你喜歡往最壞的地方想，愈想愈開心。

菲　別瞎說八道。我一點兒也不開心。我只指出有下雨的可能性而已。

瑪　你甚麼也證明不了。你只想像會下雨……正像你一年中要想像三十次：戰爭明天就會爆發。

菲 是兩次！有時我也說對了的。

瑪 沒錯，但你說錯了一百次，這把我們最好的時光都糟蹋了。咱們在一起旅行時，你老是擔心行李會不會失落，擔心咱們到達時行李沒有隨火車到來……

菲 但這並不只是想像的事……那次我們把皮包留在瑞士邊界上了，因為我們不知道必須到海關上去接受檢查，妳記得麼？

瑪 沒錯，我當然記得，但只是一千次中的一次而已。我們不會再遇到這種事的。我們現在已經知道了，必須留心海關上的規定……你把每次旅行都弄得痛苦不堪，這到底有甚麼意義呢？……要不要我再舉一個例子？如果我或者我們的一個孩子回來吃飯遲了一點，你馬上就想像我們生了病，或者是被汽車撞壞了。然後你開始注意電梯，假使再過十分鐘我們還不回來，你就想打電話到警察局去了。其實，我們可能有一千零一種原因要遲回來……我們可能在坐電車時耽擱了，我們可能忘記了時間。我們甚至會想像，你會給我們十五分鐘的寬限而不必擔心。你有沒有想到過這種合理的解釋呢？從來不。你總是往最壞的地方想。

菲 不管怎樣，由於往最壞的地方想，我們就可以防止最壞的事情發生。因為我怕失落行李，我就檢查行李票，注意搬運工人，緊緊的跟着他們……因為我怕經濟恐慌，我就及時改變我的投資。

瑪 在這方面你似乎並不見得有多大成功……

菲　假使我隨隨便便、漠不關心，難道妳以為我反而可以幹得更好些？

瑪　我不知道……或許會吧……爸爸從來不去注意甚麼金錢的事，但虧蝕的錢似乎並沒你多……而且，我也不是叫你不要小心謹慎。我所要求的是，在你擔心有千分之一的機會要糟糕的時候，不要忘記，有九百九十九次是萬事大吉的……這不是樂觀，菲立普，這是頭腦正常……

菲　或許妳說得不錯。我總愛往壞處想……高林醫生說，這可能是由於我身體不大好的關係……我精神不大振作……很對不起，瑪麗絲……（沉默了很久。）但不管怎樣，假使今天晚上下雨，我們怎樣從妳媽媽家裏回來呢？

★　★　★

教授　這一場是足夠作為他們的教訓了……夫妻之間不應該終身舊事重提，這是一種壞習慣。我以後要解釋原因。許多丈夫（妻子也是這樣）心中貯藏着許多對方不滿意的小事情。只要兩人之間發生了一點小爭執，過去所有的不快，不管是多麼陳舊，都會被重新搬出來。這種情形繼續下去，就可能產生下列的事情。菲立普在巴黎單獨出去買東西，和他妻子約好四時正在歌劇院路二十八號B外面相會。他是一個很守時的人，所以在時鐘正打四下時到達。她不在。「她總是這樣。」他喃喃抱怨，在人行道上走來走去，起初很耐心，後來發脾氣了。四時三十分了，五時了……「或許她被汽車撞倒了？」他想。他嚇得不得了，奔回家去想打電話給警察局。在門口，他遇到了瑪麗絲……

★　★　★

瑪　你在這裏！……你到哪裏去啦？

菲　妳知道得再清楚也沒有了……我在歌劇院路二十八號B外面等你。

瑪　你是說二十三號B。

菲　瞎說！我對妳說二十八號B，而且還重複了一遍。

瑪　真的嗎，菲立普，這怎麼會？我對《聖經》發誓，你是說……

菲　那沒甚麼用。我明知是二十八號B，幹麼要對妳說二十三號B……而且，到底是不是有二十三號B那一個門牌我也不知道。

瑪　沒有，根本沒有這個門牌。

菲　那怎樣呢？

瑪　所以我就回家啊……我想：「等有甚麼用？菲立普不能在二十三號B的屋子外面等我，因為根本就沒有二十三號B這個門牌。」

菲　我猜想，妳大概沒有想到要到街的另一邊去找找二十三號B看吧？妳大概沒有想到，我或許會為了你擔心得要命？我的確是這樣，怕你或許暈倒了，或者被人綁票綁去了，又或者交通失事而被車子撞死了。

瑪 真瞎說八道！當然，這我從來沒想到過……我親愛的菲立普，我很了解你，但我從來沒想到你竟會發瘋。

菲 妳沒有良心。

瑪 你就是不用你的頭腦，你把甚麼事情都誇張起來。就像那次五一勞動節，你不肯到我媽媽家裏吃飯，只因為怕下雨……結果呢，當然沒下雨。

菲 那證明了甚麼？本來下雨也是有可能的。

瑪 今天等我時又這樣大驚小怪，你知道這讓我想起了甚麼事情？……那天在第戎，你匆匆忙忙的坐錯了一輛火車，車子開走了，把我和孩子們留在月台上……車票也沒有。

菲 我叫你們趕快上車的。

瑪 但我先叫你下車的！……就像那天你帶了汽車鑰匙走了，我只好在傾盆大雨之下走了五哩路。

菲 就我來說，這讓我想起那天羅比勳太太請客，妳使得我遲到了一個鐘頭。

瑪　不錯，當我們到的時候，你的東道主甚至還沒來呢！

菲、瑪　（兩人一起）就像那天……

★　★　★

教授　夫妻之間就這樣把過去各種細微的不愉快事件翻舊賬般翻出來，唯一的救藥是把這種瑣瑣碎碎的事統統忘記。有一位哲學家曾說：「要記得去忘記。」這是一句很聰明的勸告。每天有每天的問題。過去的事情現在已無法更改，我們必須生活在現在之中，而不要經常的去算舊賬。我們還必須對我們的悲觀主義者說：「記着，不要總是期待出現最壞的事情。」假使可能的話，我們要合理地為將來打算，但不必預先設想各種還沒有發生的災難和憂愁，也不要為了明天和明天可能發生的事而悲傷……不會有明天，只有現在當下。丈夫們和妻子們，嘗試活在當下。如果當下是快樂的，你的婚姻在今天也會快樂。不要期望太多。人生是日復一日度過的。

第七課　良好的禮貌

教授　各位女士，各位先生，今天我想再談談一些我們已經討論過的問題，不過這次是就着夫妻之間的禮節這題目來談。有許多男人和女人對待陌生人的禮貌十分周到，但對他們的配偶卻毫不客氣，不幸得很，這種人實在太多了。他們不肯承認，禮貌應該在家中開始，他們似乎以為：「我何必費心？我已和一個人結了婚，對於這個人，我可以毫不做作，想到甚麼就說甚麼……這個人是我自身的一部份。假使婚姻並不表示全然的自由和親密，那又何必結婚？」

這是一種嚴重的錯誤。比之兩性之間的其他關係，婚姻能產生更多的忠誠和諒解，那是不錯的。在任何愛情開始的時候，兩個愛人為了要互相討好，並不把他們真正的自己顯露出來。相反的，當一對男女共同生活了幾年，他們不久就會知道甚麼是好甚麼是壞，甚麼是真甚麼是假。我們這一對年輕夫妻是一對正派人，值得得到愛情和尊敬，而大部份情況都是這樣的。然而，他們是人，沒有一個人是十全十美的。婚姻生活中的「透明性」是一個嚴重的問題。當妻子發現了丈夫的缺點和他真正的性格之後，她是不是應當對他說：「親愛的，我要對你很坦白。你使我非常非常的失望，原因就是這樣這樣？」我不認為應該如此。一個丈夫在自己內心反省時所不能忍受的東西，怎能容忍他妻子來說？我們時時得聽一些別人對於我們的真實意見，但提供這些意見的方式，必須不損害我們的自尊心；因為一個人如完全喪失了自信，那在精神上就會出毛病。

那麼，我們怎樣來處理這個問題呢？我認為，一個善良而聰明的女人應該這樣做：她有批評丈夫的權利，而且常常有這種義務；但在批評的時候，總是應當混和着一點兒合理的稱讚，這點稱讚要足夠使丈夫不致喪失自信。「使一個人瞧不起自己，那是一樁罪行。」每個人都需要有一點自己得意的地方，不管那是關於他的外貌、他吸引異性的能力、他的智力，或者他的社會地位。當真的必須坦白甚至批評對方的時候，一定要有絕妙技巧。受到損害的自尊心對於愛情是一種致命傷，我們會因此憎恨那些造成這種損害的人。夫妻之間在互相批評時，就應當像進行外科手術一樣，必須極度的謹慎，而出發點是為了病人的好。有些結了婚的人，對配偶肆加責備，那就是鹵莽地對愛情施手術，結果愛情只有被他開刀致死這一條路……你可以說這是誠實，但溫柔和禮貌可以產生更好的效果……如果對丈夫過份的吹毛求疵，他不久就會去找另外一個欣賞他的人，而這種欣賞，是妳所不肯給他的。（對着一個舉手的女學生）嗯，小姐？

女學生　先生，關於這一點，我覺得你說得還不大清楚。我們同時既要把真相說出來，又要把真相隱瞞着，這怎麼可能呢？在這裏，你當然遭遇了所謂「另一自我」的問題，那就是存在主義者所假定的論據。沙特（Jean-Paul Sartre）宣稱，「那些另一自我都是鬼怪」……如果我理解得不錯，這所以是鬼怪，因為我們害怕別人心目中對我們的印象。但不管這種事實是如何難以忍受，唯一的解決辦法是接受別人對我們的看法嗎？一個妻子眼中所看出來的丈夫，不管如何惡劣，總比丈夫對他自己的想法更為真實——反過來也是這樣。所以，寧可互相誠實而最後大家關係改善和彼此諒解，即使這是一種很艱苦的過程，你說對嗎？我有許多已經結婚的朋友，他們認為這些家庭中的爭吵是很有好處的風暴，對潔淨空氣是十分必要的。

教授　小姐，這完全是一個程度的問題。對於那些不肯真正認識自己的人，或許爭吵一下是必要的。一場風暴可以使空氣潔淨，但如經常發生風暴，農作物一定不能豐收。在有些情形中，由於抱怨和責備令人喪失自信，只有使事情更糟……譬如說，嘲笑一個男人的性能力不強，那只有使他更加萎靡不振，因為沮喪的心理狀態會阻撓自然的本能。如向丈夫埋怨他的事業不成功，他會膽怯而優柔寡斷，他的失敗只有更為長久。因此，即使在爭吵的時候，妳也應當知道怎樣控制自己，知道怎樣避免說那些不必要地傷害對方的話。

由於脾氣的不同，相互之間的指責可以是很不公平的。或許，妳不能了解，他怎麼會在冰冷的大雨中坐三個鐘頭看一場足球比賽而覺得很高興。但同樣的，他也不懂妳為甚麼要在星期天去聽音樂會。為了將來的緣故，假使妳能設法了解，即使在一場足球比賽之中，也有它的美和它的技巧，那就很好。同時，妳的丈夫可以讓妳告訴他關於交響樂的一切、主題怎樣展開、現代音樂的本質是甚麼。這樣雙方得到調和，決不要以為「不同」是「錯」的。不要反對你配偶的興趣，設法了解這些興趣，如果可能的話，也參與其中並分享這些興趣。

男學生　（非常熱切，在女學生有機會說話之前馬上搶着說）但是先生，當年輕夫妻們不得不住在很狹小的房子裏，在這些時候，要達致這樣子的互相調和是更為困難的，你認為對麼？例如，我看了巴爾扎克的一部小說《兩個新婚婦女的回憶錄》（*Mémoires de Deux Jeunes Mariées*），其中描寫一對夫妻住在一所房子裏，但每人有自己的馬車、僕人和房間。他們極少會面，互相容忍是多麼容易！今天，很多年輕的夫妻只有一兩間房間，也沒有傭人。在這種情況之下，一個懶惰或者脾氣不好的配偶就成為一種威脅。我的朋友中就有這種情形……有些太太們非常專制，她們把所有的抽屜衣櫥統統佔領，她們的丈夫連襯衫和衣領也沒有地方放。還有些女人打電話的習慣壞得不得了，別人根本沒有機會和她丈夫通電話，而這個可憐的丈夫呢，在每一季末還不得不為了她的閒談而付出一筆極高昂的電話費。

女學生們一齊叫了起來 但丈夫們……

教授 （敲桌子）女士們，先生們，咱們不要把這個變為一場男女之間的辯論，我請求你們。那正是咱們所必須避免的事。你們所有的意見都是有道理的，我只要再重複一遍，家庭生活能產生許多麻煩的日常問題。我相信，這些問題可以用幽默感和溫情來解決，最重要的，是維持婚姻關係的堅定決心。這並不是說「我們能在一起嗎？」的問題，而是要堅持「我們必須在一起，我們願意在一起」，然後去設法尋求在一起的方法……這就回到了我們今天的題目上：婚姻生活中的良好禮貌。談話是最重要的，在一對愛人之間，談話是很容易的。史蒂文生曾說：「只有兩個題目：我是我，你是你。」在結了婚幾個月之後，夫妻都開始對對方的談論自己感到了厭倦。而一對幸福的夫妻到那時候不會再專門互相談論自己，而是永遠談不完的別人和各種事情。談話變得愜意、親切、愉快，就像家常小菜那樣，菜式雖然簡單，但是十分可口，味道精緻，而不是像筵席上的菜式那樣豪華而造作。在《斯萬》（*Swann*）的第一部裏，你們可以找到這類談話的精彩例子，馬塞爾（Marcel）父母的談話，是這種幽默的、溫柔的、聰明的家常談話的例子。[1]

[1] 斯萬和馬塞爾的父母都是《追憶似水年華》（*À la Recherche du Temps Perdu*）一書中的人物，這是二十世紀法國大小說家普魯斯特的傑作，該書第一部有英文譯本，叫做Swann's Way。——譯者按

最重要的是，丈夫和妻子對於對方要特別的寬容。每個人心裏都有一大套想法、小故事和往事的回憶，是配偶都很熟悉的。當丈夫第一百次敍述他在羅斯之戰（The Battle of Loos）中幹了些甚麼，或者他怎樣遇到克里孟梭（Georges Clemenceau）[2]，他講的時候如果感覺到他妻子聽得很煩厭，那他就會一聲不響，而別人不久就會覺得他這個人沒有趣味。如果妻子知道丈夫瞧不起她的想法，那麼她也會緘默起來。丈夫（或妻子）決不可期望配偶所說的總是新東西，而應該期望，他所說的別人總是聽得津津有味。他們在聽對方說話的時候，要不會感到真正的或顯然的厭倦，甚至要感到愉快。葛爾芒特公爵（Le Duc de Guermantes）[3] 的例子你們或許記得吧，他天真地逗他太太講一件趣事，這件事情他早已聽得熟得不能再熟了，但他反而更加愛聽，因為他知道這件趣事的內容，所以可以極有信心地等待別人聽了之後的反應。至於那些糟糕的夫妻呢，他們卻要破壞對方所講的故事。你丈夫向人家講一件你們二人共同經歷的事，如果他把實際的事實誇張了一些，或者隱瞞了一些，你決不可表示有一點點的驚異。如果他的記性不大好，或者他想使這故事更有趣更聳人聽聞，那有甚麼關係呢？他說得與事實不大符合，不管是為了甚麼原因，都不必去更正。妳應當設法去了解他在這個人面前為甚麼要這樣說。假使他這樣說是出於虛榮心，妳只要自己心裏好笑，不必說甚麼。對於一對夫妻之間的幸福，就像對於一個穩固的政府那樣，團結一致是絕對必要的。

我今天在講台上講得太久了。我們還是用我們的老辦法，來表演一些對話……菲立普第一次請他上司羅比動夫婦來吃飯。對於他，這是一件很重要的事。他給這兩位客人的印象，可能會決定他整個的將來。他知道瑪麗絲相當不知輕重，所以事先特別囑咐她一番。

女學生 幹麼呀？這是不統一的……瑪麗絲一直似乎是一個很伶俐、很有教養的女人。

教授 小姐，我必須提醒妳，就我們來說，瑪麗絲既不是一個舞台上的角色，也不是一個真人。她只不過是一個女演員，用來扮演各種不同的角色，甚至是互相矛盾的角色。有時候她是一位模範太太，行動十分正確，另外的時候卻恰恰相反……不管怎樣，在這個特別的晚上，菲立普怕瑪麗絲會說話不知輕重，因而破壞了他的前途……

★　★　★

菲 妳聽我說，親愛的……在任何社交場合之前，我向來不大會向妳提醒甚麼，這點妳總同意吧，但今天晚上有點不同，這對於我們兩個人關係十分重大……妳說話請特別小心謹慎。

瑪 （發火了）我說話向來小心謹慎的。

菲 不，並不見得。有時候妳的話叫人一點也受不了，好像有甚麼惡鬼在作怪，妳冒犯別人的說話，人家想也想不到。

[2] 克里孟梭，法國前總理。——編者註

[3] 葛爾芒特公爵也是《追憶似水年華》中的人物。——譯者按

瑪 菲立普！你幹麼不說我是一個傻瓜，說我根本不可救藥……

菲 妳絕對不是傻瓜，親愛的。妳只不過有點兒異想天開，但我希望妳的靈感向正確的道路發展。我的上司是一個愛面子、愛聽奉承話的人。妳記牢這一點。他聽慣別人說：「是，先生……沒錯，先生……」所以不要說和他意見相反的話。

瑪 （好像在說一句格言）一位司長，或者任何有權力的人，如果不能忍受相反的意見，那是一種軟弱的徵象。

菲 說得十分精彩，我親愛的。我會請妳寫在一本格言錄裏，但請妳不要在今天晚上設法教育他。妳不會有時間的……第二點：他自以為是一個思想進步的人，算是左翼吧，因為他不屬於中產階級，所以有點不開心。

瑪 但菲立普，他太太是紐沁根（Nucingen）家族的人啊，有錢得不得了……上次我們到他家裏吃飯，見到那樣豪華的場面，可把我嚇倒啦。

菲 妳多麼天真！妳以為一個人的政治思想總和他嘴裏說的是一致的。羅比勳先生的想法有點兒激進，可是妳不用害怕。

瑪 但我也是激進的呀，菲立普……比他激進得多呢。

菲 當然啦，我的愛人。危險就在這裏……司長並不是真正的激進，因為他知道得非常清楚，如果來一次革命，他決不會仍舊當司長。他就愛這樣說說……那就讓他說吧……第三點：他和寫字樓裏所有的女書記調情，對他太太完全不忠，他太太心裏是明明白白的。所以不要談起不正經的丈夫，也不要談到被蒙在鼓裏的太太……第四點：不要使他以為我們生活過得很寬裕，否則他就會覺得加我薪水是沒有必要的了。也不要顯得我們非常寒蠢，因為這種人的階級觀念很強，他們總是喜歡和他們屬同一等的人。

瑪 （不耐煩了）你瘋啦，菲立普！你要我同時又要裝窮又要裝富，這怎麼可能？

菲 走繩索的人是怎樣保持平衡的呢？雜技演員一點也不擔心，他就是這樣走來走去。道理是一樣的……只要小心地走就是啦。六個月之後有一個高級職位的空缺，我希望能夠升上去。但不管怎樣，不要提到這件事！我故意在這件事之前很久便邀他們來吃飯，使他們不致疑心我這次請客和升職有甚麼關係……你懂嗎？

瑪 嗯，我懂的，但我相信羅比勳先生一定也懂的。可憐的菲立普，你的目標還在十萬八千里之外呢！

門鈴響了。臨時請來的管家經過房間去開門，這個人是做門房的，暫時來幫一下忙。菲立普踱來踱去，裝出一副漫不經意的神氣。瑪麗絲照着鏡子在鼻子上撲粉。羅比勳夫婦趾高氣揚地進來了。

司長　你們請我們來，真太客氣了……我太太和我都不喜歡人多。我們都夢想能有一間像這樣清清靜靜的公寓房子。

瑪　啊，我希望你們不會有這種房子，這對你們是沒有好處的！這房子太狹小了……街上聲音吵鬧得很，院子裏老是傳來煮菜的氣味，又沒有中央暖氣。

菲　瑪麗絲，說句公道話，這間房子也有它的好處。

瑪　（眼中似乎要噴火了）你怎麼能這樣說？……你常常對我說，等你一升了職之後，我們馬上就搬……（菲立普不安地咳嗽。）你幹麼咳嗽，菲立普？你傷風了嗎？……啊，不，他一定是在提醒我，叫我不可以向你提起他升職的事……我覺得這很孩子氣……你知道得清楚，他想要升職，人人都是這樣的。

司長　（大笑）當然啦，他會升職的，杜朗太太。當然他會升的……你丈夫是我們最能幹的員工之一。他關於法國與南美洲之間經濟關係的報告，是一件模範的作品……我自己到過南美，所以我特別感到興趣……我第一次到阿根廷時，在海關上遇到的事我講給你聽過嗎？

他微笑，自信將有一個有趣的故事可以講了。

菲　（熱切地期待的神色）沒有，我從來沒聽你說過。

瑪 但菲立普啊，你肯定記得？那個關於海關的故事我覺得真是了不起。我們到羅比勳先生家裏吃飯的時候他講過一次，六月裏那個派對上他講過一次，在凡爾賽拉埃克家裏他又講過一次……

羅比勳太太 （能逃過不再聽一次這故事，十分高興）妳記性很好，杜朗太太……

司長 （不快）好得無以復加。

瑪 是啊，幸虧這樣，因為菲立普甚麼東西都不記得。真是教人難以相信。日子、數字，他甚麼都記不牢……

菲 （尷尬）一點也別相信，先生……

司長 （冷冷淡淡地）我並不想相信。在像我們這種機關裏，假使記憶力不好那就麻煩了。

瑪 （不折不撓地）菲立普，你真以為你的記性好？……那麼，你告訴我們，司長和我爸爸是哪一年到理工學校去讀書的……爸爸和你是那所學校的同學呢，羅比勳先生。

菲 我不知道，是一九一〇年吧？

瑪 （勝利地）不……一九〇三年。你要知道，羅比勳先生在一九一〇年時已經二十多歲了……你瞧瞧他的相貌就知道了……他們畢業時的分數怎樣？

菲　我完全不知道。

瑪　真是的，菲立普！星期天晚上爸爸還談起這件事。難道你忘記了？爸爸有好幾門功課都比羅比勳先生好。

菲　（狂怒）雖然這樣，司長的事業可比你爸爸好得多。

瑪　（也發怒了）因為爸爸是為了愛情結婚的……

幸好，在這尷尬的時刻，那個臨時僱來的管家進來說飯開好了。菲立普極度痛苦，嚐嚐放在他面前的那碟油膩而半冷不熱的湯。他望望身旁的兩位客人。羅比勳先生吃了一口之後就放下不吃了。

司長　你關於那些新廠的報告弄得怎樣了，就弄好了嗎？

菲　（竭盡全力向管家做手勢，叫他拿酒上來）我很想快些弄好……我日日夜夜在搞。昨天我把關於北部的所有材料都整理好了。

瑪　不是昨天，菲立普……昨天我們是去看電影的，看的是茹韋（Louis Jouvet）演的《情有獨鍾》（*Les Amoureux Sont Seuls au Monde*）。這部影片真好，羅比勳太太！那是講一個結婚多年的老頭子突然愛上了一個少女……菲立普，你幹麼又咳嗽……你也記得的，不是麼？

菲　（臉紅）嗯，那不錯。昨天我稍為出去放鬆了一下……那是我開始搞這報告以來的第一次。實在我也真需要散一散心。我回來之後再工作時，精神就好得多。

瑪　菲立普，當真？我們回來之後你又沒再做工作……那時候幹甚麼你是知道的……（她吃吃痴笑，站起來在他耳邊低語，然後轉向客人。）晚上怎樣我就不能對你們說了……雖然，夫妻之間怎麼樣，你和羅比勳太太當然是知道的……但他居然會忘記這種事情！……

★　★　★

教授　這場景到這裏為止了，其中包含的意義是明顯不過的了，你們一定以為這是過份誇張。你們或許以為，「瑪麗絲決不會這樣蠢！」我要提醒你們，就像莫里哀和費杜（Georges Feydeau）曾說，一個激動的或發怒的女人，幾乎甚麼話都說得出，她決不用再顧及她的話會產生甚麼後果……在這裏，我要回過來講今天這一課的主題。對待丈夫（或妻子），至少應該像對朋友那樣的謹慎，甚至要比對待陌生人更加謹慎。夫妻必須互相信任、互相尊敬。坦白是很好的事。是的，我們都假裝喜歡坦白……但只有當那些坦率的人（他們是真正坦白的）聲稱他們愛我們原來的樣子時……

第八課 十年之後

教授 任何一對夫妻可能造成的最危險的錯誤，是認為一段婚姻既已維持了十年之久，那就說明了它的鞏固性，將來它會自行維持下去。其實在人與人的關係中，變化是在不斷發生的。經過了十年，舊時的聯繫開始破裂，感情會慢慢磨損，就像一張舊地氈那樣，從前的希望和抱負都消失了。在度蜜月的時候，瑪麗絲曾確信，她那能幹的丈夫的事業一定會成功。菲立普自己也這樣以為。他認為那些職位比他高的人的才能都很平庸，極想取而代之。但在十年之後，他的上司仍舊是他的上司，他們似是永恆不滅的。菲立普年紀逐漸大起來了，他妻子對他的才能開始發生懷疑。在這時候，假使她是聰明的話，她就應當設法安慰他、鼓勵他；因為如果她不知體貼而焦躁煩惱，那只有使他更加喪失自信。正如有人說，與旁人比較是很討厭的事。在十年之後，與旁人比較是十分有害的，因為在這時，做妻子的很容易拿自己的生活來和她的朋友們比較。在下面這一場景中，瑪麗絲所說的話都是不對的……

★ ★ ★

菲 怎麼了，瑪麗絲？……妳好像心事重重。

瑪 沒有甚麼……我在想桑黛兒。

菲 今天下午妳見到她了嗎?他們的新房子怎麼樣?

瑪 非常漂亮……她家窗子外面是樹木和花園，陽光整天照進來。假使一個人每天醒來睜眼就看見一點兒陽光，生活可真多麼不同。但這裏，在我們這個又髒又黑的洞裏……

菲 那未免誇張一點了，我們可是住在四層樓上。

瑪 沒錯，但我們房間外面卻是一個陰沉沉的院子……那就像睡在煤礦裏面!當然，你是不在乎的。你一早就出去了，那時候窗簾還垂着。但我呢，住在這個牆壁開裂、油漆剝落的地方，對面那個老太婆天天從她骯髒的窗簾後面向我瞪眼，這真教人受不了……你假使看到桑黛兒家裏的家具就好啦!她家到處都鋪了地氈，我真愛極啦，還有些好看的古董家具……

菲 但妳是不喜歡古董家具的，我的小東西。

瑪 我所以這樣說，因為我不想叫你心裏不舒服，我知道你買不起真的古董家具……我必須承認，我不喜歡仿製品，我真恨我們這種仿製的路易十五的椅子。假使桑黛兒能把她的五斗櫃送給我就好了……

菲 她幹麼要送給妳呀?就算她送給妳，妳拿來又有甚麼用?我們所需要的家具這裏都有了。

瑪 沒錯，但這一切全是這樣難看。你難道看不出來?當然啦，你甚麼也看不出來!這真教人吃驚;

你生活在你自己的世界裏，盡是些數字、計劃和圖表，你就是看不到普通男人和女人的真實世界……那天晚上在戲院裏，你甚至沒注意到桑黛兒戴了一個非常漂亮的新鑽石別針。

菲 我幹麼要注意？我又不是礦物學家。我根本沒拿珠寶放在心上。

瑪 （夢幻地）那顆鑽石至少有七八克拉……她丈夫一定很有錢。

菲 盧米里？他當然有錢。他在厄爾橋有幾家大工廠……但妳自己曾說，他使妳厭煩得想哭。

瑪 大部份男人都使我厭煩得想哭。假使眼淚是黃金的話，那至少還有一點價值。

菲 （粗魯地）我倒不知道妳想做達娜伊（Danaë）。[1]

瑪 至少桑黛兒那件大衣，你一定是注意到了？

菲 沒有……假使我沒有記錯，那麼她穿的是一件同妳一樣的皮大衣。

瑪 同我的一樣！我親愛的菲立普……她的真貂皮大衣是全新的，而我只是仍舊穿着我那件舊的小馬皮大衣，那是我少女時代就開始穿的了……這件大衣許多地方都擦破磨光啦！

菲 沒有人會注意到的。

瑪 快別這樣說啦！每個女人都注意到的。今天在桑黛兒家裏，我真感到難為情……那倒還不是為我自己，更加是為了你。

菲 替我難為情？老天爺，那倒不必費心啦……如果妳真的以為一件皮大衣，或者一顆鑽石的光采可以損害我的自尊心，可以使我感到難為情，那麼妳實在太不了解我啦！

瑪 唉！我了解你太清楚了。我知道你執而不化，只想到自己。因為我重視我所住的房子、我的衣服、我所沒有的珠寶，你就輕視我。嗯，我瞧不起你這種輕視。對於女人，家終究是她過活的地方。她的珠寶首飾標誌着她激發的愛情和她選定的男人的成功……我並不是在埋怨你，菲立普，但直到現在為止，你並沒有多大成功，這總是一個事實……在我們訂婚的時候，天曉得你答應我怎樣的一個前途呀！在你到南美旅行之後，你要成為他們的首席專家；再過兩年，你就會當主任。現在怎麼樣呢？

菲 羅比勳先生把他女婿升上去做我上司，難道這也是我不好？

瑪 我並不是這樣說，不過你一定要知道，對於我，這也是非常失望的……今天晚上，你這種野蠻的偽君子態度逼得我不得不承認了。

[1] 達娜伊是亞基夫的公主，被國王監禁在高塔上，大神宙斯化作金雨和她私通。——譯者按

菲　那我呢？難道妳以為我不失望？在我們訂婚的時候，妳答允我許多很好的事情。妳要在我生命中做我的伴侶，處處來幫助我。結果怎樣呢？不管妳怎樣說，我的工作總是做得很好。科學院引述了我關於稀有金屬的報告，那妳是知道的。我關於合成物質的研究結果現在全世界都在採用。對於這些事情，妳表示了一點點興趣嗎？從不。由於環境的關係，我在物質上的收入不大好，那是不得不這樣的，於是妳就以為我的事業一定失敗了。但妳錯了，我的女孩，妳對我失去信心，那只有在打擊我。讓我告訴妳吧，如果桑黛兒對她丈夫的主顧，也像你對我的上司那樣不知輕重，盧米里的事業決不會這樣好。

瑪　嗯，你的話我再聽不下去啦！你的上司怎樣對待我，你知道麼？他們為甚麼要這樣？我從來不告訴你這件事，因為我不願意在你機關裏引起糾紛，但既然你提出這件事來，那麼我也不怕告訴你……

菲　住嘴，我知道妳這話的意思，我可不是一個愛吃醋的丈夫。是對是錯當然有個分別。聰明的女人可以有許多男性朋友，但不必讓他們做情人。

瑪　（惱怒，諷刺地）不過我不是那一種女人，是嗎？桑黛兒就是了？

菲　或許是的。

瑪　我懂你的意思啦……在我和你結婚的時候，嘉麗娜對我說你曾和桑黛兒相戀……那時候我不想相信……現在我懂啦，這個討厭我的女人，為甚麼會這樣常常邀請我們出去玩。

教授 這是一個重要關頭，我讓這一場到這裏為止，因為它直接發展為下一場，那是同樣危險重重的。這對杜朗夫婦現在已有兩個孩子，他們在假期中到了海濱的一所別墅去，那是瑪麗絲的父母借給他們的。桑黛兒和她丈夫盧里米駕車到意大利去，經過他們的別墅，停下來吃晚飯。菲立普對於這對夫妻的到來有點不高興，因為他愈來愈喜歡清靜。但瑪麗絲的想法可不同，他們在巴黎一向住在一層陰暗的樓房，現在能在一所有一個吸引人的大花園的漂亮房子裏招待桑黛兒一次，她感到很高興。當天晚上過得很愉快。吃過晚飯，瑪麗絲一點不顧可能發生的危險，竟對菲立普說……

★★★

★★★

瑪 親愛的，你應當帶桑黛兒到下面平台上去，讓她看看風景……

菲 （沉默了一會）咱們四個人都去吧。

瑪 不！我們兩對夫妻分一分開吧。

桑黛兒熱切地站了起來。菲立普只好跟着，但在走出去的時候憤怒地望了瑪麗絲一眼。

菲 小心，桑黛兒。這裏很黑……轉向左邊。

桑黛兒（下稱「桑」） 這樣香，那是甚麼？

菲 那是橘子樹和亭子上的野玫瑰。我們自己種的玫瑰也在變野了，真可惜……從這條小路走下去。

桑 你也變野過麼，菲立普？現在我都沒在外面遇到你了。

菲 我是這樣忙……

桑 今天晚上總算單獨見到你，那很好……我很喜歡你太太，但不管怎樣，在你遇見她的很久之前，你和我就已是很要好的朋友了……你還記得嗎？

菲 當然啦，桑黛兒……我怎麼會忘記？

桑 你記得我們第一次出去跳舞嗎？……你送我回家。我爸爸媽媽已經睡了，我們到起坐間去。你一句話也不說，開了留聲機，溫柔地把我抱着，我們開始跳舞，跳得很慢很慢。

菲 那天晚上我吻了妳一兩次，是嗎？

桑 一兩次！……我們吻了一個多鐘頭！那真是美妙。那時候，你似乎是我夢想中的英雄。

菲 （嘆息）我一定很使妳失望。

桑 在大戰的時候，我當然沒失望。你很了不起。報上好幾次提到你，每一次的內容我都記得清清楚楚的，現在我還記得。但當你和瑪麗絲訂了婚，嗯……老實說，我真是傷心。為甚麼不傷心呢？

我是這樣敬愛你，我想，只有一個不平凡的女人才配做你妻子。當我看到你選中這個女人時，我又驚訝又難受，她或許夠漂亮了，但我在學校裏和她做過同學，知道她是相當淺薄的……不只我這樣想，所有你的朋友都感到奇怪。

菲 小心，桑黛兒！前面要跨過一條小溝，這就是平台……你瞧，下面就是海……那一點綴滿燈光的地方就是摩納哥。不要靠的太出去……桑黛兒！

為了拉住她，他不自覺地抱住了她的腰，她以驚人的速度轉過身來吻他的嘴。

桑 我忍不住了，菲立普。我是這樣想吻你……你吃了一驚，是麼？我相信你在過去十年中一定是一個很忠誠的好丈夫。

菲 忠誠得不得了……半點兒毛病也沒有。

桑 我真沒想到……雖然這樣，你仍舊感到幸福？

菲 非常幸福。

桑 那麼這是再好不過的了，我親愛的菲立普。我感到奇怪的是，你表面上看來並不幸福。吃晚飯的時候我在注意你，你對瑪麗絲似乎很不耐煩、很急躁……我相信她一定不了解你，不重視你的事業和你工作的重要性。我丈夫有一兩次想和你談到你的工作，但瑪麗絲總是打斷了話頭！……其實她應該以有你這樣一個丈夫而感到光榮。

菲 這倒不是光榮不光榮的問題。我的工作沒有甚麼不好，可以說是很好。只是因為瑪麗絲對我這種性質的工作不感興趣……她性格中藝術的氣息比較重……她對她的家和衣服更有興趣……我們不大有錢，她的衣服就想法子都自己來做，再加上還要照管孩子，她也夠忙的啦。

桑 （叫起來）瑪麗絲的衣服都是自己做的！瑪麗絲的品味這樣高……你真的會相信，真是荒唐！你太謙遜了，菲立普。我從小就認識瑪麗絲，那時候她的品味比今日要低得多呢。她那件結婚禮服真是糟透啦，是你才使得她顯得如此優雅大方的。我承認她今晚這套衣服很漂亮，但那是夏帕瑞麗（Schiaparelli）[2]做的。

菲 妳錯了，桑黛兒……這套衣服是她自己做的，不過是抄了夏帕瑞麗一件衣服的式樣吧了，那是她從嘉麗娜那裏借來的。妳自己去問她好了。

桑 菲立普，別以為我會相信這個故事……這件衣服的裁剪這樣精緻完美……任何一件抄襲品都不可能有這樣漂亮的線條……衣服是不是瑪麗絲自己做的，那沒有關係……既然你這樣說，瑪麗絲的話總不會錯。

菲 當然我的話是對的，理由很簡單，根本她不得不自己做。我重複一遍：我太太買不起那種考究的衣服。

桑　那麼，菲立普，我們就當這是個奇蹟吧……我可以同意……我個人是一向很喜歡瑪麗絲的……我總是不懂，為甚麼人家不喜歡她。

菲　人家不喜歡她？

桑　他們恨她……難道你不知道？

菲　為甚麼恨她？

桑　啊！總是為了同樣的原因：她淺薄、自私，對女人們說假話，向所有的男人賣弄風情……而且她甚麼都不知輕重……我總是為她辯護。我們在學校裏一起唸書的時候，我就常常對別的同學說：「瑪麗絲這個人其實比她所表現出來的好……」唯一我難以原諒她的事，是她嫁給了你，和……

菲　和甚麼？

桑　啊，沒有甚麼！我們回去了，好麼？

菲　等一會兒，桑黛兒。妳開了這種暗示性的話頭而不把話說完，那是不可以的——人家說甚麼？……說瑪麗絲對我不忠，是不是？

[2]夏帕瑞麗乃法國高級時裝品牌。——編者註

桑 你真的要知道，菲立普？

菲 我當然要知道。

桑 我還以為你早就聽人家說過了，不過不放在心上而已。而且，有些事情表面上看來好像是這樣，實際上也不見得就是這麼一回事……我總希望瑪麗絲的情形也是這樣……你怎麼啦？

菲 沒甚麼，我覺得很冷。

桑 把你的手給我……老天，你凍僵啦！你也來披我這塊披肩好麼？來這裏……我們不能永遠這樣很親密的在一起生活，想想真是難受……你有時也感到遺憾麼，菲立普？

菲 妳教我怎樣回答好呢？……妳呢，桑黛兒，妳幸福不幸福？

桑 很幸福……就像你一樣，菲立普……但在我心底深處，我有一種失望的感覺……我們是在上山了，是嗎？你聽着，我想對你很坦白。在你訂了婚那時候，我只想死……我已經熬過來了，現在日子比較好過了。我有一個完美的丈夫和可愛的孩子。我靠他們來撫慰我。你呢？

菲 妳誤解我了，桑黛兒。我沒有感到不幸的理由。對於瑪麗絲，我仍舊滿心的溫情。溫情這個字眼或許是用得太輕，我仍舊非常愛她……我們結婚的最初兩年互相熱愛，但現在，在十年之後……

桑 在十年之後，你們心中懷着感情而互相了解、互相容忍，是麼？嗯，或許是這樣……但其中缺少神秘和浪漫，而我很清楚知道，你是很羅曼蒂克的，菲立普……

菲 妳知道得太多啦。

桑 可別忘記我曾經愛過你，那就是我了解你這樣清楚的原因。你扶着我，這條路真陡……啊！那股迷人的香氣又來了……我們一定回到這亭子邊來了。停一會兒，菲立普。我爬了山之後氣都喘不過來啦。

菲 妳上山的時候話說得太多了。

桑 不錯，你摸摸我的心看……我的心跳得真厲害。來，你用我的手帕擦擦你的嘴，只要有一點點唇膏的痕跡，女人們馬上就會注意到……如果你不是這樣的一個模範丈夫，那麼這點你在很久以前就知道了。把你左面的肩膀拭一下，上面可能有我臉上的粉……行了……我們準備好了，可以再去和丈夫太太在一起啦……瑪麗絲，我的甜心，妳的花園真美！……而妳的丈夫又多麼可愛！

瑪 我的花園和丈夫妳都喜歡，是嗎？親愛的，我很高興。

鐘聲。

第九課　重大衝突

教授　各位女士，各位先生，安娜·德·諾亞依（Anna de Noailles）曾說：「一樁愛情如果老是過得平平穩穩，那或許是一樁十分枯燥無味的愛情……」這聽上去可能是一句相當悲觀的話，但事實上，沒有一樁愛情能永遠完美的，不管這愛情是多麼成功。即使是最美麗的夏天，也有它的風暴。在婚姻中，這些風暴的危險性或許比普通戀人之間的要小一些。婚禮中的誓言常常使一對夫妻不致去做這些傻事。孩子們需要照料和慈愛，那就夠母親們忙了，也增強了婚姻關係。但就如普通的愛情那樣，婚姻中也是有危險的。在長時期的婚姻生活中，夫妻分別一段時期是免不了的，這種分別之中就包含有誘惑。但在這種情形下，我們不可向種種衝動屈服，而應當設法予以克服，從而鞏固婚姻。這一點怎樣做到呢？主要是增強夫妻之間的感情。婚姻中的相互親密決不可被視為是理所當然的事。這一點並不容易，但我們可以在賣弄風情和正經刻板之間走一條中庸之道，而一個聰明的妻子是可以做到這一點的。不過，即使是互相熱愛、最為忠誠的夫妻，也可能受環境和某些偶然事件的影響。一個抱有決心的女人的各種手段，就讓大部份男人感到難以抗拒，如果時間和機會允許，許多男人就會屈服。當然，我們希望他們對妻子忠誠，但萬一他們向這種誘惑投降了，如何收拾這種局面就有對的和錯的兩種辦法。舉一個例吧，我們假定菲立普因為職務上的關係被派到國外，並有了短短的一段情史。他內心其實是一個好丈夫，因此在這件事上良心很受責備。這是一種很危險的情況，因為他感到悔恨，於是對妻子拚命討好，瑪麗絲本來是毫不疑心的，這時卻突然感到極大的懷疑。下面這個場景是錯誤的處理。

佈景：晚上，一間房裏。兩張椅子。菲立普在看書，突然抬起頭來望着火爐。雖然他鬢邊已開始灰白了，但模樣還是和以前一樣。瑪麗絲稍稍胖了一點，但這對她很合適……

菲　妳今天晚上真漂亮，瑪麗絲！

瑪　你怎麼啦，菲立普？我和平常一模一樣……只是我的頭髮很難看。那個新來的理髮師把我燙的頭髮弄糟啦。

沉默。火爐中輕輕地噼啪作響。下面街上有汽車的聲音。

菲　妳覺得幸福麼，瑪麗絲？

瑪　幸福？多古怪的一個問題，菲立普！……我當然幸福。

菲　有時候我覺得，妳根本沒有得到妳所喜歡的生活。我覺得我只注意到自己的興趣而忽視了妳的愛好，妳如果嫁給一位藝術家或者這一類的人，恐怕要好得多了。我剛認識妳時，妳非常喜歡音樂。現在我們幾乎難得聽到音樂……可能這是我的不好。我想到了……咱們明天晚上去聽那個妳非常想去的音樂會好嗎？

瑪 明天？……但是票子很久以前已賣完了。

菲 在代理商那裏，或者大旅館裏，總可以弄到票子的。

瑪 多好的主意呀，菲立普！……那我們可要破產啦。你自己說，你這次到斯堪地那維亞（Scandinavia）去出差之後，現在還覺得筋疲力盡呢。又沒有人給我照管孩子……不管怎樣，我可以在收音機裏非常清楚的聽到這個音樂會。

菲 那就照妳的意思做吧……我是一番好意，不過這片好心似乎沒有得到甚麼成績。妳聽我說，昨天晚上當我睡不着的時候……

瑪 你幹麼睡不着？……你不舒服麼？……

菲 不，一點也沒有，不過我是在想……我對自己說：「可憐的瑪麗絲！好幾年來她總是想到羅馬去，而我總是不答允，主要都是我自私自利，因為我喜歡奧弗涅（Auvergne）[1]，覺得那地方對我身體有益。我自己想，今年夏天我一定要帶她去真正的旅行一次……」事實上，請媽媽給我們帶一個月孩子是非常容易的……

瑪 （嘆氣）不，那並不容易……你媽媽年紀愈來愈大了，孩子們的吵鬧很教她心煩……而且，你也說過的，旅費多得不得了。你知道的，這樣子的假期我們過不起。

菲 我來告訴你一個秘密：我留着一點兒錢……那是我為了電極所做的工作而分到的花紅。

瑪 我就是不懂……我們已準備好了，就像往年一樣到奧弗涅去，那對你健康是有好處的。我們已訂好了房間，甚麼都安排好了……為甚麼要改變呢？

菲 就是為了要讓妳高興，我的寶貝。

瑪 這是很久很久以來第一次你叫我「我的寶貝」……我好像又年輕了。

菲 妳本來就很年輕……不，說正經的，過去三年中，我總是把妳拖到那個枯燥的溫泉區去，妳都要膩煩死啦……這一次妳不必再忍受這種沒有趣味的地方了，這才合理。

瑪 我知道的，回來後你整個冬天都會抱怨你身上的病痛。

菲 我不會抱怨的，親愛的，我向妳保證……只要妳真正幸福就是了。

瑪 為甚麼說真正幸福？今天晚上你到底怎麼啦？你瘋了……還是身體不舒服？……是怎麼一回事呀？

門鈴響。

[1] 奧弗涅乃法國熱門的溫泉區。——編者註

瑪　我去開門。呀！菲立普，這一籃花真是漂亮透啦……但今天不是我生日，也不是我們的結婚紀念日……會是誰送來的呢？你想會不會是你的司長，因為他到我們家裏來吃過飯？不，羅比勳先生到我們家裏吃飯那是在……又沒有卡片，真古怪，是麼？

菲　妳猜不出麼？

瑪　猜不出，你呢？

菲　我用不着猜，我知道。

瑪　難道這是你送的？……你在冬天送我這樣貴重的花，而且沒有任何原因？（突然哭了出來）啊！菲立普，你是曾對我不忠啦！

★　★　★

教授　各位先生，你們一定了解，這位丈夫的做法為甚麼是不對的。現在我要表示給你們看，一對有頭腦的夫妻應當怎樣對付這個同樣的局勢，他們用不到哭鬧爭吵，只須坦白和運用常識來處理。同樣的佈景，同樣的椅子，同樣的一對在看書的夫妻……但這一次是瑪麗絲先抬起頭來採取第一步行動。

★　★　★

瑪　菲立普，我遇見了桑黛兒，在你到瑞典之後幾天，她和她丈夫也到那邊去了……她告訴我的事是極有趣味的。

菲　說的是誰？

瑪　是你呀。女人的脾氣你是知道的。如果她們有機會說說一個朋友的閒話，她們總要利用一下……她告訴我，你把波多黎各代表團裏一個美麗的女人搞上了手，你和她怎樣在海濱度週末，又說這件事各國大使館裏的人都知道了。她假裝以為我早已知道了。她又順便說了一句話，說你的功夫真是了不起，說我應當為此而感到光榮！

菲　真是一隻母狗！桑黛兒一向在妒忌妳……我希望妳一句話也不會相信，是麼？

瑪　別想抵賴啦。桑黛兒是一隻母狗，但她碰巧說了真話。還有其他人證實了這件事，你自己的行徑也是另一個證明……你回來之後，行為一直很怪。你談到瑞典時的態度是這樣熱切；你在吃早飯的時候問郵差來過沒有，顯然心中很是焦急；你就像一個大學生那樣幼稚。不，別再想抵賴啦……相反的，你把這一切都告訴我吧，我就不會這樣難受了。

菲　妳或許不會呢……

瑪　但我是要聽呀……我知道的，在妒忌之中，到底最不好的是甚麼東西呢？那就是你覺得自己被人拋棄不理了。妒忌只是一種有毒的好奇心而已……如果你把我當成一個好朋友，把這件事坦白的說出來，我就不會再擔心了。

菲 很好，那我就說吧。沒錯，有這麼一回事……我在那邊確曾和一個女人在一起，不過時間很短。我沒有辦法，瑪麗絲，她非常美麗，她整個兒撲在我身上。隨便哪一個男人身處我的位置，都無法抵抗她。

瑪 啊！菲立普！我真恨！這件事結束了沒有？你還寫信給她麼？

菲 她寫了很多信給我……我回了三四封，但我可以發誓，這件事已經完結了。

瑪 她叫甚麼名字？

菲 那有甚麼關係？妳又不認識她。

瑪 我甚麼都要知道，甚至她的名字……我真的要知道，菲立普。

菲 很好，她叫做桃羅萊……桃羅萊．嘉西亞……在那邊，她的朋友們都叫她羅拉。

瑪 桃羅萊……這名字很漂亮。你是不是叫她羅拉？

菲 是的……不是……我記不起啦。

瑪 甚麼？你記不起？

菲 記不起了。憑良心說，我已不把她放在心上了。對於我，這只不過是我旅途中的一件偶然事件，並沒甚麼重要……雖然有過這件事，但我仍舊愛妳，瑪麗絲。我從來沒有停止過愛妳。

瑪 別這樣說……她怎樣呢？你愛過她沒有？

菲 或許，暫時的愛一下，但和我愛你不同。她只不過是一場夢，妳卻是我的真正生命。

瑪 你有沒有想到過，我也要做你的夢？……我曾經希望是你的一切，菲立普，就像你是我的一切那樣。

菲 那就做我的夢吧，親愛的……這完全由妳決定。在這件事情上，我們兩個人都是有錯的，雖然表面上似乎並不是這樣……沒錯，我知道，看上去好像只有我才有錯，但這並不完全對……我們的錯誤是把我們的愛情當做是理所當然的事。妳自己坦白的想一下吧。在過去兩三年中，妳有沒有像過去那樣設法討我喜歡呢？沒有，妳知道得很清楚，妳沒有。妳的品味很高，臉孔很漂亮，我一向對此引以為榮。看着你在一群女人之中，我心中快樂的這樣想：「我的太太比其他的女人都動人得多……」但為了某些原因……妳現在一點也不注意自己了。今天妳的頭髮真是難看得要命……我這樣說很抱歉，但事實如此。

瑪 我是想省錢。到理髮店去一次太花費了……我頭髮剪得這樣短就是為了這個原因。我也不喜歡這樣子。我知道這和我的臉型不配，而且也不流行了，但我是為了你才這樣做呀。你自己說，我們的用度很不寬裕……孩子們又要做新衣了，這點可別忘記……他們總是在長高。

菲　那完全沒錯，甜心，但一個沉浸在愛情中的女人可以創造奇蹟。

瑪　甚麼奇蹟？你當然不會希望一個女人為了弄錢來打扮以討丈夫的歡喜，而對她所崇拜的丈夫不忠吧？

菲　當然不希望，不過我願意她了解，婚姻中的幸福需要在一生之中不斷予以補充營養，增強它的力量，否則它就會慢慢衰退。瑪麗絲，我們來增強我們的幸福，好麼？……只要妳說好，我是非常願意的。

瑪　那桃羅萊又怎樣呢？

菲　我對桃羅萊很厭煩。

瑪　菲立普，對於一個你曾經愛過的女人，不要用這種口氣說話。如果你要我原諒你，那我必須相信你對她確曾有過真正的愛情才成。

菲　那是一時之間的發瘋。咱們忘了這件事吧。不，還是不要忘記的好，這件事是對於我們二人的一個教訓。

瑪 這就像那個「兩隻鴿子」的寓言：「一隻鴿子在窩裏住厭了，就飛了出去……」以後，我如聽到人家講到這故事，我就會難過得想哭。

菲 哭是沒有甚麼用的……這只會把你臉上的化妝弄壞。不，讓我們正視事實。以後我們一定要避免長期的到國外去旅行，要去也是兩個人一起去。親愛的，我知道妳這兩年來一直想到威尼斯去。到那邊去過一個假期怎麼樣？就只是我們兩個人，就像別的一對對的愛人那樣。你說好不好？

瑪 現在我不能回答你……這件事使我難過得要命，我定不下心來。

菲 妳不必回答。我知道妳的意思……啊！瑪麗絲，我們以後會非常幸福，比我們過去更幸福。妳記得「兩隻鴿子」那故事裏的話麼：「牠們哀傷的故事有了一個快樂的結局……」一場暴風雨之後，空氣總是更加乾淨。我們也是這樣。

瑪 （仍有點猶豫，但為所動）不錯，或許是這樣。

★ ★ ★

教授 這樣，我們這對夫妻的感情是更加好了，婚姻得到了鞏固。在以後的幾個月中，桃羅萊常常如鬼魅般在他們睡夢中和談話中出現，但不久就消失了。菲立普先忘記她，所以在這個小小的戲劇之後的兩三年，我們或許可以想像會有以下的場景發生。

★ ★ ★

瑪　菲立普，昨天晚上音樂會休息的時候，在走廊上走過我們身旁的那個女人你注意到了麼？……那個女人跟桑黛兒和盧米里在一起的。

菲　沒注意到，幹麼呀？

瑪　難道你不認識她啦？

菲　不認識……我應當認識她？

瑪　啊！菲立普……你一度曾經非常非常愛這女人。

菲　在這世界上，除了妳之外，難道還有誰是我非常非常之愛的？

瑪　你記性真糟……桃羅萊呀？

菲　哪一個桃羅萊？

瑪　哪一個桃羅萊？難道你忘記了嘉西亞小姐……桃羅萊……羅拉……蘿莉塔……

菲　啊！當然記得……不，憑良心說，我沒有認出她來。我心裏所想的真的距離她有十萬八千里呢……但妳怎麼知道是她？妳從來沒見過她。

瑪　我見過她的。我在桑黛兒家裏見過她，那是在你從瑞典回來的幾個月之後。桑黛兒的心壞得不得了，她故意把我們兩個人湊在一起，在我們好幾位共同的朋友面前演出這個不愉快的場面。

菲　那真是殘忍。

瑪　她用心是這樣，但我非常鎮靜。我知道桑黛兒非常希望我們演出一件很戲劇性的事來！但在別的客人面前，我甚麼話也不說。當桃羅萊離開桑黛兒家裏的時候，我設法送她回到她住的旅館裏去……在路上，我告訴她，對於那些破壞別人婚姻的女人，我有甚麼感想。

菲　這件事妳從來沒對我說過。

瑪　我一點也不希望你再想到這個美麗的人兒……因為她是非常美麗的。

菲　她發脾氣了麼？

瑪　一點也沒有。她寫了許多信給我，我們成為很好的朋友……所以我明天請她來吃中飯，因為我知道她現在是在巴黎。

菲　啊！看老天面上，別再理她啦！我不願意再見她。假使她來，我出去吃中飯。

瑪　那就顯得你是在避開她……你怕甚麼？

菲　怕是沒有甚麼怕……但這個女人曾一度使妳非常難受，妳又為甚麼要請她來吃飯呢？

瑪　在非常困難的渡過了一條河之後，重新踏上乾燥的陸地，那是非常之快樂的……我看到蘿莉塔之後，就會想到我曾經所感到過的劇烈痛苦，使我更加珍愛我目前的安全感。而且，我很喜歡你這個女朋友……我知道你所找的是一個很美麗的女人……但你還是喜歡我……這使我很高興。

菲　瑪麗絲，妳知道這次會面會使我非常狼狽。這一定會使我的胃痛得更厲害。別讓我吃這次苦頭吧……難道你一定要我為了你的緣故而再和嘉西亞小姐會面嗎？

瑪　我要這樣，菲立普。

★　★　★

教授　這就是婚姻的勝利。

鐘聲。

第十課　勾引

教授　各位女士，各位先生——我在上一課裏寫了那不忠的丈夫。今天我們要討論到妻子的不檢點。假使她很動人（我們假定是這樣吧），那麼登徒子就會向她糾纏不清。登徒子這個名詞你們聽來當然是太古老了。我想，稱他為「色狼」是更為時髦。在十八世紀時，勾引者是卡薩諾瓦（Giacomo Casanova）或者瓦爾蒙（Vicomte de Valmont），那是一個殘忍的、喜新棄舊的情人，不斷摧殘天真的少女。二十世紀的女人知識是豐富得多了，她們更會照顧自己，所以罪惡性的勾引或強姦是少起來了。但仍舊有一些職業化的勾引者，他們害了一個可憐的女人之後又去害第二個。這種男人為甚麼會具有危險性，他們的特性是值得研究一下的。使女人受到引誘的，通常是力量的表現。之所以是這樣，因為千百年來，女人總是靠男人保護。在現代，女人所欽羨的這種力量有許多不同的形式。明星足球員在愛好運動的女人中會得到勝利，而優秀的演奏家可以吸引愛音樂的女人的心。每個在他自己工作上有傑出成就的男人都有他的機會。政客、銀行家、外科醫生、作家、演員或網球冠軍，都可能成為勾引者。這些人中誰最能得到成功？那就要看女人和她們所生長的時代而定。在戰時，打了勝仗的將軍、突擊隊的隊長、得到勳章的轟炸機駕駛員佔有最優越的地位。在革命運動中，黨員、政委或獨裁者本身是女人最理想的對象。在普通社會裏[1]，出身和金錢都有很大的力量。在文化

[1] 當指資本主義社會及在其以前的各個社會。——譯者按

的圈子裏，詩人、作家和藝術家擁有許多五體投地崇拜他們的女人。拜倫、夏多布里昂、繆塞、李斯特、華格納這些人，終生都在和女人糾纏不清。在亞那托爾·法朗士（Anatole France）六十八歲的時候，還有一個美國少女為了他而自殺。加勃里愛爾·鄧南遮（Gabriele D'Annunzio）面貌之醜陋，適如他口才之便給，但一直到死都有許多女人委身於他。[2]

勾引者的身材如何也要看他所勾引的是甚麼女人而定。強壯而母性強烈的女人並不需要力量，她反而被軟弱所吸引。舉例說，喬治·桑（George Sand）只喜歡比她年輕、病態、需要保護的男人。今天的女姓比起她們的祖母，在生活上的裝備是好得多了，她們在經濟上得到了獨立，在運動中得到了健康的訓練。她們並不需要身體上的或經濟上的保護。因此，她們在選擇男人的時候，並不再重視強壯的體力。在今天的電影裏，你們很少看到勾引者是一個臂力驚人、滿胸是毛的人猿泰山型的人物。像謝勒·菲立普（Gérard Philippe）那一類人，看上去脆弱、冷淡、聰明，似乎對五十年代的女人最有吸引力。在美國電影裏我們可以看到，那種古怪笨拙、不修邊幅的男人，比有地位的銀行家或工廠老闆更受女人歡迎。這是因為現代的女人對生活感到膩煩，她們要求的是娛樂而不是被保護。但不論在甚麼時代，不論對付哪一種女人，勾引者最需要的是厚顏無恥。一個女人對於熱烈而堅決地追求她的男人，最容易屈服。現在已很少有甚麼男人認為勾引女人是他們生活中的主要目標。然而，還是有許多女人需要有一個愛慕她們的男人，以便滿足自己的虛榮心，而另外有一些女人則不可自拔地沉溺在自己羅曼蒂克的感情裏。勾引者完全清楚應當怎樣去填滿她們空虛的生活。他有一種偷情的技術，這使女人們幾乎無法抗拒他。比起其他任何一種遊戲或比賽，在愛情中，聲威確實更保證讓你得到勝利和成功。關鍵在於第一次的成功。他一得到了唐璜的名聲之後，有些女人常常不等他發動攻勢就已經向他屈服了。「假使別人都向他屈服了，我為甚麼不可以？……」她們似乎都是這樣想。唐璜的第一個情婦可能是他費心挑選過的；在此之後，是別的女人來選擇他了。拜倫善於勾引女人的名聲是眾所周知的。只要他對一位朋友的太太表示適當的尊敬，而不向她表達情愫，這位太太就永遠不會原諒他。[3]

我現在要給你們看看，瑪麗絲怎樣受到一個職業勾引者的引誘，這個人名叫迪克．馬拿加，那時候她對菲立普的愛情正在減退，或者是她自以為在減退。這件事發生在某天晚上的法國喜劇劇院中，那時劇院裏正在上演貝克（Henry Becque）所作的《巴黎人》（*La Parisienne*）。馬拿加坐在包廂中，以一種批評性的眼光在巡視觀眾。他黑色的鬈髮上已出現了斑白，他嘴角與眼角已有皺紋，但他一張臉看上去仍舊黝黑而健康。事實上，馬拿加對女人仍舊很有吸引力，他仍舊不斷的在拈花惹草。如果被這位鑒賞家選中，那麼一個女人的自尊心就可以得到極大的滿足。如果她過去在肉體之愛上一向感到失望，那麼她想這樣一位專家一定會給她前所未知的愉快。總而言之，這位年紀已經不小了的馬拿加仍舊保持着他的聲譽。這時候，他的注意力集中在某一個包廂裏。然後他很性急的回過頭來和他的同伴、汽車設計家亞爾伯達．拉埃克說話……

★　★　★

[2] 李斯特和華格納是作曲家，拜倫、夏多布里昂、繆塞、法朗士、鄧南遮都是作家及詩人。——譯者按

[3] 這位教授上面這段話，在西方的社會中可能是真實的，但中國人一般的觀念則完全不同。——譯者按

馬拿加（下稱「馬」）（非常激動）嗯，拉埃克，那個女人是誰？

拉埃克（下稱「拉」）　哪一個女人？

馬　這裏只有這個女人才有價值……那個臉上帶着愁容的金髮女人，在那邊……穿藍衣服的……坐在伯特蘭·施密特隔壁那包廂裏的。

拉　啊！那是菲立普·杜朗的太太。菲立普是在工程部做事的……非常能幹的工程師。事實上，羅吉·馬丁常建議我請他來做幫手……但之後沒有下文，我不知道是甚麼原因。

馬（仔細端詳菲立普）他相貌不壞……臉生得好……但下頷太瘦削……可能不大會得女人的歡心。

拉　你的話可怪啦……一個能幹的工程師為甚麼同時又要是一個得女人歡心的人？

馬　他不得女人歡心我很高興……拉埃克，在休息的時候你得替我介紹這位太太。

拉　介紹是可以的……但你只不過浪費時間……她是一個正派女人……資產階級的氣息很重，規矩得很。

馬（斷然地）那有甚麼關係？資產階級是一個快死亡的階級，他們的規矩早已不發生甚麼作用。我對你說，拉埃克……只要你用心，沒有一個女人是不能弄到手的，有的只是沒有人追求的女人。

拉 瞎說八道！你的自高自大真是荒謬絕倫；但雖然這樣，你這樣瞎搞我倒覺得很有趣。很好，我可以給你介紹。

馬 你必須向她解釋我是怎樣的一個人……

拉 好，這點你不必擔心。我會把受你欺騙過的無數女人的名字都列舉出來……我要告訴她，你怎樣弄得那可憐的少女彭森發了瘋……那意大利公主怎樣自殺，以及你的一切風流艷史。

喜劇院中的燈光暗了下來。鐘敲了三下，戲院中沒有聲音了。

佈景改為瑪麗絲的起坐間。這間房間並不是很漂亮的，我們早已知道了，但這一天，因為房裏堆滿了鮮花，顯得特別的光采。雕花的茶桌上有一盆紅玫瑰，仿攝政期式樣的壁爐架上有兩瓶蘭花，窗檻上有一束野花，房間的另一角裏又有一籃玫瑰。嘉麗娜和瑪麗絲一起坐在沙發上，看到這許多花不勝驚訝。

嘉麗娜（下稱「嘉」） 我就是沒法子相信，瑪麗絲！一個妳也不大認識的男人真會送這許多花給你？

瑪 （很驕傲，但也有點不好意思）是的，那是一天晚上我在劇院裏遇到的一個人……我只在休息的時候和他會面了十分鐘……但在演戲的時候，他老是目不轉睛的瞧我……一直到戲散場，我感覺到他的眼睛始終沒離開過我。

嘉　這就是那聲名狼藉的馬拿加麼？

瑪　是的，迪克．馬拿加……是拉埃克給我介紹的，他對菲立普是很重視的。但馬拿加是真的這樣聲名狼藉麼？

嘉　妳可別假裝甚麼都不知道啦。馬拿加這些風流艷史我聽人說過，妳也都聽見過。妳知道他曾和數不清的女人發生過關係……女演員、上流女人，以及許多外國的女名人。親愛的，妳難道忘記了，瑪蒂納．彭森和畢姆碧諾公主甚至為他而自殺……現在他是在追求妳了。親愛的，妳運氣真好。

瑪　他不來追求，我反而高興得多啦……上個星期我的生活是怎樣過的，妳真是猜也別想猜到。整天門鈴響，每次總是花店裏又送了花來。昨天，他送了我一大瓶香水，是我最喜歡的那一種。這簡直不成話啦。妳想菲立普會怎樣想？

嘉　是啊。菲立普怎樣呢？

瑪　他大發脾氣，他要我把花都送回去。但我怎麼能？……最初送來的花我接受了，接受了一次之後，要發脾氣是不成了……更糟的是，這個人一天打十次電話給我……他知道菲立普甚麼時候上班……我親愛的，他在電話裏說的話可就……

嘉　他說的是些甚麼話？

瑪　我簡直不敢對妳說……他說他從來沒見過我這樣完美的女人，說他不斷的想起我的臉，說他現在一看到其他的女人就感到不耐煩……總而言之，他要再見我一次。只要他能單獨和我相會，他說他就會使我相信，他是在深受情感的折磨……還有許多更熱情的話，我不願說給你聽（嘆息。）……不過這些話很美妙，沒有一個男人曾這樣對我說過。

嘉　妳想他的話是有誠意的麼？

瑪麗絲手一揮，向那些鮮花一指，好像表示這些花已足夠證明。這時門鈴響了。

瑪　你瞧，又是他……范莉斯都要被他搞瘋啦。

過了一會兒，女僕進來，有點兒猶豫，有點兒開玩笑。

范莉斯（下稱「范」）　又是送給妳的一個包裹，太太！

瑪麗絲向嘉麗娜望了一眼，毫無辦法地聳聳肩，拿起那隻蓋有火漆印的小盒。范莉斯出去了。

瑪　（打開了小盒）啊，嘉麗娜，妳瞧這個！

紅盒上印有一家著名珠寶店的店號，裏面是一個美麗的別針——一枝花的樣子，許多紅寶石、青玉和綠寶石鑲在精緻的白金花幹上。

嘉　（嚇呆了）多漂亮啊！我從來沒見過這樣可愛的東西。

瑪　（深受感動）這非常美麗，是麼？那正是我一向所想要的東西……（愁悶地。）我是永遠不會有的。

嘉　妳這話是甚麼意思？妳現在已經有啦，我的小東西。

瑪　是的，但我一定得退回去……這次他未免太過份了……你想，假使我接受了這樣的禮物，我怎麼能拒絕見他？

嘉　妳為甚麼不可以見他？妳在這裏接待他並沒有甚麼不好，范莉斯是在家裏呀……妳也請過別的男性朋友到家裏來，菲立普一點都沒反對。

瑪　那當然，不過那些是老朋友。這個人哪，卻像一頭餓鷹那樣撲向我們……而且，我也不能信任自己……當他和我說話的時候，我就像是一隻受了催眠的可憐的野獸。今天上午的電話……

嘉　妳為甚麼不把電話掛斷？

瑪　那只有更糟……他不斷的打過來……結果我不得不去接聽，因為范莉斯被搞得頭昏腦脹了……她不懂到底是怎麼一回事，這也難怪她！

嘉　菲立普不久又會到外國去麼？星期天他曾和我們談起他的一些秘密合同。

瑪　是的，下星期他要和他上司一起到里昂去五天。

嘉　那就是妳請馬拿加到家裏來的機會。

瑪　啊！但不要在菲立普不在家的時候……

嘉　我親愛的，我就是不能了解妳……妳難道真的要他在這裏？老實說，如果我是妳，我就知道自己心裏的情感……這個男人顯然是對妳着了迷……（她拿起盒子，仔細觀察那隻別針。）老天爺，這真美極啦！這幾朵花就像真花那樣好看……難道妳真的要退回去？

瑪　當然啦。但我要等到明天……今天晚上我們要出去吃飯。我想戴它一次，讓桑黛兒嚇一大跳。妳想像一下，她看見這隻別針的時候會有甚麼表情！

嘉　不過這不大好……菲立普會怎樣說？

瑪　菲立普？我親愛的，他甚至看也不會看。他向來不注意珠寶首飾……他連真的鑽石和便宜的玻璃飾物也分不清楚。

嘉　或許是這樣，但假使桑黛兒注意到了……那她一定會抓住這機會，很狡猾的使菲立普大起疑心。

瑪　啊，嗯，我會對菲立普說這是玻璃做的，並不是真的寶石，我說桑黛兒就是愛瞎說八道……

嘉　他會相信麼？

瑪　（驕傲地）菲立普對我是絕對信任的，我隨便說甚麼話他都完全相信。

嘉　我親愛的，妳真了不起。

幾天之後，瑪麗絲在她那陰暗的家裏等候馬拿加的到來。她很激動，頗有點緊張。正如嘉麗娜所說的，菲立普不在家的時候她曾邀過別的男人到家裏來。但她怕馬拿加古怪而猛烈的態度會引起范莉斯的注意。而且，他是一向奢侈慣了的，對於這間小小的起坐間和屋子裏廉價的家具會有甚麼感想呢？瑪麗絲整個上午都花在理髮店裏，她還修了指甲修了面。一照鏡子之後她大為放心，她從來沒顯得這樣美麗過。她還曾到一家出名的服裝店去買了一套衣裳……這套衣服不會經久，因為料子不好，但至少現在看上去很精緻。請他喝茶呢？雞尾酒？葡萄酒？還是水果汁？瑪麗絲怕自己所選的全不對。另一個問題，假使這個勾引者真的很猛烈的要求起來，她怎樣自衛？好奇、膩煩及神往，使她自己覺得，將來總有一天她會委身於這個她並不愛的男人，但時間要盡可能的往後拖，也決不能在她自己家裏，決不能在菲立普的屋子裏。她突然想起，如在爐子裏生一個火，當會使這間陰沉的起坐間顯得比較舒適動人。她按鈴。

瑪　范莉斯，我覺得很冷……這層樓真是潮濕！生一個火，好麼？

范　但是妳記得麼，太太？上次我們生火，煙得我們氣都透不過來啦。

瑪 我知道，但先生說，這只不過是由於起霧，或者是因為風向的關係。我忘記了是甚麼原因……今天不會又是這樣的……妳已經買了柴，放在其他房裏。我們來試試吧。

范莉斯試了，結果大糟特糟。滿屋都是濃煙，兩個人淚水都被薰出來了。這時門鈴響了。

瑪 老天！是他……這裏這麼多煙，我怎麼能讓他到這裏來？

范 妳到飯廳去吧，太太，我可以把吃的東西拿過來。那邊是很妥當的。

瑪 （狼狽）啊唷，真是糟透啦—那間難看的房間！……但我們又能到甚麼其他的地方去呢？（門鈴又響了，這次聲音很大，很不耐煩。）快去開門。

瑪麗絲到飯廳去。她匆匆忙忙地把還放在餐具架上的一盒牙籤和一盒水果收起來。門開了，范莉斯把馬拿加引進來，范莉斯現在容光煥發，因為得了一千法郎的賞錢，馬拿加穿了一套最漂亮的淡灰衣服。這位勾引者進來時面帶笑容，充滿自信，但當看到上面空無一物的桌子、六張硬椅子，以及朝着一個陰暗的院子打開着的窗子時，他的笑容消失了，變成一副吃驚的神情。在這樣一個佈景中，決不能演出一個成功的愛情場面。

馬 （諷刺地）多麼愉快的一個地方……但是，親愛的女士，妳似乎應該在一個更加舒適點的房間裏接見我……更加隨隨便便的一間，成嗎？（他吻她的手。）

瑪　（囁嚅地）是的，我知道。我非常抱歉……我想生一個火……但煙囪很久不用了……現在起坐間裏全是煙！真對不起。

馬　（很小心地坐在她身旁的一張椅子上，對於他魁梧的身材，這張椅子未免是太單薄了。）用木材來生一個火！真是美妙的念頭。火燄照射在赤裸的皮膚上，沒有比這更可愛的了……這給了我鼓勵。

他環抱她的肩頭，想把她拉近。她抗拒。

瑪　（擔心地）我們得謹慎些。女傭人隨時會進來……你喜歡喝點甚麼？茶？還是葡萄酒？

馬　茶？向來不喝……我喜歡葡萄酒，不過要是陳的濃的，但現在不喝……過了之後。（意義深長地）

瑪　（真的不懂）在甚麼之後？或許你喜歡吃一片三文治或是餅？這裏都有。

馬　（乖張地）我親愛的女士，我不喜歡被女人愚弄，不管她是多麼可愛的一個人兒……在這時候，我本來可以去參加好幾個雞尾酒會，我並不是因為肚子餓，才到這個陰沉沉的地方來吃三文治的。有些男人對他所愛的女人只要能向她表示溫柔的尊重，和她談談新出版的小說，就心裏滿足了，我可不是這種男人。我的作風不大相同，妳一定知道得很清楚……我所以到這裏來，因為我愛妳愛得發瘋了……因為自從我遇到妳以後，我便不顧一切的要得到妳。

他一面說一面接近瑪麗絲。她嚇呆了，向廚房門口倒退。正在這時，范莉斯進來了，幾乎撞在馬拿加身上，他一見她就憤怒地喝問。

馬 （狂怒）誰叫妳來的？

范 （嚇倒了）但，先生……太太對我說過。

瑪 （安靜而堅決）那很好，范莉斯……把盤子放在那邊好了。

馬 麵包卷和朱古力？還有甚麼呢！這帶我回到學生時代去啦。

瑪 （現在是她在調弄他了，她已控制了這局勢）我正是這樣想。

范莉斯的出現使這個勾引者不得不坐下來。他是一個決斷很迅速的人。就像拿破崙那樣，他知道愛情就和戰爭一樣，要得到成功必須短兵相接。這間房子裏既沒有長椅又沒有沙發，和廚房又這樣近，他決不能在這地方進行攻擊。因此他改變了戰術，一等范莉斯離開，就同情地聳聳肩。

馬 可憐的小東西！（瑪麗絲大惑不解。）不錯，可憐的小東西！妳年輕，妳美麗得不得了，而妳一生卻要在這樣糟糕的地方度過！（她作了一個抗議的姿態。）是的，糟糕，妳是知道得很清楚的。妳的修養太好，所以對醜惡的環境不大在乎……只要一看妳所穿的衣服，就可以知道妳到底是怎樣的一個人。我第一次見到妳的晚上妳所穿的那套藍色衣服……那真了不起……可愛的線條。我所以知道，是因為我注意這些東西，我可以斷定妳丈夫從來不注意……我還可以斷定，這樣難看的家具一定是他挑選的。我猜得對不對？

瑪　那是他家裏的東西……菲立普對這些並不在乎。

馬　（諷刺的語氣）或許是這樣，但他使得妳有了這樣糟透了的東西……我可以聽到他這樣說：「不，親愛的，我們買不起新的家具……我爸爸媽媽的椅子，我們將就着用一下就算了。」妳瞧，這些藤椅把妳的衣裳弄成這副樣子；全是凹凹凸凸的紋路！妳聽我說，瑪麗絲，妳一定得到我住的地方去，妳在那邊可以發現一個和妳的美貌相配合的環境……我的黑長椅，我的毛皮地氈，以及像妳手臂那樣柔軟的墊子。（瑪麗絲讓他撫摸她的手臂。）妳在我住的地方可以見到我親手佈置的花卉裝飾……我收集的羅丹的繪畫，其猛烈和性感，就如我對妳的愛情那樣……妳可以在我衣櫃裏找到美麗的睡衣和女性內衣，妳穿起來一定非常合身，因為我會幫妳穿。我的傭人非常謹慎，而且是瞧不見的。妳根本不用見到他們……我自己來給妳開門……妳答允來吧。

瑪　說得小聲點……求求你。

馬　（放低了聲音，非常溫柔）很好，但妳答允來……妳丈夫不在這裏，他甚麼時候回來？

瑪　星期五，但是……

馬 那麼妳星期四來……我在五點鐘等你。用不着回答……五點正我在門口等電梯上來。在我住的地方，妳將會得到妳從來沒有過的快樂，可憐的親親……不要回答。

他站起來，用力地吻她的手，退向門口，做手勢叫她不要動。

星期四。四點鐘。瑪麗絲的臥室。她剛打扮好，在鏡子中端詳自己。她那套灰褐色的綯綢衣服，式樣簡潔，但剪裁完美。她的手袋和皮鞋是粽色鱷魚皮的，和帽子與手套的顏色相配。（這個月的開支預算有點不容易平衡了。）現在要考慮的是，要不要戴他所送的那個寶石花別針呢？她別在衣服上試了一試。又放回到盒子裏，她感覺到，她自己這種光采的單純之美是更加好看。

瑪麗絲的獨白，她在考慮。

我去不去呢？我知道我並不愛他……他的自高自大和隨便輕浮簡直到了荒謬的地步……有時候他把我內心最惡劣的一面發掘出來，又激起我從來沒感覺過的最可怕的慾望……但我是不是願意永遠和他住在一起呢？老天，我不願！而且，他也並不希望這樣。對於他，我只不過是他許多情婦中的一個。我可以維持一個月，或者兩個月，最多不過六個月。（她在鏡子中照照。）不過很明顯，我的確打動了他。自從他開始追求我以來，我覺得自己是更美了，那的確是這樣……我不知道那是甚麼原因。這是情感？賣弄風情？還是我在想努力達到一種菲立普從來不會想到的雅緻和完美？……可憐的菲立普！這時候，他正在里昂一家旅館裏，很快樂的想到明天要回到我身邊來……因為他的確是用他那種粗糙而笨拙的方式來愛我的……這種愛情或許並不完美，但他少不了我。如果他要在我和其他任何東西之間作選擇，菲立普總是會選我……馬拿加則會選他最新遇到的情人，只要她是最新奇、最會逢迎的……然而，我從少女時代就在渴望的一種我不知道的東西，或許只有馬拿加才能給我……西比爾說他住的那層樓是一件藝術品……他的愛情怎樣呢？這個我不太有信心。他的極端自我中心，會把一切都搞糟。即使假定一切都很好，為了一小時的歡娛而把一生毀滅掉，是不是值得呢？……這樣，和菲立普之間，一切就算完了……我和他永遠不能再自自然然的相愛……馬拿加會把這一切都破壞的……他把他所有的情婦都給毀了……（她站在鏡子面前，下意識地脫下帽子。）假使我不去呢？假如我叫范莉斯打電話給他說我身體不舒服？他一定會大發脾氣，暴跳如雷……我可能不會再見到他……我是不是真的這樣不捨得？（她又戴上帽子。）可能我心中真的會感到遺憾，他帶給我生命中的一切興奮激動我也一定錯過了……我對嘉麗娜怎樣說好呢？……是的，但菲立普會怎樣！

她脫下帽子。這時大門砰的一聲。只有菲立普才會這樣響的關門。瑪麗絲嚇了一跳，側耳傾聽。她聽到菲立普的腳步聲，以及他把皮包丟在箱子上的那個熟悉的聲音。然後是菲立普的聲音很開心地問：「太太在家麼？」

范莉斯的聲音　在家，先生……她正要出去。現在她準備好了。

菲　（走進臥室來）準備好了幹麼？……歡迎她的丈夫麼？

瑪　（歡容滿臉）是的，親愛的……我從來沒有這樣歡喜見到你。但怎麼了？我以為你是明天回來的。

菲 不錯。我本來也是預備明天回來的。但今天早晨司長決定乘快車回來，我們匆匆忙忙的離開，所以我沒有時間通知妳……妳真是漂亮，瑪麗絲！妳要到甚麼地方去麼？

瑪 我還沒有決定……馬拿加剛才打電話來。

菲 又是他！……我愈來愈討厭他啦。

瑪 今天晚上他要舉行一個雞尾酒會，他說可以乘這機會把他所收集的羅丹的繪畫拿給我們看。

菲 又是這一套！他明知我不在家。妳當然不會單身到他住的地方去，是麼？

瑪 我正要叫范莉斯打電話給他，用一個甚麼藉口說我不去，但現在你回來了，我們就可以去啦，親愛的……今天晚上你沒有甚麼特別的事吧？坐了這麼久火車你累不累？

菲 （粗魯地）我一點也不累，但妳別想拉我到馬拿加那裏去。

瑪 為甚麼不，親愛的？他見到你一定會很高興。

菲 我可不大相信。

瑪 假使他不高興，那可更有趣啦……

菲（終於屈服）妳一定要我去？好吧。給我五分鐘換一套衣服，咱們就去。

他匆匆跑進浴室，砰的一聲把門關上了。瑪麗絲一個人留在房裏，又照照鏡子看看那一身完美的灰褐色衣飾。她輕輕嘆了一口氣，然後微笑起來。她想像馬拿加穿了一件晨褸來開門，她決定要這樣說：「我把我丈夫帶來啦。我想這一定更有趣。」

第十一課　重大的不幸事件

教授　各位女士，各位先生，在以前的幾課中，我曾顯示給你們看，在婚姻生活中可能發生甚麼危險，但我所表示的婚姻並不是一種妥協，也不是破裂。我們知道，瑪麗絲設法抗拒了勾引她的人，那是她第一次遇到的誘惑。這很值得讚美，但她將來是否會仍舊忠誠，可惜得很，我們無法確定。假使不忠呢？那就是有了外遇；假使發生了這種事情，結果可能是離婚，也可能是一種很難堪的妥協。在這一課中，我要把這種情況提出來向你們作一個警告。

我們這樣想像，菲立普的收入並不好，而且過份節儉，沒有供給瑪麗絲足夠的錢來購置體面的衣着、支付孩子們的費用及家用。但瑪麗絲仍舊還很美麗，很動人，渴想漂亮的衣服。一天，一個有錢的中年人，他是一個退休了的大使，向瑪麗絲建議幫助她解決這個兩難的問題。最初她很憤慨地拒絕了。漸漸地，她終於接受了他的引誘。他對她的愛慕、他的性格和謙遜使她感動了。總而言之，她屈服了。菲立普整天不在家，她有極多的機會和一個情人幽會，即使他的住所離開巴黎是相當遠的。一個妻子竟可以很容易的在家用賬中開支一筆數目巨大到了荒唐地步的款子，而丈夫不致發覺，她對這點很感驚異。還是菲立普故意假裝不知道呢？不會的，瑪麗絲絕對相信她丈夫對她的信任和盲目。或許，她現在已找到了真正的妥協。

在下面這些場景中，我要顯示給你們看，她為甚麼錯了。這是一種虛假的安全。因為，對於沉溺在這種妥協之中的人，任何時候發生的一個偶然事件都可給他以極重大的打擊。第一場戲發生在這對杜朗夫婦的臥室中，時間是一九四八年一月二十八日。（你馬上就會知道我為甚麼要強調這個日子。）百葉簾還沒有拉上。菲立普從牀上跳下來，開了電燈，脫去睡衣開始做早操。彎腰，提腿，深呼吸……

★　★　★

瑪　（睡在被裏，睡意未醒）你幹麼不穿衣服站在那裏呢？你會傷風的……幹麼開電燈？你把我弄醒啦。

菲　我在做早操，親愛的。已經七點鐘啦……

瑪　已經七點鐘啦？（打哈欠）我覺得好像剛剛上牀呢。

菲　（拉開窗簾）妳看書看得這樣夜。妳瞧……天早亮啦，對面的老太太在煮咖啡了。

瑪　（打哈欠）把收音機打開吧。

菲立普轉過身來，溫柔地看她。他一向覺得他太太很漂亮。她睡眼惺忪地躺在那裏，柔軟的頭髮蓬鬆着，他對她那股孩子氣的神氣很是着迷。

瑪　別這樣瞧我。我早晨難看得很……你在等甚麼呀？……開收音機吧，否則新聞報道要聽不到了。

菲立普開收音機。新聞已報道了一半。

報道員　……因此，政府決定收回所有五千法郎面額的鈔票，這種鈔票以後不得在市面流通。持有這種鈔票的人應將鈔票交回任何銀行。從星期一起，持有小量這種鈔票的人可以得到補償，但數額有一定限制，有待決定。兌換截止的日期即將公佈。據估計，這種五千法郎的鈔票在市面流通的共達三億三千萬張。

瑪麗絲吃了一驚，坐了起來。她迅速地把披在眼上的頭髮撩開。

瑪　甚麼？他們瘋啦！

菲　（在扣襯衫扣子）一點也沒瘋，親愛的……我很久以前就預料到啦……這可以整一整那些把鈔票藏起來的人，尤其是那些搞黑市買賣的傢伙。

瑪　你早就知道了？你為甚麼從來不說起？

菲　因為這不會影響到我們。唉！沒有人能說我們囤積……我只有三張五千法郎的鈔票，我藏着是準備買妳的生日禮物的……至於妳呢，昨天妳對我說家用的錢已經完了……所以，那又何必擔心呢？

瑪　你說得對，這和我們沒關係……你這三張鈔票怎麼辦呢？

菲　（把吊褲帶拉到肩上）啊，那容易辦！我只要交給銀行就成了，但為免麻煩，我或許可以把這三張鈔票和部裏公家的鈔票一起去兌，出納主任和我關係很好。部裏快發薪水了，他手邊有成千成萬的鈔票呢。我這三張鈔票他馬上就可以換出去。但老天爺，妳幹麼要擔心呢？這和我們是沒有關係的，親愛的。

瑪　你說得不錯……我不大懂。這是你的事情……不管怎樣，你總是一家之主。來吻我吧……不，再吻得好些！你回來吃中飯嗎？

菲　當然回來。

她又睡下去，閉上了眼睛。但她是假裝睡着，因為她一聽見菲立普砰的一聲關上了大門，她就跳下牀來，跑到她的五斗櫃去，拿出一大卷鈔票來開始點數。然後她把這卷鈔票又藏在一堆女人的內衣底下，沉思着回到牀上。她睡下來，看了一下時間，拿起電話撥了一個號碼。電話響了很久，對方顯然還在睡覺。終於有人接電話了……

瑪　是妳嗎，蓓達？……不錯，我知道現在還早得很。請妳原諒，但我要請妳特別幫我一個忙……收音機裏廣播的關於五千法郎鈔票的事妳聽到了麼？沒有……當然啦，妳是在睡覺。嗯，妳聽我說。政府決定收回這些五千法郎面額的鈔票，從今天上午起不能再用。有這種鈔票的人必須將鈔票交給銀行，以後可用小額鈔票補還。甚麼？（停了一下。）這對妳沒有影響？……啊，妳講起來就和菲立普一模一樣！……但這對我有影響呀，我的小東西，因為我有三十萬法郎這種鈔票！妳知道，我不能請菲立普去兌這些鈔票，也不能請他寫一張授權書給我，因為……嗯，我何必對妳隱瞞呢，因為這些鈔票是大使給我的。（停了一會。）我不應該接受這些錢？……妳以為我願意要麼？……不錯，當然，我愛我的丈夫，的確是非常之愛，但為了讓他歡喜，我必須穿得好好的，請上等的理髮師做頭髮……這樣子要花多少錢，菲立普一點也不知道……甚麼？我親愛的，我並不是要妳教訓我，而是要妳幫我忙呀……妳能夠的，比誰都便當，因為妳是離了婚的，用不着請丈夫簽字。妳只須把我的錢拿去兌換，就像是妳自己的一樣好了……那有甚麼麻煩？為甚麼會困難？妳只要說自從一九四〇年被佔領以來，妳家裏就放着很多錢……那是很自然的。不，我不能請大使自己去兌換。為甚麼？……因為他不在這裏，他到美國去了，要一個月之後才回來，而兌換到下星期就截止了。妳聽我說。啊，蓓達，妳真沒有情義！我真想不到妳是這樣的。從前妳和丈夫在一起的時候，我至少也幫過妳這種忙……嗯，或許並不完全相同，但我非常成功的替妳隱瞞，幫助妳打贏了那樁離婚官司。妳記性真壞，我親愛的……妳不敢冒險？好吧，但請妳保守這個秘密。我只告訴過妳一個人。假使這件事在巴黎傳開來，或者傳到菲立普耳朵裏，那我就不知道怎麼辦了。當然，我信任妳，我只不過表示我的確……我才提醒你，就這樣而已……是的，我會在嘉麗娜的派對裏和妳會面……這件事我怎麼辦？……別擔心，我另外會想辦法的。我只要求妳保守這個秘密。

當天中午。瑪麗絲現在是一派端謹的模樣，穿着黑色和白色的衣服，在等菲立普回來。非常準時，大門砰的響了，就像平時一樣的震動了各種飾物和壁上的圖畫。

菲　（彎下腰來吻瑪麗絲）嗯，把這些鈔票收回去，的確是一個精彩之極的主意……那些人可要麻煩了！不知道有多少壞良心的人！

瑪　是的，今天上午我自己也找到了證據。

菲　你說甚麼？

瑪　我可以告訴你，但有一個條件……那就是你不能問我這和誰有關。

菲　幹麼這樣神秘呀？

瑪　因為我曾用人格擔保不提這個人的名字——甚至對你也不提——你知道，我說過的話是一定算數的。

菲　但親愛的，至少妳得告訴我，這個人我認不認識？

瑪　當然認識……她是我們的朋友……只說到這裏為止，別問她的名字……我們叫她做X太太好了。反正沒甚麼分別……今天上午我正要出去買東西，在過道上遇到了她，她說：「真幸運！我正要來看你。」當然我覺得很奇怪，上午十一點鐘去拜訪人家是不大有的，不管怎樣，我不想請她進來，因為屋子還沒收拾好。所以我說：「妳瞧，親愛的，我必須出去買東西。咱們一起去吧，咱們在路上談。」我們一起出去，她把她那教人難以相信的事告訴了我……她很愛慕她丈夫，那是很自然的，因為他年輕漂亮，風流瀟灑。但他掙的錢不多，更糟的是，他對這一點毫不在乎……但他總是希望那可憐的……啊，親愛的，我幾乎把她名字說出來啦……因為他希望她妻子打扮得漂漂亮亮，頭髮和指甲都修飾得整整齊齊，她單是花在理髮和美甲的錢就去了家用的一半。所以她有了一個情人，一個有錢的中年人。

菲 她不愛這個人？

瑪 這說起來相當複雜。她實際上並不愛他，但心中對他存着某種溫情和感激，甚至有一點敬仰，因為這個人是一個出名的人。但不管她真正的感情怎麼樣，這個「有錢人」到外國去度假之前給了她三十萬法郎。

菲 都是五千法郎的鈔票？

瑪 你真聰明，親愛的！其餘的事情你都猜得到了。她說，「你想，我真是為難。這三十萬法郎我是損失不起的，我欠了好幾家店裏的錢……而今天早晨宣佈了這個可怕的消息，我怎麼辦呢？收音機裏報道說，只有家長[1]才可以去兌換這種鈔票。我不能要求……」老天！這次我又差一點把她丈夫的名字說出來啦。

[1] 家長指一家之主或丈夫。——編者註

菲　以後怎樣？難道她想叫我們替她去兌？

瑪　不錯，她當然希望這樣，她就是這樣說。「妳丈夫是政府的公務員，他去兌換一下是很便當的……我相信他一定肯答應，他一向待人是很好的……」她是很敬仰你的，親愛的。

菲　（粗魯地）我不感興趣。我只要一個女人，那就是妳……我希望妳對她說滾他媽的，她是罪有應得。

瑪　但我說不出呀，她的處境感動了我……她顯然是很誠懇的；她非常怕她丈夫知道這件事，因而使他心中難受。我真的覺得她的話是真誠的，只因為她真正愛她丈夫，她才弄得這樣狼狽……

菲　（憤怒地用拳頭敲桌）妳瘋了麼！妳知不知道妳自己在說甚麼話？這個女人非常愛她丈夫，以致不得不對他不忠？……沒錯，這一刻鐘來，妳想告訴我的就是這麼一回事。

瑪　你的心腸真硬！你好像並沒有懂……真怪，我總以為你要敏感得多呢……前天我還對蓓達說：「我的丈夫了解女人的心事，我有這樣一個丈夫真是運氣不壞……」

菲　這個女人是蓓達麼？

瑪　不是，親愛的！怎麼會是呢？蓓達是離了婚的，她愛怎樣便怎樣……別費心去猜啦，你一定猜不到的……甚至是我，當時也大吃一驚呢！

菲 但我希望妳並沒有答允幫助她，是嗎？

瑪 啊，菲立普！有時候你的腦筋真不靈！當我們聽到收音機裏報道這新聞時，我問你這會不會影響我們，你回答說：「絕對不會的，出納主任有成千成萬這種鈔票；我們這幾張可以很容易送到部裏請他一起去兌……」我想在我們的鈔票中再加上幾張，你當然不會反對的。你不認同麼？

菲 妳收了她的鈔票？

瑪 就在這裏……從今天上午起，這些鈔票就一直放在我這手袋裏。

菲立普從桌邊站起來，因為憤怒而全身發抖。他在那小小的起坐間裏走來走去，雙手放在背後，滔滔不絕地口出粗言。

瑪 幹麼呀？別這樣荒唐啦，菲立普。過來坐下，喝咖啡吧，都快冷啦。

菲 我不要喝甚麼咖啡……這件事我氣得很！這教我非常麻煩，妳難道不知道？今天上午我在辦公室裏對人家說我只有三張這種鈔票。現在突然來了這樣大一筆款子，妳教我怎樣解釋？

瑪 啊，你會辦得妥妥當當的！你善於解釋，總不愁找不到藉口的。

菲 但我一點也不想去找藉口。這件事情我整個兒就討厭……我很恨這種事，我不想牽涉在裏頭。

瑪 好吧，親愛的，我本來以為你脾氣是很好的，但我弄錯啦，我馬上去看這個可憐的女人，把鈔票還給她。當然我很怕去，因為我知道這對她是一個可怕的打擊。今天上午她都好像快自殺啦，可憐的東西，我答應幫助她，主要就是為了這原因……但既然你不願意，或者是辦不到！而且，我知道真正的原因，是你自己又作不得主。

菲立普又坐下來，攪一攪他已喝了一半的那杯咖啡。

菲 問題不在這裏……雖然我自己作不得主，但只要我願意，我很容易把這些鈔票去兌掉……我和出納主任的交情很好，我知道他在星期一之前不會去兌換的……但我認為，在這樁醜事中幫她忙是不道德的。

瑪 （走過去拉着他的手）親愛的，我們不要太隨便的判斷別人。我們生活過得很幸福，我們的收支可以平衡，你的收入可以讓我們過得舒舒服服的，可不能以為別人也能和我們一樣啊。有許多女性朋友曾向我談起過這個問題，我知道有好幾對青年夫妻的經濟問題嚴重得不得了……如果一個妻子是真正愛她丈夫的話，她怎麼能告訴他，他供給不起她所一向過慣了的生活？……尤其是假使他收入太少的話？我們可以慶幸我們運氣好，但我們可別做法利賽人，在別人不幸的時候去責備他們。

菲 （直截了當地）把鈔票給我……妳仔細數過麼？假使少了我可不願負責！

瑪 我數過兩遍。但你自己點一下。你數鈔票的本事比我好得多了……而且是這樣快。

菲 （得意）那因為我是數慣了的……

幾星期之後。菲立普從辦公室裏回來，靜靜地把三十卷鈔票放在瑪麗絲的桌上。瑪麗絲抬起頭來，一副毫不知情的詢問的眼光。

菲 在這裏了。

瑪 這是甚麼，菲立普？這許多錢哪裏來的？

菲 這是妳那位神秘朋友的三十萬法郎。妳那位美麗的、不貞潔的女人總可以滿足了。至少，我希望她是美麗的……不管怎樣，我想我知道她是誰。

瑪 甚麼事都瞞你不過的……但我可沒對你說過呀，親愛的……何必現在去找她出來妮？你已幫助了一個遇到重大困難的人，我非常感激。讓它去吧，別再想起她。

菲 我總不自禁的要想到那個頭腦簡單的可憐的丈夫，他被人在背後搞了這麼一齣把戲，可是他自己還在洋洋得意呢……

瑪 他為甚麼可憐呢？這件事他並不知道。他完完全全是快樂的。

★　★　★

鈴聲。下課後，一個學生停留了一下，然後走到教授跟前。

女學生　你知道……我不喜歡今天最後那一場戲。這教人覺得不愉快。

教授　不錯，小姐，但必須要知道，生活中是有這種「不愉快的」場景的。或許，妳將來會有一天因此而避免了自己扮演這種角色的危險。

女學生　或許會的，但你破壞了我對瑪麗絲的印象。我對她的看法本來是不同的。

教授　別擔心，下次妳看到的瑪麗絲又會教妳喜歡了。

第十二課 銀婚

教授 各位女士，各位先生，今天是我們這個講座的最後一課。今天是瑪麗絲和菲立普的結婚二十五週年，習慣上這稱為銀婚，為甚麼選中了第二十五週年呢？可能是因為人們計數時是用一百一百來算的。人們重視一世紀這個數目。他們很熱心地慶祝詩人、藝術家、將軍的百年誕辰或百年祭，但沒有人有過結婚一世紀的經驗！所以，我們慶祝半世紀的婚姻，說這是金婚；慶祝四分之一世紀的婚姻，說這是銀婚。我們來想像，今天是你們的銀婚日。你們舉行宴會招待親友，現在是在等他們到臨。你們要說些甚麼話呢？你們心中在想些甚麼呢？你們的婚姻是不是成功的？在過了二十五年之後，你們是幸福的、灰心的，還是苦惱不堪的？我們可以回想到別人的銀婚，有些簡直是一個鬧劇，有些則是很愉快的。在下面的表演中我要把兩種情形都顯示給你們看。首先是：一個用錯誤的方式來慶祝的銀婚。

★

★

★

菲 他們甚麼時候來？

瑪 五點鐘……我請他們要準時來。

菲　真是麻煩！難道我們必須把我們所有最疏遠的親戚都請來，而目的是使他們記得，在二十五年之前，我們造成了我們生命中的大錯誤？

瑪　我們沒法避免慶祝啊。我們所有的朋友都慶祝銀婚的，你自己哥哥去年也是慶祝的……如果我們不慶祝，那未免太引人注目了。

菲　我們的婚姻是無可救藥的失敗，難道妳以為別人不知道麼？妳的客人們會怎樣說我都想像得出來：嘉麗娜會像平常那樣的譏笑：「他們真想得出，要來慶祝銀婚，都把我笑死啦！說『錫』婚倒還適當些……」然後，妳親愛的朋友蓓達會說：「我親愛的，對於二十五年的爭吵和欺騙，我是不會感到興奮的。我只希望瑪麗絲把她所有的舊情人都請來，而菲立普也邀請了他所有的女朋友，那才有熱鬧可瞧呢……」（停了一下。）說真的，妳請了你那個音樂家朋友嗎？

瑪　當然請了。

菲　真是不知輕重……大使呢？

瑪　嗯，你可請了桑黛兒和桃樂萊。不管怎樣，我可以告訴你，現在我一點也不想請客人來吃飯，只想好好痛哭一場……二十五年以前，我是一個美麗的少女，對將來充滿了希望，期待結婚之後可以得到無比的幸福，現在想來真是難受。你瞧瞧今天的我吧，我一生都毀了，已沒有重新來過的機會！

菲　這都是妳自己不好。

瑪　不，這是你不好……婚姻是不是幸福，那是由男人決定的，尤其在開始的時候。你是有經驗的，我卻是年輕而幼稚。你和我結婚，其實並不是真正愛我，只不過你以為我爸爸對你的事業可以有幫助。甚至在我們度蜜月的時候，你也從來不對我表示一點點的溫柔體貼。有一次在米蘭，你在吃過晚飯之後不舒服了，我只好在臉盆上面托住你的頭。只有那一次，我才覺得我們是真正好好地結了婚的。這不可恥麼？我們度了蜜月回家，我抱怨說你不把我放在心上，好像我這個人根本不存在似的，你竟不要臉的說：「一個人結婚並不是要成為兩個人，而是要使自己不致孤單……」（輕蔑地。）但就是這一點你也沒有能做到。

菲　（辛辣地）妳馬上回答說，「恰恰相反，我們結婚是為了要有三個人、四個人，或者五個人……」這可是妳親口說的話。

瑪　你希望怎樣？我在家裏得不到愛情，只好到另外地方去找……如果我感覺到你是在愛我，那我自然會忠誠了……不，不要這樣聳肩。我本來可以一直愛你，這一點也沒錯。只要你再稍稍溫柔體貼一點就成了。但你從來不對我說一句親愛的話，從來不送一件禮物給我……

菲　（憤怒）別再說下去啦！這間屋子是誰租來的？妳的衣服首飾是誰給妳的？

瑪　你要做一個普普通通的正當人家，你就不得不給屋子我住，不得不讓我不是赤身裸體的走來走去。但你有沒有過不經我要求而給我一件甚麼漂亮的東西，使我大吃一驚而高興得不得了？從來沒有。

菲　我不知對妳說過多少遍了，我根本不重視珠寶首飾，所以也從來不想到這種東西。就是這樣。

瑪　不，並不只是這樣，菲立普。一般正常的娛樂和享受你都不喜歡。我抱怨的就是這點，其他的女人也是這樣的……你只顧自己，根本不想到別人……（稍頓。）今天是我們的銀婚，你送我甚麼？

菲　妳知道得非常清楚，因為那是我們一起去挑選的……那個有吊墜的銀別針。

瑪　就只有這個別針？他們會覺得這件禮物真是寒酸。

菲　誰是他們？那些沒吃飽飯的親戚？他們來就是狼吞虎嚥的吃我們的三文治和點心，把我們的香檳酒統統喝光。我們既然談到了這個問題，可別讓你姊姊和她那些孩子們一上來就開始用餐……我可知道這四個男孩子的脾性。他們比任何人都早到一刻鐘，佔據了戰略性的位置，然後就像一個佔領國那樣幹了起來……等他們吃飽時，已沒甚麼東西剩給別人了。

瑪　可憐的孩子！他們在家裏沒甚麼吃的……這種家庭式的宴會對他們是意義很重大的。

菲　家庭式的宴會？妳談起來倒真像是親親熱熱的一家人……是不是真的這樣呢？妳不喜歡我媽媽，我也不喜歡妳媽媽。而且，我們自己的孩子們今天也不想法子回來。

瑪　你說得太不公道了。他們怎麼能來呢？蒙妮克和她丈夫一起在埃及，馬克在美國。

菲　快速飛機有的是。不，事實是這樣，他們知道我們真正的感情，覺得這種慶祝是很可笑的。他們一點都沒錯！……我們的親戚就是那些一表三千里的表兄弟姊妹、沒吃飽飯的姑母、一個錢也沒有的舅舅……至於朋友們呢！為了要發現他們真正的價值，我們所付的代價實在已很可觀的了……

門鈴聲。有人開了大門。

瑪　別說啦！他們來了……我鼻子是不是需要撲一點粉？

菲　不必啦，我最親愛的太太，妳鼻子上並沒有發油光，就算發油光吧，誰會關心呢？只有妳那位音樂家朋友了。

客人進來的喧鬧聲。

瑪　（高興地）茜麗娜姑姑，看到妳真是高興！……妳把孩子們都帶來啦，那真好！多有趣啊！……吃的東西在那邊……喂，毛毛……喂，咪咪……喂，摩佬……他們都長高啦，是麼？

菲　你好，蕭邦斯基先生。你來我真是高興。假使沒有你，我們的宴會就黯然失色了。啊！大使，你今天大駕光臨，我們真是不勝榮幸之至。

瑪　桑黛兒，我真想妳啊！這包裹是甚麼東西？……啊！但是妳用不着費心啊，親愛的……像我們這種老夫老妻，人家不必送禮了……對不起，請等一下。大使好像想說話……不錯，他是要說話……（她鼓掌。）大家請靜一靜！大使先生要說幾句話。

大使（向菲立普和瑪麗絲發表演說）我親愛的朋友們，自從你們結婚後，我們就相識至今，對我們來說，這真是一個令人感動的日子。在今天，可以跟你們慶祝你們二十五年來幸福的婚姻生活，那是我們的榮幸，也使我們感到十分欣慰……這種婚姻中的幸福，你們並不是自私自利地只是自行享受，而是如此慷慨大方的和你們許多朋友們共享。多謝你們，我代表我們全體向你們表示謝意。讓我們向你們祝賀，並且說：「二十五年之後，我們要再回來慶祝你們的金婚。」可以嗎？

眾人鼓掌。

★　★　★

教授　現在，我要給你們看看一個真正的銀婚。這個場景發生在菲立普和瑪麗絲結婚二十五週年之前的幾個星期。已經很晚了，他們坐在安樂椅上看書。

★　★　★

菲　下個月就是我們的銀婚了，妳想到了麼？

瑪 當然啦，親愛的，最近別的事情我根本就不大想到……你也記得，我很高興。你心裏要想的事情這樣多，而記性又不大好……你沒忘記這件事，可真是一個好丈夫。

菲 這個日子帶給了我這麼多幸福，我怎麼可能忘記呢？

瑪 真的麼？你真的一直是很幸福麼？你沒有甚麼感到遺憾的？我有時候想，如果你不結婚，你的生活那就要過得便當得多了……你會很自由，可以專心做你的工作，用不着養家。而且，你仍舊可以擁有任何你想要的女人。

菲 老天爺，那些女人我要來幹麼？她們會煩得我哭出來。

瑪 她們可能是很漂亮的。

菲 但妳也是漂亮的啊，親愛的，甚至比我和你結婚的時候更漂亮。灰白的頭髮很合適妳，妳的臉顯得很寧靜，妳的體態自然而成熟，那是妳在年輕時所沒有的……妳很聰明，不像桑黛兒和蓓達那樣去染頭髮……在一個銀婚中，銀色的頭髮是好得多啦。

瑪 當真？你還是喜歡我麼？

菲 完完全全的喜歡，永永遠遠的喜歡。在這世界上，只有和妳在一起，我才感到自由自在。我們相互了解得如此之深，所以我們之間並沒有秘密，這是婚姻了不起的好處，我們當中沒有甚麼好隱藏的……根本不需要裝假。在整個人生之中，我們都穿着我們的盔甲，事實上我們的確是需要盔甲的。但一對婚姻很幸福的夫妻，卻沒有任何互相提防的需要，感謝上帝！這真是舒服！

瑪　但是，老是和這個女人在一起生活，是不是會膩煩和單調呢？我並不覺得厭煩，因為我喜歡單純，我不愛多有變動。只要你在我身邊，我重新看看我所喜歡的那些書，聽聽我喜歡的那些交響曲，我就不再要求甚麼了。但我知道我並不聰明，我相信我有時候一定煩得你討厭得要命。我覺得，我們在一起生活了這麼久，我已沒有甚麼話可以對你說的了。

菲　親愛的，真是瞎說八道！妳總是有許許多多話說的。妳倒老實告訴我，我們是不是有過枯燥的和勉強的談話呢？不，從來沒有過。在過去二十五年中，我記不起有一天對妳感到討厭。相反的，在和別人在一起的時候，我常常覺得無話可說，因為人與人之間並不是一切都可以談的……但對於妳，我想到甚麼就說甚麼。

瑪　一場幸福的婚姻是從訂婚開始一直繼續到死亡為止的談話，夫妻雙方對於這場談話從不感到厭倦。

菲　那些誰說的？真的是這樣。

瑪　是你說的，我的甜心。你瞧，我說的就是你心裏的話。事實上……我只是你的回聲而已。或許因為這樣，所以你才不覺得我太蠢……因為我們已有了二十五年共同的回憶！我們在一起經歷了那麼多的事情呀！戰爭、生育、死亡、友誼、失敗和成功……

菲 聯繫我們在一起的這個脆弱的紐帶，始終把我們聯繫在一起。

瑪 有一次我們的婚姻幾乎發生問題呢……那是你到瑞典去了一次之後，愛上了另一個女人……完全給迷住啦。

菲 今天別談這個，瑪麗絲。那完全是過去了的事，我早已忘記啦……我從來也沒有想起過她。

瑪 啊，我常常想起她，我喜歡談到她，雖然都已經過去了。畢竟，桃樂萊增強了我們之間的聯繫。那時我威脅着要離開你，說你必須在她和我之間選擇一個，你選了我。那時候我知道，你的確是需要我的……對於我，這也是一個教訓。你知道，我本來已經開始在對自己不加注意了。我認為你對我的愛情是理所當然的事，所以我不再費心來讓你喜歡，來使你幸福。嗯，你這段情史使我懂得，婚姻是不能任其自流的……這是一場你每天必須參加、每天必須獲勝的競技。

菲 不但每天，而且是每晚。沒錯，妳說得對，親愛的。我們幹得還不壞。現在，這個銀婚怎麼辦？我們怎樣來慶祝？我想我們必須邀請我們所有的親戚朋友……照例要演說，喝香檳……我送妳一件甚麼禮物呢？

瑪 我還有甚麼可要求的？我所要的你都已經給我了。

菲　不，說正經的，妳喜歡甚麼？

瑪　我憑良心說真的不知道。你比我自己更知道我喜歡甚麼……出去吃飯時，你如給我點一個菜，總是我自己正想要的那個菜。但是親愛的，對於我們的銀婚，我知道甚麼是我所不需要的，那就是人多的場面。咱們一個人也別請。我希望那天整天單獨和你在一起。這個我們可以成功做到，因為那時候你正有假期。我知道的……我們回到我們一切幸福的起點吧。

菲　這念頭真妙！很好，我們回到妳舅舅替我們主持婚禮的那個鄉村去，回到那個小教堂裏去，我是在那裏把戒指戴在妳指頭的……我的上帝，那天我真抖得厲害！

瑪　我也是呢，不過那是為了快樂而發抖。親愛的，然後我們要一步一步的回溯我們的蜜月……我們到我們那所有趣的、破舊的旅館裏去過夜，就和二十五年之前一模一樣。

菲　但這一次我們不必害怕和緊張了。

瑪　不會的，但我仍舊會有那種期待的感覺……隔壁房裏那個小女孩在彈一曲華爾滋，彈得真糟，你還記得嗎？那個調子我永遠不會忘記……我認為這可以算是我們的主題曲。我還買了這個曲子的唱片呢，現在我一個人的時候還有聽。

菲　我在的時候幹麼不聽呀？

瑪 因為那是很久很久以前的事了……我怕你會覺得我真是過份的多愁善感。

菲 應當是這樣的，親愛的……請妳現在放這張唱片給我聽。

唱片唱了幾小節華爾滋，瑪麗絲把留聲機停了。

瑪 啊，親愛的！（嘆了一口長氣。）我真希望我們現在就在那裏，在那個有趣的旅館裏。

菲 一個月後，妳就會在那裏了。

瑪 結了婚就是這點好……既安全，又持久。我們可以擬定計劃，說「在一個月之後」。假使你是我的情人而不是我的丈夫，我就不知道你在一個月之後是不是仍舊要我。

菲 有人說，婚姻所以能得到成功，因為：「它把最多的誘惑和最多的好處結合在一起。」這句話是誰說的？

瑪 我根本不喜歡這句話。

菲 因為妳並不是一個注重現實的人，我的愛。這是妳的美德之一……

瑪 你還記得我們在談戀愛的時候的那個晚上嗎？那天你送我回家，我爸爸隔了很久才來開門，你對我說：「如果沒有人馬上出來，發生甚麼後果我可不能保證了。」

菲 已經夜深了，親愛的。如果我們老是這樣談下去，現在我可不能保證我自己了……

瑪 （仍舊愛俏地）那正是我所希望的。

那曲華爾滋愈來愈響，然後溫柔地低沉下去。

譯者跋（戲仿教授所說）

各位女士，各位先生，我們在分手之前，我想總結一下我們過去這些簡短的研究。拜倫曾說：「為所愛的女人而死，比和她同居在一起要容易得多。」這句話中是包含有一點真理的。婚姻中有許多困難的問題，這我們已經看到了。在結婚的時候，我們發誓要忠誠，而忠誠之「對於一個人，並不見得比籠子之對於老虎更自然些」。婚姻的意思是說，兩個想法和感覺都有很大差異的人要一起過共同的生活。這一仗能否打勝，能否「雖然結了婚，仍舊很快樂」？我們這個講座所討論的就是這個問題。在婚姻中得到幸福的最大障礙，似乎在於兩性的要求是互相矛盾的。我曾設法表示給你們看，只要每個人能接受對方的優點和缺點，那麼這個障礙就可以克服。我們決不能預期我們所愛的人剛巧和我們特殊的理想相配合，相反的，是要修正我們自己的理想，使得這理想和我們所愛的人比較接近。一個聰明的丈夫並不會期望他妻子具有男人的品質，也不會期望她是他少年時代所夢想的那個美麗奇妙的人兒。相反的，他要讚賞她女性的風格，她特殊的個性。同樣，一個好妻子並不抱怨她嫁了怎麼樣的一個丈夫。她要知道怎樣去了解他，容忍他的缺點，逐漸逐漸的改造他。婚姻所以比其他的關係好，因為它使丈夫和妻子都有時間來互相適應。如果男女之間唯一的聯繫只是性慾，那麼只要爭吵一次，一切就都完了。他們就會分手，去和別人發生關係，但新的關係也不見得會維持得比較久一些。在一段幸福的婚姻之中，在愛情之上會逐漸逐漸的產生友誼，這更為強固，因為那是從心靈和肉體兩方面生長出來的。拉華先福高爾（François La Rochefoucauld）曾寫道：「有良好的婚姻，但少有愉快的婚姻。」我希望我已向你們表示，你們這一代能夠得到愉快的婚姻，而且應該得到。根據莎士比亞、莫里哀，或者博馬舍，愛情開始的時候總是一個愉快的求愛場面，但婚禮一結束，接着而來的就是不和及痛苦。溫柔體貼的丈夫變成一個放蕩無行的浪子，或者是善妒的老不死；新娘不是向人賣弄風情，就是兇狠潑辣。在這個講座中，我們會設法替我們這對夫妻尋求一種可以終身維持下去的關係。我們現代的茱麗葉是羅密歐的同事和朋友，他們的談話當然沒有那麼富有詩意。但這種平凡的愛情自有它本色之美。就像兩位音樂家極度和諧地合奏，直到曲子奏完一樣，一段幸福的婚姻也是這樣令雙方心滿意足的直到老年。你是不是要得到這樣一種婚姻呢？這要由你來決定，完全由你決定。在你們離開之前，我要贈給你們亞蘭（**Alain Fournier**）所說的幾句話，那是關於對婚姻的誠意的：「不管你是自願結婚的，還是被人勸誘而結婚的，事實總是這樣，現在你不得不和一個人在極度親密的狀態下共同生活，這個人其實你並不是真正了解的，因為戀愛的初步階段不會告訴你甚麼東西。你必須勇往直前，解決一切可能發生的問題，而不能等待……所有一切有價值的東西都是困難的。和某一個人快樂地在一起生活是一件艱巨的任務，需要雙方都具有誠意。即使在二十年之後，你仍舊必須需要愛，需要被愛。」

在婚姻中，就像人類所有的事情一樣，最重要的是幸福。在每一課中我們都看到菲立普和瑪麗絲面臨婚姻的歧路。每一次他們都有兩條路可資選擇，他們的婚姻是成功還是失敗就在乎他們作甚麼決定。各位小姐，各位先生，你們自己不久也會面臨這種決定。一定要選擇忠誠，因為這是得到幸福的最確實的途徑。

鋼琴彈奏《婚禮進行曲》。

www.cosmosbooks.com.hk

書　　名　金庸選集——金庸譯作

譯　　者　金　庸

編　　者　李以建

責任編輯　蔡雪蓮

封面設計　曦成製本

美術編輯　Dawn Kwok

出　　版　天地圖書有限公司
香港黃竹坑道46號
新興工業大廈11樓（總寫字樓）
電話：2528 3671　傳真：2865 2609
香港灣仔莊士敦道30號地庫（門市部）
電話：2865 0708　傳真：2861 1541

印　　刷　美雅印刷製本有限公司
香港九龍觀塘榮業街6號海濱工業大廈4字樓A室
電話：2342 0109　傳真：2790 3614

發　　行　聯合新零售（香港）有限公司
香港新界荃灣德士古道220-248號荃灣工業中心16樓
電話：2150 2100　傳真：2407 3062

出版日期　2024年3月／初版・香港
2024年7月／第二版・香港

ISBN : 978-988-8551-30-9